EL DÍA MENOS PENSADO

D1602356

,

EL DÍA MENOS PENSADO

ALBERTO GIMENO

ALREVES

BARCELONA 2012

Primera edición: febrero de 2012

Publicado por:
EDITORIAL ALREVÉS, S.L.
Passeig de Manuel Girona, 52 5è 5a
08034 Barcelona
info@alreveseditorial.com
www.alreveseditorial.com

© Alberto Gimeno, 2012
© de la presente edición, 2012, Editorial Alrevés, S.L.
© de la fotografía de portada: Julie Bourges / Picturetank

Printed in Spain
ISBN: 978-84-15098-42-3
Depósito legal: SE-546-2012

Diseño de portada: Mauro Bianco

Impresión:
Publidisa

Deja que todo te suceda:
la belleza y el espanto.

RAINER MARIA RILKE

EXTRAVÍO

Caen las hojas, y parece que llegaran de lejos,
como si en el cielo se fueran marchitando jardines muy lejanos.

RAINER MARIA RILKE

Acaricia el vestido antes de retirarlo de la percha. Lo extiende sobre la cama y, sentada junto a él, contiene el impulso de abrazarlo por temor a que se incremente su impaciencia. Se alza del lecho y revisa, una vez más, ese mechón que la peluquera se ha empeñado en ensortijar sobre su frente. A él le gusta verla con el cabello liso. Suelto. La raya, leve, al medio. Y ahora siente la inquietud de sorprenderle demasiado. Con este brote de rizos pelirrojos picoteando uno de sus párpados. Con este vestido que solo se ha puesto para celebrar la noche de sus bodas de plata. Faltan solo dos días para que se cumpla el trigésimo aniversario de sus primeras nupcias, donde no hubo música de órgano ni convite; pero sí un mutuo sollozo mientras él le colocaba el anillo con sus manos fuertes y manchadas por la soriasis. Fue lo único que no le gustó de él la primera vez que lo vio. Pero tenía los ojos tan verdes…, y el nudo de la corbata esculpido, cincelado en medio del cuello de la camisa, que parecía de mármol, tan perfecto, tan duro, tan resplandeciente, como sus ojos. Ella apenas dormía por las noches por culpa de un novio con mucha brillantina en sus cabellos y en sus palabras que la había dejado para irse a Venezuela a cantar en una orquesta; y, de pronto, aquel flechazo, aquel hombre ocho años mayor que ella, aquella necesidad de que esa ardiente ceguera con que la miraba durase para siempre.

Se queda en viso para poder maquillarse sin más impedimento que el ansia de perfección que hace temblar sus manos. Busca, canturreando, impregnar en sus facciones el color exacto de su alegría. Le cuesta acertar en sus pómulos. Quiere que resalten sin artificio. Quiere que sus mejillas toquen lo exterior como si su piel prosiguiera desnuda pese al rebozo del maquillaje. Sobre sus labios atrae una nube lenta de carmín; una obra de arte que le hace exclamar una sonrisa cuyo sonido secreto es capaz de percibir. Llevaba tanto tiempo esperando la llamada telefónica de hace un rato que solo ella dispuso de la potestad de oírla y nadie de la casa reparó en que la había contestado. Por eso todos se extrañan de verla aparecer tan contenta en la salita con el vestido de raso azul turquesa, y su hermana la llama artista de cine y le pregunta si ha quedado también con un artista de cine, y su hija acude a abrazarla. Pero ella no se lo permite. No deja que nadie la toque, que ninguno le hable siquiera. Se coloca de pie frente a la ventana y sin darse cuenta va aplastando, cada vez con mayor fuerza, los rizos del flequillo contra los cristales.

Suena el teléfono. Es mi madre. Llora. Al escucharla, yo también lo hago, pero de risa.

—¡Ha estallado el váter en casa de la abuela!

Mi hijo se abalanza sobre el auricular. El tenedor todavía lo lleva en la mano. Estaba cenando y mis carcajadas han podido más que su apetito.

—¡Deja que me ponga yo, papi!

—Espera, hijo... es que ella está llorando. Ya sabes cómo es tu abuela.

—¿Se les ha llenado la casa de mierda?

Sí. Hasta el pasillo ha llegado la avalancha. Un fenomenal emboce de compresas, papel higiénico y largos pelos muertos de mujer han alzado un dique contra el que los excrementos han terminado por convertirse en una bomba.

Dos días después de la llamada, me persono en el lugar de los hechos. Vuelvo a reír apenas mi madre me ha abierto la puerta.

—¡Si vienes a burlarte, ya puedes irte por donde has venido!

—No, mamá, perdona. Es que...

Una nueva carcajada me impide proseguir mi acto de contrición. Sorteo el escollo de mi madre y me encamino raudo hacia el origen de la catástrofe. El cuarto de baño se halla impoluto. La nueva taza resplandece de una forma casi provocadora. Pero la fetidez aún impera en el aire. Una fetidez colmada de olores contrapuestos, de vanos remedios que han terminado por aliarse con el enemigo a batir.

—Donde estás tú plantado tan campante, me caí yo, con el suelo lleno de porquería.

Mi madre inicia un sollozo.

—¡Tendrías que haberme visto ahí tirada, entonces a lo mejor no te habría hecho tanta gracia, Pedro!

«¿Pedro?»

—¿No está mejor?

—Qué va. Y encima la ha tomado con las tres.

«Las tres» son el resto de habitantes de la casa de mi madre: mi tía, mi hermana y su hija.

—Pero ¿por qué?

—Nos echa la culpa del reventón del váter. Dice que hay demasiado chumino junto en esta casa. Que si viviera sola no habría pasado eso. Nos ha tirado ya varias veces a la calle...

—Ya sabes cómo es la mamá, Marta. Se le pasará...

—No es solo eso, Mario... La otra noche gritaba mientras dormía. Hablaba de demonios y martirios. Era una posesa. A mí me entró miedo de verdad. Y, además, la tía...

—¿Qué le pasa a la tía?

—Que se ha vuelto una sinsentido. Cuando la mamá nos insulta a las tres, ella se pone a cantar y a bailar. Y la mamá, entonces, se lanza hecha una furia contra ella y la empuja y todo. Ayer se metió mi hija por el medio y se llevó un tirón de pelo de la mamá. Mi hija dijo que la odiaba y la mamá empezó a cantar y bailar como si fuera la tía. Por unas o por otras esto se ha vuelto un manicomio, Mario.

—Este domingo las llevaré a comer una paella a la playa.

—Sí, por favor, sácalas de casa y, por lo menos, que me dejen respirar a mí un rato.

—No te preocupes, iré el domingo a por ellas; y descansa, Marta, que ya es tarde.

—¿Descansar? ¡Cómo se nota que no vives aquí!

Ha sido la peor paella de mi vida. Cuando he acudido a recogerlas, mi tía y mi madre estaban discutiendo sobre el paradero de la estufa de butano.

—Pero si hoy hace calor y, además, nos vamos a la playa.

—Os vais tú y esta quema-sangres solos. A mí se me han quitado las ganas de vivir y de veros a todos. ¡A todos!

No es, ni mucho menos, la primera vez que a mi madre le dan tales ataques de neurastenia en los que nada, salvo su fobia contra todos los pobladores del mundo, le interesa poner de manifiesto. Recuerdo a mi padre con la caña de pescar en una mano y la otra en el pomo de la puerta despidiéndose de ella con exuberancia de maldiciones. Evocando fragmentos de otros tiempos en que mis padres despertaban la casa entera con sus risas, he logrado que mi madre destrence el ceño y que, sin apaciguar la tensión de sus mandíbulas, acceda a acompañarnos a la playa.

El viaje en el coche ha sido un combate entre el canturreo alegre de mi tía y la determinación de mi madre en acallarlo sin concederse una a la otra ni un respiro. Hemos llegado tarde al aparcamiento de la playa de Pinedo, y cuando, tras varios conatos de encajar el coche donde no cabía, ya empezaba a atraerme la idea de volver a casa, ha surgido la benevolente figura del viejo aparcacoches que tantos huecos salvadores obtuvo para mí cuando ejercía de rastreador de espacios libres en la explanada del Saler.

—¡Hombre, cuánto tiempo sin verle! He reconocido el coche nada más verlo. Sígame, para usted siempre hay un sitio mientras yo lleve esta gorra.

Las ruedas del Fiat Punto aplanan varios botes de bebida, franquean el listón de una barrera alzada a mano limpia por mi rescatador y se detienen en una especie de redil para vehículos donde el matorral se resiste a claudicar bajo los tapujos de cemento.

—Esta es una zona restringida. Aquí solo aparcan los coches que yo dejo pasar. ¿Y su hijo?, ¡estará ya hecho un hombre!

El curtido celador de las llanuras de argamasa ha visto crecer a mi hijo, verano a verano, domingo a domingo hasta que desmantelaron los merenderos del Saler y sucedió un éxodo de degustadores de paella en traje de baño que no pasó a la historia.

—Sí —le respondo mientras nos damos la mano después de una tentativa de abrazo que no ha llegado a consumarse—, ya está hecho un hombre. Si lo viese ahora, no le reconocería.

—Claro que le reconocería, con la de polos que le compré y la gracia que tenía para sacarme los cuartos. Y estas señoras tan guapas que vienen con usted, ¿quiénes son?

—Aquí mi madre y aquí mi tía, que es como si fuera mi madre, también.

Ambas rivalizan por agradecer al aparcacoches su cumplido. Gana mi tía, pues ella sí culmina el abrazo que mi madre y yo solo hemos alcanzado a esbozar.

—Caray, qué señora más rica.

—Eso no se lo diría si tuviera que aguantarla todos los días.

—Mamá..

Después de batirnos en retirada a las puertas de tres restaurantes, logramos una mesa desnivelada y rinconera desde la que el mar solo puede adivinarse al fondo de un abejoneo de camareros y comensales que parecen estar juramentados para amargarse el domingo mutuamente. Pasadas las tres de la tarde, llega nuestro turno.

—Una ensalada valenciana y paella de pollo. Solo de pollo, sin conejo.

—¿Y de beber?

—Vino con gaseosa —se adelanta mi tía.

—Si no es con cerveza, yo no como —refuta mi madre.

—Vino con gaseosa y una cerveza —remato con un énfasis conciliador que el camarero interpreta como un demérito a su valía profesional.

—Ya he oído a la señora, caballero. ¿Van a picar algo antes?

—¿Unas clóchinas..., os apetecen?

—Ya tengo bastante clóchina yo en casa —arranca mi madre con su cantinela tras el reventón del váter.

—No, nada más —zanjo.

En el curso de la espera a la comanda, trato de aparentar una laxitud de la que me siento muy distante. Se ha levantado un *garbí* desabrido cuyas rachas zarandean los manteles de papel y confieren una latosa capacidad de vuelo a las servilletas. Mi madre y mi tía exhiben un silencio que da la impresión de ser empleado como arma arrojadiza entre ellas.

—Me han dicho que aquí hacen muy buenas las paellas. Mirad, ya la traen.

—¿Dónde la quieren? —El camarero tiene la cabeza tan erguida que no parece dirigirse nosotros, sino a unos remotos clientes emboscados tras la última raya del mar.

—En medio de la mesa, por favor, nos gusta comer directamente de la paella. ¿Qué buena pinta tiene, verdad? ¡Venga, a no dejar ni un grano!

—No seré yo.

—¿Qué pasa, mamá?

—Que me da asco solo con verla. Le han metido conejo. —Por un momento temo que mi madre se sirva de las posibilidades metafóricas del conejo para volver con su cantinela. Pero le basta con repudiarlo por su sola condición animal—: Mi madre los mataba en casa delante de mí, a los pobres. Yo los cuidaba y les tomaba cariño y, luego, me obligaba a comérmelos. Con los ojos salidos... Hasta la cabeza nos teníamos que comer. Lo habéis hecho adrede para fastidiarme.

Inútil resulta reiterarle que yo he pedido que la paella sea solo de pollo. Peor es el remedio que la enfermedad cuando solicito para mi madre merluza a la plancha y, ya con el arroz y la bebida a la misma temperatura, le traen en un plato dos redondeles resecos y acribillados a perejil.

—¡Vaya si te engañó el que te dijo que aquí se comía muy bien! Y encima pagarás sin quejarte. A tu padre le iban a tomar el pelo como a ti. Solo has sacado bueno de él sus ojos. Menudo era él para hacerse de valer...

Yo tampoco soy —o al menos era— de los que pagan, callan y se van con la boca cerrada. Pero tengo la sensación de que la vida con ellas, con mi madre y mi tía, empieza a transformarse en algo residual y putrefacto, de que se está gestando entre nosotros un punto de partida donde hasta el menor de nuestros vínculos debe reciclarse como materia desechable. No sé aún darle definición a este augurio, pero todo cuanto en él predomina es funesto y, sobre todo, inexorable.

Cuando mi madre —en los postres— pide ir al lavabo y se olvida de regresar, cuando mi tía va a buscarla y tampoco vuelve a la mesa, cuando, después de pagar la cuenta —intactos postres incluidos— mudo y a la carrera, me las encuentro a las dos, sentadas en un banco frente al mar, en cordial charla de comadres, despreocupadas de mí y de cuanto atañe a su memoria más reciente, cuando retornamos a casa en el coche y prosiguen desmenuzando la confirmación de que ya no les incumbe el significado de que yo siga siendo su hijo y su sobrino, sé que solo puedo refugiarme unos pocos días más, unas semanas a lo sumo, en la ignorancia de que mi cobardía no será suficiente para escapar de esta batalla.

—Ahora es la cartilla del banco.
—Pero me dijiste el otro día...
—El otro día aquí no existe, Mario.
—No te entiendo.
—Claro que me entiendes. Y yo a ti, también. Cuanto más tarde te vayas enterando, eso que te llevas por delante.
—No, Marta, no es eso.
—¿Cuánto tiempo hace que no vienes a verlas?
—El otro domingo las llevé a la playa.
—El otro domingo tampoco existe, Mario. Aquí solo se vive el día a día. Y cada uno es peor que el otro.

—¿Qué le pasa a la mamá con la cartilla?

—Que se ha empeñado en que se la cogemos y sacamos el dinero a sus espaldas. Y que la estamos arruinando.

—¿Quiénes?

—¿Quiénes vamos a ser? Mi hija y yo. La pareja de demonios, como ella nos llama ahora.

—¿Y la tía?

—La tía va a la suya. Lo que le entra por un oído, le sale por otro. Y, encima, ya no la puedo ni mandar a comprar el pan, porque se entretiene hablando con todo el mundo y cuando llego al mediodía del trabajo aún me toca ir a buscarla.

—¿Por qué no metes la cartilla de la mamá en un cajón de su coqueta y lo cierras con la llave? Así, cuando diga que se la habéis robado, lo abres y le demuestras que la tenía allí guardada.

—Ya lo he hecho. Pero ayer, cuando yo no estaba en casa, como no podía abrirlo, se fue al banco y denunció que se la habíamos robado. Menos mal que la directora del banco me conoce y me llamó para avisarme. Me dijo que su madre está como la nuestra, y en su familia no saben qué hacer con ella. Y yo tampoco, Mario, porque intentes lo que intentes para buscar un poco de tranquilidad, la mamá siempre encuentra el modo retorcido de que te arrepientas de la decisión que tomes.

—Le está ocurriendo igual que a su madre. ¿Te acuerdas cuando me llamaba ladronazo y se pasaba la noche en vela escondiendo el monedero?

—Sí, Mario, claro que me acuerdo. Pero entonces yo tenía doce años y tú dieciocho y solo estábamos pendientes de cualquier cosa que nos hiciera gracia. Y las locuras de la abuela nos la hacían porque estaban la mamá y la tía por el medio. Ahora la que está en el medio soy yo.

—Y nosotros, Clara y yo. No sé... Marta, tú eres la que vives con ellas. Dime lo que tenemos que hacer.

—Reunirnos para hablarlo.

—¿Todos?

—¿Qué quieres decir con todos?

—Pues nuestros hijos, Paula, Toño, es decir, toda la familia. Porque, en el fondo, a todos nos concierne.

—En el fondo y en la superficie nos implica a todos, Mario. Y cuanto antes nos reunamos para hablarlo, mejor.

—Este domingo mismo. Reservaré una mesa en Chez Lyon. Se come muy bien y el dueño es amigo mío.

—No sé yo si estaremos para disfrutar de la comida. Porque ellas, quiero que vengan, también. Para que toda la familia vea cómo están.

—Claro, claro. De todos modos, comeremos allí. Yo me encargo. Ya os aviso para la hora y el lugar donde quedemos.

—*¡Mamá, ya te he dicho que yo no sé dónde está la cartilla!* Aquí la tienes, Mario, detrás de mí. Con lo mismo...

—Dile que se ponga.

—Ay, hijo, hijo..., que me están dejando en la ruina, son un par de hienas que en cuanto me descuido... Ven a tirarlas de esta casa.

—¿Te acuerdas, mamá, de la paella que comimos tan buena?

Abarcamos la acera por entero. Vamos acudiendo todos en madejas que buscan darse abrigo. Los primeros en llegar somos nosotros: el padre, la madre y el hijo. Por la esquina de la plaza del Ayuntamiento surgen, como desde un hueco oscuro dentro de la claridad del día, mi tía, mi madre, mi sobrina y mi hermana M. Rebasada la hora convenida del encuentro, como es costumbre en ellos, vemos la aproximación de mi otra hermana, de su compañero y de sus dos hijos. «Hola, Clara, qué hay Toño...» «Hola Paula, ¿cómo estás Mario?» Y así retenemos un poco el tiempo, presentándonos, representándonos ya como integrantes de la pieza que nadie muestra interés por querer empezar.

—Ya lo veis. El restaurante de mi amigo está cerrado, al final se me olvidó hacer la reserva. Di por supuesto que también abrían los domingos —digo deseando oír al coro: «pues nos volvemos cada uno a su casa».

Pero una voz se escapa para abrir otra fosa donde enterrar el domingo. Y hacia ella nos vamos, desfilando dócilmente por las calles, aquietados en nuestra longitud de hilera fraccionada. Los cuatro primos por delante, disueltos en sus jergas peculiares; los cinco adultos en medio, compartiendo el disimulo del problema a duras penas. Cerrando el cortejo marcha el problema, que hoy no ofrece muestras de sus síntomas: mi tía y mi madre, cogidas del brazo, señalan la proliferación de las audaces fachadas modernistas como si fueran las únicas que tienen ojos para ver más allá de su propio derrumbe.

Con la tercera botella de vino, nosotros, los adultos, comenzamos a dar síntomas de que el problema no es para tanto. Y sobrevivimos a los postres en un acomodo general al resto de las mesas donde cualquier perturbación íntima parece haber quedado en suspenso, como la nuestra. Y mi tía y mi madre sobreviven al resto de la tarde como si el problema fuera la boca de un dragón de la que han sabido salir indemnes. Nos despedimos, los adultos, con ramillas rojas en el blanco de los ojos, con cercos de sudor evaporado en el vértice de las mangas de nuestras camisas, con abrazos consumadores del escape a cuanto significa el encuentro de hoy, con humoradas reducidas a los últimos guiños de alivio, con síntomas de la cura de una enfermedad que no hemos necesitado siquiera declarar.

Al cabo de tres días mi hermana me llama para confirmar la sanación que el pasado domingo nos declaramos.

—Tienes que venir a verla, Mario. Es un milagro. Está más contenta que nunca, la mamá. Se ha ido a la peluquería ella sola. Y ha venido con un pelirrojo que hasta le han piropeado por la calle. Ahora está maquillándose en su cuarto y se ha sacado un vestido precioso azul turquesa del armario. Le ha dado dinero a mi hija y le ha dicho que se divierta haciendo la galocha por ahí. Y la tía también parece otra. Hasta la he dejado ir a por el pan y ha vuelto con unas ensaimadas recién hechas. ¿Quieres que prepare un chocolate y te vienes a merendar con nosotras?

Ella sigue con la frente reclinada en los cristales de la ventana cuando llega su hijo a casa, que aroma entera a chocolate. Y, a riesgo de que se le arrugue el vestido, no es capaz de resistirse a su abrazo porque le recuerda tanto a su marido... Por eso lo quiere más que a sus dos hijas. Y aún lo quiere más ahora, con tal empuje que no puede seguir reteniendo el secreto cuando él le pregunta a quién espera vestida como una modelo:

—¿A quién voy a esperar?, a tu padre. Me ha llamado para decirme que vendrá a recogerme a las seis. Vamos a ver una película de Alberto Sordi que estrenan en el Serrano. Ya sabes lo que le gustan las comedias italianas a tu padre.

Es cierto que a su marido le entusiasmaban las comedias italianas. Hasta se cayó de la butaca, vencido por la risa, cuando vieron, en compañía de su hijo, *Amarcord*, la película de los recuerdos de Fellini. Pero no es menos cierto que ese hombre a quien espera, hace quince años que cayó, también entre un coro de risas, por última vez al suelo con los ojos aferrándose a lo que ya no veían, los brazos aún sin claudicar y el corazón pulverizado.

PEDREGAL

Para nosotros era el tiempo raudo,
más difícil la llama de la sangre.

CÉSAR SIMÓN

Mi madre ya no espera a nadie asomada a la ventana, y la sorpresa con que me recibe contribuye a ratificar mis temores: en efecto, no se acuerda. La he llamado por teléfono desde el despacho. Cuatro veces. La última para decirle que salía hacia su casa. Que empezara ya a arreglarse. Me abre la puerta disfrazada de recoge-cartones. Unos gruesos calcetines se enroscan, desmayados, sobre sus tobillos.

—Vístete, mamá. Tenemos que ir al médico.

Son las cuatro de la tarde. La cita en el Eresa —destino para la TAC que deben realizarle— está concertada a las cinco y media. No, no hay tiempo de sobra. Los relojes y el calendario avanzan ya lejos del alcance de comprensión de mi madre.

—Yo creía que era mañana. Ahora íbamos a tomar café.

Mi tía trajina en la cocina frente a dos torres de café con leche.

—¿Te hago a ti uno?

—No, tía.

—Hazle un café —mi madre.

—No, ya le he dicho a la tía que no.

—Voy a poner la cafetera —mi tía.

—Déjalo, no me apetece.

—Qué ilusión me hace verte, no te esperaba —mi madre.

—Vamos, tomaos el café con leche, que se os va a enfriar.

—Ahora mismo preparo la cafetera para ti —mi tía.

—Tomaré un vaso de leche. Sola. Yo me la caliento. Bebeos, mientras, vosotras esto —digo mientras señalo a las dos prominencias de vidrio que aún humean.

—¿Hay leche hervida? —pregunto escondiendo la cafetera lejos del alcance de mi tía.

—Sí..., no, sí..., en la nevera... No, no hay en la nevera... Pero...

Mi tía y mi madre discuten sobre el paradero de la leche hervida.

—Es igual, bebeos esto.

—Aquí está. —Mi tía rescata del fregadero una jarra de plástico con unos residuos de leche.

—Gracias, tía, pero ya no me apetece.

Agarro los vasos de café con leche. Aún queman. Los llevo al comedor. Acto seguido conduzco a mi madre y a mi tía hasta aposentarlas frente a los recipientes de cristal. Regreso a la cocina.

—¿Sabes dónde está la cafetera? —mi tía, que me ha seguido.

—La he fregado y guardado. Vuelve al comedor.

—¿Y ahora cómo voy a hacerte el café que me has pedido?

—Ya me lo he bebido, el vuestro lo tenéis en el comedor.

Cuatro y media. Acaban de vaciar los vasos en sus estómagos.

—Pero tú no te has tomado todavía el café —mi tía.

—No tengo tiempo, hay que vestir a la mamá. Tenemos cita en el médico.

—Pero ¿no era mañana? —mi madre.

Las cinco. Mi madre ya está vestida.

—Yo te peino.

—No hace falta, ayer fui a la peluquería.

—Ven.

La peino, hago lo que puedo con un pringoso criadero de greñas hirsutas.

—Mira qué guapa te he dejado.

—¿Y me voy a ir sin darme color en los labios?

Diez minutos más. Tengo la cartilla del médico y las llaves del coche en la mano; mi madre, el pintalabios en las suyas.

—Ya está bien así, se hace tarde.

—Pero ¿te vas sin tomar café? ¿Para eso me haces prepararártelo? —mi tía.

Ayudo a mi madre a instalarse en el asiento del copiloto. Es una maniobra laboriosa, intermitente, que exige gran concentración por mi parte.

Hay suerte. Encuentro aparcamiento en la avenida de Campanar, enfrente del Eresa —acrónimo cuya clave desconozco—. Entramos en el centro médico a las cinco y media en punto.

—Es la sala de espera número dos.

—Gracias.

Tomamos asiento. Algo va mal. Algún requisito me falta por cumplir.

—Si le van a hacer una TAC a la señora, no puede entrar con las joyas.

Siempre aparece, en la sala de visitas de los dispensarios médicos, un ángel de guardia. Suele ser una mujer de mediana edad, que da la impresión de haber nacido allí.

Despojo a mi madre de sus collares —cuyas cadenas se enredan entre sí—. La privo de su reloj —el que le regaló la empresa a mi padre por tantos años de servirla a cambio de tan poco—. De sus pulseras. De sus anillos.

—¿El de matrimonio, también?

—También, mamá.

El anillo se adhiere a su carne, se resiste. Mi madre se queja. Tiene los dedos abultados y rojos, de un pavoroso color morado. Problemas de circulación sanguínea, me dictaminaron los médicos. Mientras manipulo el aro de oro pienso en otro anillo, en otro dedo, en otra carne, en otra vida que aún tengo.

—Así no podrá. Necesita usted untarlo con pomada. Verá qué pronto sale.

Es el ángel guardián. Que se ha levantado de su silla, con el tubo de pomada en las manos. Hacemos uso de ella. Infalible.

Guardo las joyas en el bolso —vacío— de mi madre.

—¿Trinidad Merchante García?

—Vamos.

—¿Ya?

Sigo a un enfermero altivo y presuroso. Nos introduce en una especie de cápsula de nave planetaria. Me hace preguntas para rellenar una ficha. Respondo, casi todas al azar. De entre la jungla de garabatos de la copia del informe que han recibido del especialista, capto: «deterioro neuronal severo».

—¿Es usted su hijo?

—Sí.

El enfermero desaparece por una compuerta y, al punto, regresa con un trozo de tela verde oliva.

—La señora debe quitarse toda la ropa menos los pantis y las bragas. Y luego ponerse esto. Entren ahí.

Mi madre y yo nos introducimos en un estrecho cubil cuya puerta cierro con dificultad. Ella ya no sabe desnudarse sola. Procedo a hacerlo yo. Mi madre se abandona. Arrastro el suéter rojo hasta el borde de sus manos que ha alzado en un gesto de sumisión. Efectúo la misma maniobra con la camiseta de algodón, con el viso azul oscuro que extraigo por debajo de su falda.

—¿Y esto?

—Es un cordel que me ato para que no se caiga la falda.

Deslío el cordel. Despaso el corchete de la falda. Bajo su cremallera.

—¿La falda, también?

La falda, negra, ha caído sobre sus pies diminutos. La tomo por los tobillos. Levanto primero uno, luego el otro. Recojo la falda del suelo. La deposito en un gancho del perchero.

—Date la vuelta.

La piel de mi madre se estremece al notar la presión de mis dedos sobre la cinta del sujetador. Lo destrabo. Ella se encoge, se abandona, recordando acaso otro momento, otras manos, otro sujetador que apenas podía contener sus pechos.

Mi madre se cubre los senos. Pero está tranquila. Es un gesto de rubor automático. No lleva pantis, sino medias que se ajustan a los muslos. Las bragas son de pantalón, sedosas, con una sinuosa puntilla orlando sus bordes.

—Si tuviese veinte años menos, estaría sexy.

—¡Mamá!

Tocan a la puerta. Es el enfermero.

—¿Lleva prótesis dentales?

Sondeo a mi madre. Recortada contra el espejo que duplica su carne maltrecha, su esqueleto incipiente, la poca cosa que va quedando de ella.

—Tiene que quitarle los zapatos y ponerle estas babuchas.

El enfermero coloca en mis manos un par de retales blancos, sin peso.

Procedo a inspeccionar la boca de mi madre.

—¿Llevas algún diente o muela postiza?

Mi madre asiente, hurgándose la boca. No sabe localizarlos.

Algo trata de decirme pero es imposible entenderla.

Saco los dedos de su boca. Introduzco los míos. Busco un tacto de metal. Lo encuentro. En la parte inferior de la dentadura. Tiro de él. Mi madre gime, como un gatito. Comienzo a sudar. Me quito la chaqueta del traje. Vuelvo sobre su boca. Impulso la pieza hacia arriba, va cediendo, tres dientes y un señuelo de encías saltan de su boca. Dejo las piezas en un vaso de plástico que hay en el suelo. Prosigo mi inspección. Descubro otra pieza metálica en la zona superior de la dentadura. La arrastro hacia abajo. Todos los dientes de mi madre se mueven. Me asusto. Me detengo.

—¿Cuántos dientes te faltan de arriba?

—*No lo zé.*

Mi madre me releva. Gesticula. Cierra los ojos. Parece caída en trance. No tiene palas ni incisivos propios. Me los entrega, con un falso paladar que los mantiene unidos.

Algo está flotando delante de mí, sin casi presencia, encogida, despojada de sus joyas, de sus ropas, de sus dientes; es un amago de ser humano, es mi madre.

Suena de nuevo el vaso de plástico. Cubro el cuerpo de mi madre con la bata verde. Su figura se convierte en una irrisión. Me agacho. Le arrebato los zapatos. Trato de enfundar sus pies con las babuchas. No soy hábil de manos. La operación se retrasa. El enfermero reaparece. Dirige desde arriba la maniobra. Yo sigo sus instrucciones casi de rodillas, dócilmente, sometido.

—Ya está.

—*Padezco una enana.*

El enfermero, con gran esfuerzo, esboza un antojo de sonrisa.

—Acompáñeme.

Mi madre se aleja cogida a su brazo. Es un brote de maleza que el viento se lleva. Ambos se desvanecen por la sajadura de una compuerta metálica. Me llega la voz del enfermero. Su aleccionamiento. Mi madre no debe moverse. Solo le está permitido respirar dentro del sarcófago mientras la acribillan a destellos.

Salgo a la sala de espera. Me siento. Cojo una revista. Quince segundos. Me levanto. Voy de un extremo a otro de un lóbrego pasillo. Distraigo a la gente mientras me ve desfilar, erguido y lento, con el traje de terciopelo azul marino y el bolso de mi madre negro colgando de una de mis manos. Mi madre no ha llorado. Todavía. Llevo soportando el pertinaz e imprevisible llanto de mi madre desde que me acompañan los recuerdos. Pero hoy no ha llorado. Mi madre —que fue cómplice jubiloso de mi adolescencia— llorando en el merendero de la playa, en el coche, cruzando la calle, con una foto de mi padre en sus manos, junto a la ventana de la salita de su casa, en la terraza del chalet de Siete Aguas, a través del teléfono, en las esquinas de mis sueños, en el corazón de mis remordimientos. El llanto de mi madre...

Era el año 1960. Mi abuelo —su padre— yacía en el suelo con el corazón recién fulminado. A medio vestir. Mi madre gritaba. Y yo, que acababa de cumplir cuatro años, que aún no sabía lo que era la muerte, trataba de consolarla. Mi madre estaba en viso. Yo acariciaba la ranura de su espalda y miraba al abuelo pidiéndole que se levantara del suelo. Ella siempre me llevaba a su cuarto por la mañana para que me sacara a pasear. Vivíamos en la misma casa, en la plaza Horno de San Nicolás. Mi abuelo, que odiaba a los varones, quería una nieta y tardó tres meses en cogerme en sus brazos. Luego, ya no se separó de mí hasta ese día.

El primer día que recuerdo haber visto llorar a mi madre.

Dos años después, mi madre lloraba en el coche. Mi hermana pequeña dormía en sus brazos. Mi padre, plúmbeo y fúnebre, conducía. En el asiento posterior marchábamos mi otra hermana, mi abuela materna y yo. Rumbo a Salamanca. En Tarancón el seiscientos se agotó y pasamos la noche allí. En una fonda no mucho más acogedora que la de las viñetas de *13, Rue del Percebe*. Era invierno. Ocho de enero. Tras la cena, para mitigar la excitación y el frío, nos metimos en un cine. Los únicos espectadores éramos nosotros. Me sentía como un rey. Daban *El hombre que sabía demasiado* —la recuerdo casi plano a plano—. Mi madre seguía llorando y, en el momento en que desvié los ojos hacia mi padre, comprobé que las lágrimas también se habían trasladado a sus mejillas. ¿Qué pasaba? ¿Adónde íbamos? ¿Qué era Salamanca? Una ciudad de hieráticos monumentos, cubierta de curas, nieve y silencio, hostil, que no pudo soportar mi madre. Nos dejó a todos y se escapó a Valencia. Pero mi padre no derramó ni una lágrima, en aquella ocasión. Lo vi andar de una habitación a otra, con el semblante de cera, buscando una nota, una explicación. Nada. Al anochecer llegó un telegrama. Mi tía Trini, una hermana de mi padre en cuyo hogar vivimos algún tiempo, nos informaba de que mi madre había aparecido en su casa. Mi padre dio un puñetazo en el banco de la cocina. Y luego se quedó quieto mirando a sus tres hijos —mi hermana pequeña gateaba por el suelo—. «Vuestra madre está loca.» Fue la primera vez que oí llamarla así y me dolió. «No está loca, papá. Lo que pasa es que aquí hace mucho frío.» Mi padre me abrazó. «Entonces, volverá, no os preocupéis, hijos.» Regresó en primavera, bronceada, saludable, despampanante. Acompañada de mi otra abuela y de una prima en plena adolescencia que nos besó enfurruñada porque le habían dicho que Salamanca estaba siempre cubierta de nieve y era mentira. Nunca pasé un verano mejor que aquel primero en Salamanca con la casa llena de mujeres que, a falta de otra distracción, se pasaban el día pendientes de mí y competían en inventarse juegos para que yo empezara a apreciar el tortuoso don de la fantasía. Vivíamos en las afueras de la ciudad. Rodeados de dehesas de toros que, a veces, aparecían babeantes y hoscos en los portales de las casas. Yo mostraba una cabeza llena de remiendos y trasquilones. Fue el precio que tuve que pagar —cada día una pelea— para hacerme respetar entre mis nuevos amigos. La vida era una selva para un forastero de seis años, venido de Valencia, la ciudad «roja». Mas allí se forjó mi lado bravío, la tenacidad obsesiva, el temple de insurrecto del que aún —a duras penas— presumo. Que el llanto de mi madre desarbola y ofusca. El llanto de mi madre...

Vuelvo a la sala de espera. El ángel guardián se ocupa de mí.

—No tardará en salir más de quince minutos, si todo va bien.

—¿Si todo va bien?

—Si su madre se está quieta. ¿Le ha dado algún tranquilizante?

—No.

—Yo he tenido que darle dos *valiums* a mi hija. Es muy nerviosa. Ella ya lleva casi veinte minutos dentro. Bueno, en realidad...

La mujer murmura, entre sollozos, el mal de su hija. Una palabra con resonancias de celdas acolchadas y electro-convulsiones. Una palabra que apenas ha podido pronunciar y que a mí me priva de respuesta. De repente, ella se levanta acompañada por una especie de jubiloso alarido. Corre hacia una joven con las mejillas demacradas. La besa. La calma. Se sientan. Delante de mí. La joven resopla, se rasca la nuca con furia hasta que su madre se lo impide, balbucea palabras inconexas, me mira como un toro de Salamanca.

—Ya puede venir. Hemos terminado. Su madre se ha portado muy bien. La semana que viene tendrán el resultado de las pruebas —oigo decir al enfermero, que ya vuelve con su paciente.

Mi madre sonríe al verme. La abrazo. Me siento orgulloso de ella. La dirijo con suavidad hasta el cubil. Nos encerramos. Me afano en recomponerla. Fallo con el sujetador.

—*Ez igual, ya me lo pondé en caza. Zentada en la cama puedo hacelo yo zola.*

La visto. La recompongo.

—*¿No me ataz la falda?*

—No hace falta. No se te cae.

Guardo el cordel en el bolso. Distingo el relieve rosáceo que he guardado en el vaso de plástico.

—Los dientes también te los pondrás en casa.

—*Pedo... zalir a la calle con ezta boca, me da veduenza.*

—Tenemos el coche muy cerca de aquí. Nadie te verá.

Guardo los dientes postizos en un envase de pañuelos de papel. Me quedan los zapatos. Me agacho. Le quito las babuchas. Noto aproximarse un calor sobre mis cabellos. Siento la boca de mi madre recorriéndolos, los huecos de sus encías absorbiendo mi nuca. Caen al suelo mis aspiraciones, mi independencia, mis defensas, veo mis palabras escritas amontonadas como polvo, me despiezo. Siento el paseo lento y dulce de la boca de mi madre por el cuello. Me vacío. Mi corazón late en la nada de mi cuerpo, como una luna desprendida de la noche. Siento la cuna que tuve y que perdí alrededor de mi cuello, un resplandor de lumbres apagadas. Pregunto a lo que queda de mí si tiene fuerzas para seguir, si vale la pena tanto teatro para perder así los papeles que representan los fragmentos de mi vida, la ilusoria unidad que compone mi cuerpo. Noto un agua tibia. Mi Madre llora.

—No, mamá, por favor...

—*He eztado llodando todo el dato en ezte zitio, pedo de felicidad, pod tened un hijo tan bueno.*

Esa asfixiante intimidad, esa obscena fusión de la madre y el hijo cuando menos te lo esperas. Esa mentira que escucho me reanima. Recojo mis fragmentos uno a uno. Los remiendo sobre mis huesos. El remordimiento me recorre a borbotones. Cada vez que decido ver a mi madre, todo se nubla, se entristece, se funde con un malestar implacable que me avergüenza y derrota. No soporto su derrumbe, el agobio de su tristeza, sus cambios continuos de criterio, su abandono —que es el mío—, el exceso de realidad que supone ser su hijo, ese hijo tan bueno, rehecho de cualquier modo, que logra ponerle los zapatos y conducirla hasta la calle.

Mi madre me toma por la cintura. Como una novia.

—*Fíjate lo que penzadá la gente. Ezta tía vieja con un chico tan guapo.*

Mi madre me enrosca con los brazos. La gente nos mira.

—¿Qué van a pensar, mamá? Que me aprovecho de ti, que no tengo compasión, que te he dejado sin joyas y sin dientes.

Mi madre ríe, mostrando sus encías desoladas. Entramos, por fin, en el coche. No sin antes subirle la falda que he descubierto caída sobre sus zapatos. Llegamos a su casa. Mi madre corre hacia el baño. Regresa con la dentadura intacta.

—Qué aventura hemos pasado.

Hace tiempo que no la veía tan feliz, tan predispuesta a la broma, al humor, al absurdo —ese humor y ese absurdo que acepto complacido como herencia—. Le pongo las joyas. Los collares se han convertido en un laberinto de nudos. Sin ofuscarme antes de hora trato de encontrar la salida.

—¿Cuánto tiempo hace que no venías?

—Me acabas de ver hace un rato, tía.

—¿Cuándo?

—Cuando he venido a por la mamá.

—¿A qué?

—A llevarla al hospital.

Los nudos crecen en mis manos.

—¿Al hospital, a qué?

—Para unas pruebas. Le está fallando la memoria. Como a ti.

—¿A mí? No me pongo a reír porque tengo que hacer la cena. ¿Para decirme eso has tardado tanto en venir a esta casa?

—Estuve la semana pasada y os arreglé la antena de la tele.

—Pero Pedrito, tu chico, ¿también ha venido?

—No.

—Sigue en Albacete, ¿verdad? —Confunde a mi hijo con

mi primo hermano, su sobrino, que es médico y recientemente ha sido destinado a un centro sanitario de esa ciudad manchega.

—Sí.

—Pero ¿ha venido contigo?

—No.

—¿Y por qué? con las ganas que tengo de verlo. ¿Está a gusto en Albacete?

—Mucho.

Deslío dos cadenas —una de ellas de pequeñas esmeraldas—. Mas la central, la de la Cruz de Caravaca, se hace fuerte entre sus roscas.

—¿Y dónde está?

—¿Quién?

—Tu chico.

—En casa.

—¿Cuánto tiempo hace que no venías a vernos?

Consigo desenredar la última cadena. Mi madre entra en la salita con una fuente de pastelillos de hojaldre.

—Vamos a merendar.

—Ya es muy tarde, mamá. Tengo el coche aparcado en la Zona Azul.

Mi madre se sienta en el sofá, junto al gato, un animal cobarde y receloso que poco a poco ha ido aceptando mi presencia.

—Lo quiero como a un hijo.

Mi madre estruja al gato.

—Tiene los ojos como tú. —Me lo dice siempre.

—Ya me gustaría a mí. —Se lo digo siempre.

Me recreo en escuchar el golpetazo de la puerta de la casa de mi madre. Su eco perdura mientras desciendo a trancos la escalera. Entro casi de un salto en el coche. Arranco el motor. Oigo cómo se enfurece, cómo se enfurece más y más, mientras acelero, acelero, acelero.

Suena el teléfono mientras me solazo en la traducción de un verso de *El libro de las horas* de Rilke. Las horas..., las horas aún destejidas de las obligaciones del domingo.

33

El poeta checo y yo. Frente a frente. Ese duelo para atraer a nuestra lengua el resplandor de su alemán. Estoy decidido a ganarle hoy la partida. Pero suena el teléfono. Y luego la voz de alguien que pronuncia mi vínculo biológico con él.

—Papá, es Marta, la tía, creo.

«Creo»... Yo sabía que era la tía, mi hermana pequeña. Sabía que no me llamaba con el propósito de alentar mi inspiración.

—¿Qué hay, bonica? —adjetivo-muleta que uso con ella cuando me temo lo peor: lo peor es siempre mi madre.

—¿Bonica? Ahí tienes a tu madre. Empotrada debajo de la cómoda de su cuarto. Toda meada. He intentado sacarla, pero se pone a dar patadas y a insultarme. Yo me voy. Si no, acabaré loca yo también.

—Tranquila. Dentro de media hora estoy allí. Vete si quieres. No te preocupes.

Apago el ordenador. Veo un relámpago en la pantalla que se diluye sobre el verso, aún incompleto, de Rilke. Despierto a P. La secuestro de su domingo. La sumerjo en el mío. La veo desayunar como si introdujera las tostadas en una taza de veneno. Compruebo mi aspecto en el espejo, el pelo sobre todo. Pasable. Al fin y al cabo, para ir a casa de mi madre... Me afeito. Me ducho sin placer: mala señal. Me visto. P. y yo hacemos la ruta en silencio. He encendido la radio del coche. Música. No quiero oír palabras. De nadie.

Mi hermana no se ha ido. Es ella la que nos abre la puerta. Tiene la mirada de las bestias rodeadas por el fuego. Me pone —con esfuerzo— al corriente. Ha logrado extraer a mi madre del vano de la cómoda. Ahora se halla depositada sobre la taza del retrete.

—No pases, que está desnuda.

Aguardo en el pasillo. El gato ronda cerca de nosotros. Excitado. Con el rabo erizado. Apenas conoce a P. No soporta a los extraños. Se alza sobre sus patas traseras, contorsionándose: otro trastornado.

—Entra tú, Mario. Le he puesto una bata encima. Yo no la puedo levantar.

Hay una carne fría que hiede sobre el esmalte de la taza. Hay un rostro coronando esa carne. Hay una mirada suprimida de toda razón en ese rostro.

Abrazo a mi madre.

—Tranquila, ya está tu hijo aquí. ¿Sabes quién soy, verdad?

Mi madre asiente con la cabeza, mas sus ojos se refugian en un fondo donde no llega la luz. Su cuerpo está helado. La bata tiembla sobre la vibración de la carne.

—Hay que llevarla a la salita y ponerle el calefactor.

—¿El demonio se ha ido ya? —Se refiere a mi hermana.

—Ya hablaremos de eso, mamá. —Mi voz expresa una involuntaria recriminación contra ella, contra su puntería, incluso fuera de control, para ser injusta.

La conduzco a la salita. Mi hermana y P. la visten.

—Mira qué bragas más bonitas te estoy poniendo —le dice P.

—A mi marido le gustaba mucho la ropa interior. Él siempre me decía… —Mueve los labios sin que acudan más palabras, pero se va recuperando, va volviendo en sí.

Me siento junto a ella. Sigue temblando.

—Traed el termómetro.

—No tiene fiebre.

—¿Cómo te encuentras?

—¿De qué?

—¿Ha desayunado?

—Yo tampoco —mi tía.

Le hago beber un vaso de leche caliente. Sorbito a sorbito. Igual que hacía con mi hijo mientras corríamos por el pasillo derribando a pelotazos las hileras de todos sus guerreros de juguete.

—Es que quería coger al gato, y, fíjate, lo tenía por el rabo... ¿Cómo es que me he metido debajo de la coqueta?

—Eso te pregunto yo, ¿cómo se te ha ocurrido hacer eso?, estás delgada pero no hasta ese punto.

Mi madre esboza una mueca. No acepto llamarla sonrisa. Su carne va recobrando calor. Suena el timbre de la puerta.

—Es el tío —me anuncia mi hermana.

Entra en casa el hermano de mi madre, un año menor que ella, quien en mi niñez me llevaba al fútbol en la parte delantera de su vespa hasta que su barbilla chocó con mi cabeza en un frenazo.

—Es que he ido a ver a jugar al Rumbo, y me aburría.

—El Rumbo es el equipo de fútbol del barrio.

—Pues aquí no te vas a divertir mucho, mira cómo está tu hermana —le digo.

Mi tío no viene armado para enfrentarse a la realidad y ni siquiera trata de disimularlo.

—Pues yo la veo muy bien, ¿verdad, Trini?

Una careta de feria, que está a mi lado, se balancea con la misma convicción que los falsos perros que se pusieron de moda en las ventanillas traseras de los coches durante los años setenta.

Mi tío tose. Me habla de su gripe recién curada. Se le nota enfermo, por eso se ha ido a ver al Rumbo. Para demostrarse a sí mismo que está bien.

Nos vamos al comedor para estar solos. Parloteamos un poco de política —él siempre se manifiesta contrario al Gobierno, mande quien mande—, de lo bien que va ahora el Levante —el otro equipo de fútbol, el de los destinados a sufrir los sinsabores del balón, de la ciudad de Valencia—. Exhibe su sentido de humor relatando las penalidades de un escorpión que se agotó de aguijonear a un pariente lejano de Vallanca mientras este trataba de ponerse, aullante pero contumaz, la chaqueta con el arácnido incorporado. No tarda demasiado en enfocar la conversación hacia su tema favorito: su hijo. Que se ha comprado un piso en Albacete, donde ha obtenido plaza definitiva de médico de familia. Me habla, ufano, de sus idas y venidas a esa ciudad manchega para ocuparse de las gestiones de intendencia, de la electricidad, de la mudanza y todos esos quehaceres que agravan la sensación de estar vivo.

—He hablado con mi hijo Pedro de tu madre. Hay que hacerse a la idea. Su proceso es irreversible. No le da más de un año.

No le contradigo. Pero mi intuición de hijo se muestra en desacuerdo. Los Merchante son duros de pelar. Ahí está el ejemplo de mi tía: ochenta y tres años y con una incordiante actividad desenfrenada.

Mi tío se despide.

—Te veo muy bien, Trini —insiste en su fórmula de engaño.

Mi madre lo mira con los ojos del conejo que yo tenía preparado para la paella.

Escruto el reloj; son cerca de las dos de la tarde.

—Bueno, habrá que ir a comprar algo para comer. «Algo», en tales circunstancias, suele ser un pollo asado. Y hoy no tengo el alma para improvisar excepciones.

Mi hermana M. se marchó al poco de llegar mi tío. Repintada sobre un rostro que se mantuvo al margen de la capa de los maquillajes.

Mediodía de domingo en barriada pobre. Pequeños comercios dormidos. Ancianos y niños, algún matrimonio joven, tapias y quioscos, floraciones de rostros parodiando la alegría a la puerta de los bares, la huida sin éxito del malestar de la semana. Descubro un par de tiendas de comidas preparadas con mucha cola, mucho chándal y mucho bostezo a la espera. Prosigo mi búsqueda desde el coche. Voy dando tumbos por la ciudad hasta casi regresar al punto de partida. Cerca de mi casa, en la esquina de la calle Visitación, hay una planta baja donde veo girar hinchadas piezas de carne goteante. Detengo el coche. Le pido el turno a una punki. Me lo da sin reponerse aún de que la haya llamado señora. El trámite es rápido. En apenas cinco minutos ya me han descuartizado un par de bolas pringosas que alguna vez tuvieron plumas y la certeza de que el maíz sería para siempre.

—¿Algo más? —Un eficiente sudamericano se encara conmigo tras el mostrador de cristal.

Pronuncio cosas como Coca-Cola, cerveza y patatas fritas. Pago y escapo.

Comemos. Lo simulamos, al menos. Menos mi tía, a ultranza empañada en privar la superficie del plato de lo que con el nombre de pechuga me ha pedido.

Mi madre no coordina sus actos. Se mueve con una ingravidez y torpeza que me preocupa. Le acabamos de tomar la temperatura. Normal. Lo único normal de su organismo. Le pincho yo la carne escamosa del pollo. Pongo el tenedor en su mano. La ruta hacia su boca se convierte en un enigma para ella. Consiente en que guíe su mano. Pero el pollo se queda entre sus labios. Más muerto aún de lo que está.

Regreso a mi sitio en la mesa. Frente a ella. La observo. Su mirada se aleja de la consciencia. Comienza a balbucir palabras sin hilván. Sus ojos se paralizan. Me alzo de la silla. Pongo mis manos en un helor que me sobrecoge. Le hablo. Mi madre no me oye. Cierra los párpados. Se vuelca sobre la mesa. Atacada por un sopor de plomo. Incorporo su rostro. Lo sostengo entre mis manos. Golpeo sus mejillas. No reacciona.

—Avisa a una ambulancia.

P. corre hacia el teléfono.

—¿No hay más pollo?

—Luego, tía. La mamá se ha puesto muy mal.

Mi tía mira a su hermana y, acto seguido, a la bandeja de pollo, a la espera de que recargue su plato.

Percibo convulsiones entre mis brazos. Escucho gorgoteos procedentes del interior de mi madre. Retrocedo veinte años. A una cama. A una habitación que ahora ha sido ganada por el comedor. A mi abuela materna. Que murió entre mis brazos.

La doctora de Urgencias ha dicho que no la movamos. Dentro de diez minutos llegará la ambulancia.

P. me mira. Le hago un gesto para cortar el dramatismo que se asoma en sus ojos.

—Será lo que tenga que ser. Siéntate.

Me acapara la serenidad de lo irremediable. He hecho lo que me competía y espero.

Suena el timbre de la calle.

—¡Es la ambulancia!

—Pues abre.

P. regresa.

—Solo ha venido el conductor; dice que la bajemos entre los dos.

Su demudación sí que me afecta, porque puedo reaccionar contra ella.

—Tranquila, yo estoy mentalizado para cualquier desenlace.

Agarro a mi madre por debajo de los hombros. La incorporo de la silla. Se despierta. Ningún resto de sopor en su mirada.

—¿Qué pasa?

—Que vamos a ir al hospital. Te has desmayado.

—¿Yo?

—¿Que dónde llevas a tu madre?

—Al hospital, tía.

—¿Al hospital?

Mi tía observa a mi madre como si le quisiera decir «qué sabrá este» y luego vuelve a vigilar la bandeja de pollo.

Abro la puerta de la calle. En el rellano me asalta el perfume y la afeminada desmesura del Gitano Blanco, el vecino de la última puerta de la escalera.

—Pobrecita. —Quiere a mi madre y baja a menudo a verla...

Preguntas inesquivables. Repuestas breves. Le pido que me ayude.

—Es que me tiemblan las manos. Pobrecita...

—¿Puede bajarla usted solo en brazos? —me alcanza una voz desde el portal.

Trato de hacerle una sillita de la reina a mi madre, pero se queja de un costado. Secuelas de la caída matinal.

—¡Suba a ayudarme!

Un grandullón de mediana edad avanza de muy mala gana sobre los peldaños. Acomete a mi madre como si hubiera sonado el gong de un combate de lucha libre.

—¡No la agarre de esa manera. Es mi madre y no un saco de escombros! —Esa metáfora involuntaria...!

Le hemos fastidiado a aquel tipo la guardia del domingo y no parece propenso a disimularlo. Aunque atenúa su brutalidad. Yo también mis deseos de golpear con el puño sus mofletes caídos. Pactamos un descenso cuyo destino mi madre ignora. La depositamos en la camilla.

—¡Qué bien estoy aquí!

—Uno de ustedes ha de venir conmigo en la ambulancia.

P. se ve forzada a marcharse con el transportista de enfermos. Yo le digo que los seguiré desde mi coche. Me pongo en contacto telefónico con mi hermana mayor. Le doy el parte. Alguien más a quien roban el domingo. Llego al Hospital General alrededor de las tres y media de la tarde. Un colgado con acento portugués me asiste en la operación de aparcamiento. Le doy una moneda que mira como si le hubiera escupido en la mano. Atravieso la entrada del hospital. Avanzo por sus jardines buscando la sala de Urgencias. Hace casi quince años efectué un recorrido similar. Pero entonces sabía lo que me aguardaba: el cadáver de mi padre, que no había podido reponerse de un ataque cardíaco mientras bailaba un *kasachok* en la casa de campo de mi tío Jesús. Ahora no sé lo que me espera. Leo un cartel con la palabra perseguida. Un valladar de carne femenina uniformada me acota el paso.

La pongo en antecedentes.

—Ya hay un visitante con ella. Solo se permite un acompañante por paciente.

Le explico que quiero pasar a sustituirlo.

—Pero, nada más que lo encuentre, el otro tiene que salir.

Accedo al interior de la sala de Urgencias. Veo un fango de rostros que se disuelven en el lodo continuo de los que vamos llegando. Un enfermero me ha dicho que busque a mi madre entre los boxes. Box 1, box 2, box 3. Voy abriendo las puertas de esas cápsulas. Voy descubriendo la meticulosa labra del horror sobre los cuerpos. Sorprendo pieles arrugadas en convulsión sobre una litera; un parche encarnado donde poco antes residía un ojo; un saltamontes encogido sobre una silla destilando un hilo reluciente desde su boca hasta el suelo, un insecto al que han vestido como si fuera un ser humano joven. Sorprendo lo que sé. Lo que envuelve mi vida —la de todos— alrededor del copo de señuelos que tejo sin desmayo. Mas ahora avanzo sobre sus trizas. Al descubierto. Sereno. Casi eufórico. Qué preparado estaba, a mi pesar, para este momento. Para comprobar el ultraje que significa estar vivo, el tormento que heredamos al nacer, el fraude de ser mortales, la dimisión de nuestras células segundo a segundo. Encuentro a mi madre en el box número nueve. Una médica interroga a P. Va apuntando en un impreso sus respuestas. Mi madre yace sobre una camilla, medio desnuda. Un costado de su cuerpo, tumefacto, deja que la luz se cebe sobre él. La doctora es fea y joven.

—Buenas tardes, soy el hijo de la señora. Puedes salir, Paula. Yo me quedo con... ¿cómo te llamas?

—Lorena.

—Yo me quedo con Lorena.

P. me cede la pegatina naranja que nos marca como reses intercambiables de la ganadería de los visitantes preceptivos.

—Estoy obligada a hacer un parte de lesiones para la policía —me dice la doctora adoptando ese aire de burocrática intransigencia que tan bien conozco.

—¡Hijo, guapo! Qué alegría verte. Estoy descansando aquí. Es una chica muy buena. —Se refiere a la doctora—. Mi madre extiende sus brazos hacia mí. Uno de ellos, el derecho, exhibe una larga lengua morada que se ramifica por el codo.

La representación en el box número nueve cambia por completo. Ya no se trata de investigar, para un posible parte policial, el origen de los hematomas de mi madre —producto de sus caídas—, sino de ver «qué tiene su mamá».

—Vamos a hacerle análisis de sangre, un «cardio», radiologías, análisis de orina para ver la causa de su pérdida de consciencia. ¿No estará más cómoda en un sillón?

Yo digo que sí. La doctora avisa a una enfermera para que le proporcione el mueble referido. Le narro las últimas horas vividas junto a la enferma que le ha tocado en suerte. La doctora toma notas y, de vez en cuando, eleva sus ojillos hacia mí. Yo me voy soltando. Entro en detalles de carácter íntimo, aventuro pronósticos, paciencias, resignaciones que no siento. Empleo el mismo tono que cuando leo en voz alta la traducción de un poema del que he quedado sobremanera satisfecho. Pero mi voz exagera sus tonos graves, mis ojos se demoran en las pequeñas ranuras visuales de la doctora. Parodio a un impostado galán de teatro. Termina la pieza. Esta parte de la pieza. Trasladamos a mi madre a una silla de ruedas. Han estoqueado una de sus venas con la aguja de un gotero. Paracetamol. Cuando llegó al hospital tenía 39 grados de fiebre —sin embargo, en casa su carne estaba helada—. Mi madre, la silla, el gotero y yo nos apostamos en el rincón de un pasillo. Observo el flujo de enfermeras uniformadas de verde. Trajinan con los pacientes como los arrumbadores portuarios con los bultos de descarga. Es su oficio. Ellas continúan en el otro lado del escenario y no lo disimulan. Se hacen guiños, intercambian chistes en el cruce de camillas, hacen planes para la noche mientras sujetan a una anciana gorda que las insulta delirando. El mundo marcha. Y yo con él. Sentando a mi madre en la taza del retrete, tomándole muestras de su orina en un vaso, rellenando con el botín obtenido una cánula de plástico.

Entra P.

—Tu hermana Clara y Toño ya han llegado. —Toño es su compañero.

Nuevo intercambio de pegatinas. Nuevo parte. Cigarrillos. T. se sorprende del estrecho cilindro que yo enciendo. Hace tiempo que no nos vemos. T. escribe relatos cortos. Publicó un libro de cuentos a principios de los ochenta. Luego hizo ochenta cuentos más que permanecen inéditos. Aprobó unas oposiciones como factor de metro. Es el encargado de la estación de Benaguacil. Un paraíso. Cada veinte minutos sale de un caserío entre algarrobos para tocar un pito que reanuda la marcha del tren. Se ha licenciado en Historia aprovechando los tiempos muertos. Pero se ha rendido como escritor. O lo finge al menos. Aunque la lucha suele seguir en secreto, sin esperanza, pero imposible de contener. Como una vena vital que nos propulsa desde el exterior de nuestro organismo.

La tarde es hermosa. Soleada. Sin viento. El cielo se ramifica en idénticas bandadas de azul vibrante que sortean el techo del hospital. El cielo, ágil, esquivo, indómito, exacto en su manar sin linde. Bajo su cúspide irrumpe una legión vocinglera por los jardines del hospital. Los veo aproximarse hacia mí. Claman, en coros sincopados, por una camilla. En la médula del corro sobresale el cuerpo de una joven que ejecuta movimientos dislocados. Todos los miembros del enjambre son de raza gitana. Los tengo a un metro de mí. Hay niños, mozalbetes, muchachas, hombres, mujeronas, patriarcas, la gama completa de la tribu. Los más pequeños ríen. Las mujeres chillan. Los hombres blasfeman. Cada uno hace su papel. Sobre todo la loca, que es casi una niña: todo un arsenal de aspavientos y sonidos desagradables. Llega la camilla y la vuelcan sobre ella. La guardiana de la puerta se las ve y se las desea para impedir el paso al tropel en pleno. Me alejo. Por poco tiempo. Entro a relevar a mi hermana. La encuentro en la sala central, junto al pelele que ha tomado la forma de mi madre. Nuevo intercambio de la pegatina naranja. Ya apenas se adhiere sobre la ropa.

—Me salgo a fumar un cigarro —me dice.

Mi madre está tranquila. La fiebre ha remitido. Me desvinculo de su atención. La vida fluye por mis venas. La vida que me ahoga en cada cuerpo que contemplo. Puedo entrar en el interior de sus escombros. Reconstruirlos. Hay una anciana, que parece pendida de una percha, con el rostro escondido entre las manos. Está sola. Pálida. Retorcida como una fritura en la sartén. Puedo verla. La veo. En su pueblo. Insignificante y cercado por cicateros campos de labranza. Una aldea de labriegos. Caballos, bueyes y mulas entre los senderos de las casas. Y ella en el balcón. Con un jazmín en el cabello. Vigilando una esquina. Por ella iba a llegar su novio, ese buen mozo que la convenció para abandonar el pueblo. Valencia no era lo que les habían contado. Andamios y zanjas para él. Escaleras y rabos de fregona para ella. Hijos. Más andamios y escaleras. Menos sosiego los domingos. Y luego solos. Otra vez. Y la pleura del marido, que no era una pleura sino eso, esa palabra maldita. Médicos. Quimios... para nada. Para despertar de pronto frente a mí, abandonada, en una silla de ruedas, con el rostro empedernido como una talla. Con la privación de todo afán en sus ojos. Sumidero de ancianos... Un hospital a las ocho de la tarde de un domingo de marzo. Una mano implacable ha corregido el error de mi ruta. Ya estoy aquí. ¿Adónde creías que ibas, necio? Escucho las carcajadas del destino, su merecida mofa, mi claudicación naciente. Van llegando los resultados de los análisis de mi madre. La doctora L. me los transmite en persona.

—Todo está saliendo muy bien por ahora. Solo nos falta ver las pruebas de coagulación. No creo que tengamos problemas con ella. Tu mamá está muy bien.

Miro a la doctora. ¿Con ironía? Yo qué sé...

—Bueno, claro, ella tiene su demencia.

«Su demencia». Como quien es dueño de un Picasso, o de un alazán de carreras, o de un collar de diamantes, mi madre posee su demencia. Y nosotros, a mi madre. Con su demencia, claro.

La doctora sonríe. Me habla con una dulzura impropia del lugar, del contenido de sus palabras. Me habla como si fuera verdad que la miro como la miro. Puro teatro de nuevo por mi parte. Para salir de allí cuanto antes. Para no tener que repetir ese papel con ella el resto de mi vida.

Media hora más. Las pruebas de coagulación han dado el buen resultado previsible. La doctora me felicita. Da la impresión de concederme un trofeo. Abandona al mostrador. Le habla a mi madre con un mimo postizo. Mi madre la observa con una expresión de extravío embelesado. Asiente y sonríe.

—Hala, ya puede marcharse a casa con sus hijos.

Sus hijos... Olvidé contar que tuve una llamada al móvil sobre las seis. Era mi otra hermana, la pequeña. Más histeria. Había telefoneado a casa de mi madre y mi tía le informó de que nos habíamos ido al supermercado... un domingo por la tarde. Logré aplacarla. Impedir verla aparecer en el hospital.

—Todo muy bien. Mañana llevan este informe al médico de cabecera. Que le dé algo para el constipado. Dado su estado mental, el desmayo puede haber sido provocado por la fiebre tan alta.

«Pero en su casa no tenía fiebre», me digo, y callo.

—Si surge algún problema, me la volvéis a traer.

Agradezco la amabilidad de L. Neutramente. Ella insiste en que si surge algún problema...

—Sí, sí...

Voy en busca del coche. Recojo a mi madre a la puerta de la sala de Urgencias. En el camino a casa efectúo un comentario grotesco sobre la fetidez que desprende su cuerpo, que ha desprendido —sobre todo una parte en concreto— toda la tarde. Mi hermana y yo reímos. Sin control. Propicios al disparate de nuestras carcajadas. Muy conscientes del espanto que se irá infiltrando, que se ha infiltrado ya en nuestro día a día.

Los tres hermanos en la salita de estar. Mi madre repantigada en su sillón de dueña, con reposabrazos de muy bien imitada madera, junto a la ventana que da al jardín del Turia. Mi tía: no sabemos. Por la casa, pero no sabemos qué hace, ni ella, probablemente, para qué lo hace. Los tres esperamos. Hemos decidido contratar a una chica para que atienda a mi madre y mi tía. Surgió su nombre porque es la hija de la señora que acude todos los viernes a limpiar la casa donde nos hemos reunido. Yo no la conozco. Pero mi hermana pequeña, que vive allí, nos ha asegurado que podemos confiar en ella. Que es muy limpia y formal —como un gato castrado que no descuida visitar la caja de arena cuando corresponde—.

Mi madre sonríe como si esperase el disparo de una cámara fotográfica. Una detonación que no llega, mas ella persiste en su sonrisa. Los tres hermanos guardamos silencio y procuramos esquivar el cruce de nuestras miradas. De vez en cuando, se oye el trastear de mi tía al fondo del pasillo. Suena el interfono de la calle. Entran en la salita la madre y la hija esperadas. La hija, la futura cuidadora, es poco más que una niña, una niña de aspecto liviano que apenas disimula su temor, un temor que se concentra en aumentar el repliegue de su cuerpo. Va vestida con precaria dignidad. Las prendas que lleva son de distintas modas, de distintos dueños lo más seguro. Se procede a la fórmula de las presentaciones. Nos damos manos y besos como en un funeral en el que el muerto nos mira sonriente, desde el contraluz de la ventana.

Sirvo café y un lote de esas pastas variadas que venden en los supermercados y saben todas igual.

Hablamos sobre las condiciones del cometido de la chica,

del horario —de nueve de la mañana a siete de la tarde—, del sueldo —con un mes de vacaciones a nuestra cuenta y dos pagas extras incluidas—. Mi hermana pequeña concluye:

—Bueno, Sonia, ¿qué te parece?

S. no dice nada. Aún no hemos oído su voz desde que entró en la casa. Su madre interviene por ella:

—Hace solo un mes que llegó de Ecuador. Estaba estudiando enfermería y mis otros dos hijos, un chico y una chica, lo hacían para médico. El dinero no alcanzaba para los tres... —Tres hermanos también, como nosotros—, y nos vimos en la obligación de hacer un sorteo. Solo uno de ellos podía seguir estudiando. A ella y a su hermano les tocó venirse para acá. La niña aún no se ha acostumbrado a esta ciudad. Solo sale a la calle si yo la acompaño. Pero...

Pero de pronto el viaje, esta ciudad ruidosa y desfigurada, el barrio arrumbado en las afueras, una colonia para gentes que solo se van llevando de la vida un devastado botín, el piso exiguo y hostil. Y su padre, que se anticipó en el viaje hace un año y todavía no ha encontrado empleo estable, esperándola al pie del avión, abrazándola con esa expresión de los que se han replegado para siempre ante la desgracia. Y ahora este par de viejas. Dos locas que lucen todavía tan lozanas, tan irrefrenables.

Mi madre ha perdido su sonrisa. A medida que la conversación avanzaba, ha ido adoptando un aire de acorralada. Lo mismo que S. Que sigue sin pronunciar palabra, aunque de vez en cuando asiente con la cabeza —¿a qué?—.

Percibo en la muchacha, en su rostro de bellos rasgos indígenas, una desesperación sumisa, ancestral, un rasgo genético que despierta mi ternura, esa forma de disfrazar una culpa antigua que aceptamos como lastre de nuestra raza. Le digo que ahora es una más de la familia —¡menudo consuelo!—, que depositamos en ella nuestra confianza —como se deposita la basura en el contenedor— para atender a nuestra madre y a nuestra tía...

—Pero dos... —logra decir. Ella esperaba solo una enferma... Intuyo que su madre la engañó en el número para hacerla venir a nuestra casa.

—Mi tía se viste sola —ataja mi hermana pequeña—.

Y no hace falta levantarla de la cama. Es como una niña. Tú, con tal de no hacer caso a lo que te diga.

—¿Y dónde está vuestra tía? Que la conozca, al menos —dice la madre, cuyo rostro, ahora, muestra casi una réplica de la desolación que no puede esconder su hija.

La hermana mayor de mi madre sigue en su extravío por el otro lado de la casa. Voy a buscarla. La encuentro en el comedor. Temerariamente inclinada sobre el hueco de la ventana. Esta tratando de prender una pinza que se le escapó mientras tendía la ropa. Lo intenta con una cuerda en cuyo otro extremo del fondo hay un garfio contrahecho que resbala sobre la pinza.

—Déjalo, tía. No la vas a poder enganchar.

—¡Que no lo habré hecho mil veces, ya!

—Con ese gancho, no.

—¿Me lo vas a decir tú a mí, si no tenemos otro?

—Es igual. Luego continúas. Quiero que conozcas a una persona.

—Yo no tengo ganas de conocer a nadie.

—A esta verás como sí. Es una chica muy cariñosa que va a venir a cuidaros todos los días.

—A mí no me tiene que cuidar nadie. Y menos una chica. Si fuese un buen mozo...

Por fin logro que suelte la cuerda. Cojo a mi tía de la mano y casi a la fuerza la llevo hasta la salita.

—¡Pastas, y habéis tenido el cuajo de no avisarme!

Mi tía se falca entre los brazos de la única silla que hay libre y, sin saludar ni fijarse en las dos nuevas caras, se abalanza sobre la bandeja de galletas que apenas ha merecido la atención de nuestros dedos.

—Pero, tía, ¿no te has dado cuenta de que tenemos visita? —le reprocha mi hermana mayor.

—Ya lo ves, Sonia —dice mi otra hermana—, es como una niña.

—¿Una niña?... ¡Un castrón que se come todo lo bueno! ¡Tragaldabas! ¡Que no tienes sentido! Deja ahora mismo de comer o me levanto y tiro esas galletas por la ventana.

—Mamá, por favor...

Sonia, por favor. Tierra, tráganos a todos, por favor.

Lo ha intentado. Casi ha estado a punto de lograrlo. Trató de hacer, de regalarme, una de sus tortillas de patatas. Esa que acabo de descubrir formando un tapiz de desperdicios sobre el suelo. La misma cuyo derroche de fragmentos contempla mi tía con la sartén aún en la mano.

—Pero, mujer, ¿cómo se te ha ocurrido darle la vuelta sin ponerle un plato encima?

—Siempre la he hecho así.

—A ver que mire esa mano. ¿Te escuece?

Examino su piel. La tiene enrojecida. Mas no da la impresión de una quemadura grave. Voy a por una pomada que no encuentro. Retorno a la cocina. Sorprendo a mi tía batiendo huevos.

—Mira, bonico mío: una sorpresa. Te voy a hacer una tortilla de patatas, bien doradita, como a ti te gusta.

Tercer viernes de turno de guardia. Mis hermanas y yo acordamos un reparto para los fines de semana. Yo me quedé con los viernes a partir de las siete de la tarde. Con un domingo de cada tres. Ahora, tras convencer a mi tía de que ya venía cenado de casa, me he puesto en cuclillas. Sostengo en la mano derecha un pliego de papel de cocina y en la otra, un plato grande. Voy recogiendo sin prisa los restos, ya fríos, de la tortilla mientras el gato se ha puesto a juguetear por el pasillo con el más voluminoso y redondo de ellos.

—¿Qué haces? Ni se te ocurra tirar esos trozos a la basura. Aún se pueden aprovechar.

—No, tía, los ha lamido y toqueteado el gato.

—Tú ve dándomelos a mí y los limpio con el delantal.

—Que no. Esto va directo a la basura. Yo os haré la cena.

—¿Tú? —mi tía exhala una risa despreciativa. Siempre se le dio muy bien el manejo de la sorna y sigue en plena forma al respecto.

Hago la cena. Un pisto de tomate, daditos de pimiento y tiras de pechuga.

—¿Otra vez este mejunje? —se queja mi madre cuando sirvo los platos en la mesa.

—Es que a la tía se la ha caído la tortilla de patatas al suelo mientras le daba la vuelta.

—¿A mí? Si no me he movido del sofá en toda la tarde.

—Sí, a ti, plomo, inútil, que no sé cómo te aguanto en esta casa. Todo el día encima de mí desde que llegaste de América. Porque Hilario... —mi padre— era un santo. Te teníamos que haber echado rodando por las escaleras nada más viniste con ese maletón de vicetiple —suelta mi madre.

Mi tía alza la mirada al cielo y suspira. Un gesto habitual en ella siempre que su hermana vuelve con esa matraca. Que empezó a los pocos días de instalarse mi tía en nuestra casa.

Cenan con gesto desabrido y buen apetito. Les llevo de postre unos flanes de huevo.

—¿Otra vez esta masilla? —mi madre.

—Pues dámelo a mí si no lo quieres —mi tía, que ya ha vaciado la mitad del interior del envase de su flan.

—¿A ti? Antes se lo echo a los gatos del tejado.

—Vamos, mamá, cómetelo. Necesitas azúcar.

—Yo lo que necesito es perder de vista a esta cataplasma. ¡Que nunca pude tener intimidad con mi marido por tu culpa! Mírala, tía pachorrosa. ¡Hala, sin dejar de hincar el pico! ¡A comer, a comer!

Mi tía apura las limaduras de su postre absorta en el propósito de no dejar ni rastro del flan.

Con teatral gesto de asco, mi madre enfila por fin la cuchara a su tarrina correspondiente.

Friego los platos. «Y ahora viene lo peor», rumio entre dientes.

Lo peor: ese par de horas antes de acostar a mi madre. Los tres frente al televisor. El programa de «Cruz y Raya». La sarta de reincidentes parodias de los histriones. Las risas de ambas. Que tosen a coro. Tosen y ríen. Sobre todo tosen. Sobre todo mi tía.

Las once y media de la noche. Comienzo mis maniobras de tanteo. Finjo una serie de bostezos. Ellas ni se percatan. Pendientes ambas de la pantalla. Todavía con la sonrisa adherida a sus rostros, aunque el programa de la pareja de cómicos hace un rato que concluyó.

—Bueno, será hora de ir pensando en acostarse.

—Acuéstate tú si quieres. Tu madre y yo nos quedamos un rato más viendo el programa.

—El programa ha terminado ya.

—Porque tú lo digas.

—¿No ves que ahora están haciendo un reportaje de motos?

—¡Y que siempre quiera tener la razón este tío! —mi madre, que cambia de bando cuando se aburre de estar en el otro.

—¡Eso es lo que nos endemonia a las dos de ti! Que vengas aquí a que te demos de cenar y a hacerte el dueño de la casa —mi tía, que siempre se acomoda a los vaivenes de humor de mi madre.

—¡Se acabó! Ya es hora de irse a la cama.

Apago la tele. Las dos hermanas me lanzan improperios al unísono. Algo oigo sobre que en su casa mandan ellas y alguna reiteración me llega acerca de que solo voy a allí a que me den de cenar y a amargarles la noche.

Consigo levantar a mi madre de su sillón y, no sin resistencia por su parte, logro conducirla hasta su cuarto. Ahora viene lo peor.

—¿Qué haces?

—Quitarte la ropa para ponerte el camisón.

—Yo lo sé hacer sola.

—No, mamá. Ya no.

Mi madre se aviene a dejarse desvestir. La dejo en sujetador y bragas. Y ahora sí. Ahora sí que viene lo peor.

—Te he de bajar un poco las braguitas para ponerte el pañal.

—¿El pañal?

—Sí, mamá. Así no tendrás que levantarte por las noches para ir al cuarto de baño. Que ya te has caído dos veces. Mira, aquí en el brazo, ¿ves ese moratón? Te lo hiciste cuando te caíste el domingo pasado.

—Eso me lo acabas de hacer tú, de tanto que me has apretado el brazo para traerme al dormitorio.

—Si te he llevado por los hombros...

—¡Sabré yo por dónde me has cogido! ¡Y lo que me duele, bestia!

Mi madre se calma. Aprovecho el momento para ir bajándole las bragas con la mano izquierda; en la derecha tengo —como una tarta a punto de ser lanzada— el pañal.

—¿Qué le estás haciendo a tu madre, asqueroso? Pero, ¡cómo!

Era lo que más temía: la entrada de mi tía. Ha empalidecido. Sus ojos se han vuelto los de un gato furioso; hasta me parece apreciar que las puntas de sus orejas se han escorado hacia la nuca.

—Le estoy poniendo el pañal, tía, como las otras noches. Para que no tenga que levantarse de la cama si le entran ganas de orinar.

—¡A mí lo que me están entrando ganas es de echarte la mano al cuello! ¿Ese es el respeto que tienes por tu madre?, ¿por las dos?

Prosigo en mi menester. Le bajo las bragas a mi madre hasta la mitad de sus muslos. Coloco a la carrera el pañal entre su caliente entrepierna —siento un acceso de náuseas—.

Intento subirle las bragas, pero las manos de mi tía me lo impiden. Las aparto con el hombro. Me acuclillo y nado en la abundancia de un sudor que veja mi piel. Veo el fogonazo de mi rostro en el espejo. No me reconozco. Sin dejar de combatir con las manos de mi tía, que me han enganchado por el pelo, logro alzar las bragas de mi madre hasta su cintura.

—¿Veis?, ya está —les digo jadeando, y un gran peso, un lastre de asco y remordimiento en mi pecho.

—¡Porque he venido yo, que si no...!

—¿Que si no, qué? ¡Cabras! ¿Es que os habéis creído que me he vuelto un degenerado de repente? ¿Que no tengo otra cosa mejor que hacer un viernes por la noche que venir aquí a verle el culo a mi madre?

—Tiene razón, Reme. Él es bueno.

Mi madre extiende su mano derecha y me acaricia el rostro. Qué bella sonrisa todavía cuando se dulcifican sus ojos. La beso. Beso a mi tía también, que se deja querer como un perrito manso.

Acostamos entre los dos a mi madre, que mantiene su sonrisa. Esa sonrisa, la misma que yo esperaba cuando venía —tan pocas veces— a recogerme al colegio. Esa sonrisa, ese dejarse tapar vencida y leve en la cama. Ese bajar las escaleras con alivio y desolación. Esa tortura de lisiado en el alma. Sí, existe el alma, ahora lo voy descubriendo. Existe para depositar en ella todo el sucio lastre de cuanto quisiéramos no haber vivido.

Domingo. Paseo en el coche. Hoy las llevo por el centro de la ciudad. «¡Qué bonita, Valencia! Mira, Trini, la catedral!» Retengo el impulso de corregir a mi tía. Estamos circulando por delante de la fachada del Ayuntamiento. Enfilo el coche por la calle de las Barcas, el Parterre, las Glorietas, el Arco de Triunfo. Aceras abarrotadas. Tropeles de familias en cuya felicidad nunca había reparado. Y también ancianos. Ahora los veo. Ancianos que van solos. ¡Que van solos! Alcanzamos el puerto. Aparco el coche. Damos un paseo por la orilla del malecón, bordeando las dársenas. «Mira los barcos, Trini.» «¡Qué bonica!», dice mi madre ante una gaviota que la mira calculándola como presa. Nos sentamos en la terraza de un bar, que expone sus parasoles junto al edificio de Aduanas de Hacienda. Aceitunas, patatas fritas, un par de fantas de naranja y una cerveza. Como la mayoría que nos acompañan en las mesas vecinas. Que nos miran sin saber. Para ellos somos una familia más disfrutando del sol de un domingo de abril. Al menos yo trato de aparentar esa imagen. Y me distraigo en la farsa. Me relajo incluso. Hasta bromeo de la celeridad con que mi tía se lleva las patatas a la boca y finjo que cronometro cada una de sus incursiones al plato.
Mi madre comienza a arrugar la nariz dando sorbidos de aire por la boca. Sus piernas se abren y se contraen cada vez con mayor frecuencia.
—¿Te está entrando hormigueo, mamá?
—Hormigueo de *figa* —me responde.
Yo miro en derredor. Mis ojos en alerta. Pero todo sigue igual: los vecinos de mesa con sus aceitunas y refrescos, los niños espantando a los gorriones que esperan nuestra cari-

dad, los barcos anclados, el guardia civil en su garita junto a la barrera de entrada para coches.

—¿Te estás haciendo *pipi*?

—Me meo encima desde que salimos de casa.

Ayudo a levantarse a mi madre de su silla. La operación es lenta. Mi madre, ya de pie, prosigue con las piernas apretadas. Apenas logro que avance centímetro a centímetro. Mi tía canturrea mientras tanto una jota sobre refajos de mozas y regocijo de mozos. Los vecinos de mesa ya no nos miran como a una familia de tantas. Los servicios del bar se encuentran en la primera planta. Para llegar a ellos hay que ascender por una importunísima escalera de caracol. Mi madre se pone nerviosa, trastabilla en el cuarto escalón. La sostengo. Ella me acaricia. Se deja llevar. Alcanzamos al fin la cima de los peldaños. El lavabo de señoras está ocupado. Esperamos. Tras el estrépito de la cisterna, sale una mujer de la misma edad, más o menos, de mi madre. Nos ausculta con perplejidad. Perplejidad que se convierte en alarma cuando ve que mi madre y yo nos introducimos juntos en el cuarto de baño. Bajamos al fin. La mujer está hablando con uno de los camareros. Por la forma en que este nos repasa con los ojos, deduzco que le ha glosado nuestra excursión conjunta al interior del retrete.

Pido la cuenta. «Es mi madre», le digo. «Precisa de ayuda para hacer sus necesidades», le aclaro con un vahído de humillación que me obliga a susurrar mis últimas palabras. Él asiente, convencido —quiero creer— de mis pulcras intenciones con esa señora mayor, pero aún de buen ver, que me acompaña.

Proseguimos el viaje en coche. Avenida del Puerto arriba. La antigua posta de Consumos de la avenida de Aragón, los nuevos hoteles de fachadas policromas, la Alameda, el pabellón de La Cigüeña, la piscina cubierta, el edificio de Muface. Mi madre, insultando a mi hermana y mi sobrina que viven con ella. Insultándolas desde que hemos entrado de nuevo en el Fiat Punto. Le están haciendo vudú para que se muera y quedarse con el piso:

—Tú no las conoces, son un par de brujas. Y sobre todo

la sobrina esa tuya, peor que la roña. Y en cuando tu hermana se descuida, me lanza burlas y gestos guarros.

Detengo el coche enfrente de los Viveros.

—O te callas, mamá, o te hago salir del coche.

—Uy...

—No voy a consentir que sigas insultado a tu hija. Pero ¿no te das cuenta de que es ella la que te lava, la que hace la compra, quien os hace la comida, la que te acuesta por las noches cuando no estamos Clara o yo?

—Dices eso porque eres bueno y no las conoces como yo. Y esa raposa que tiene los mismos ojos taimados de su padre. ¡Quieren quedarse con el piso y me harán la vida imposible para que yo me vaya!

—¡Cómo te vas a ir si es tu casa!

—Sí, me iré, aunque sea a un asilo, pues tengo mi paga y mi cartilla del banco. Antes la quemo que se las queden esas víboras. ¡Qué equivocado estás con ellas!

—Mira, Trini, ese puente, qué cosa han hecho, parece una peineta —mi tía. El puente, claro, es el de Calatrava.

—¿Te vas a callar ya? —le grito a mi madre.

—Me callo porque veo que estás de su parte. Qué despago me he llevado también contigo.

Pongo de nuevo el coche en movimiento. Doy un rodeo por la calle Sagunto. Cruzo la senda metálica del tranvía para abordar la entrada al garaje. Me pasa desapercibida la señal de precaución del semáforo. Esquivo un coche con una maniobra —o suerte— inverosímil. El otro vehículo frena. Yo enderezo las ruedas del Fiat y reanudo la marcha. El garaje de casa está solo a unos metros. Oigo gritos a mis espaldas. Es el conductor del otro coche que se ha apeado de su vehículo.

—¡Eh, hijo de puta que casi nos matas!... ¡Párate si tienes huevos, cacho mamón!

Acelero. Desciendo a la desesperada por la rampa del garaje.

—¡Hijo puta, hijo puta, ya te he pillado!

El conductor del otro coche —lo estoy viendo por el espejo retrovisor—, pálido, encanijado, apenas un garabato dentro de su chupa descolorida, baja al trote la rampa, alcanza mi ventanilla antes que se abra la puerta del garaje.

—Sal, cabrón; sal, que te voy a matar.

Bajo el cristal de la ventanilla del coche. Estoy asustado. Extrañamente acobardado, recluido en mi propio miedo.

—Es que a mi madre le ha dado un ataque.

—¿A tu madre?

Mi perseguidor asoma el rostro por la ventanilla. Mi madre —maldita traidora— lo mira con una pletórica sonrisa. Todo su rostro se manifiesta henchido de bienestar. El tipo muda de expresión. Despega su rostro de la ventanilla.

—¿Está loca, verdad? —dice con un tono apaciguado que no camufla su repulsión.

Me sublevo.

—No; el loco has sido tú por venir persiguiéndonos desde tu coche. ¿Qué coño querías? ¿Que nos pegáramos delante de ellas? Sí, mi tía está en el asiento trasero y también está mal de la cabeza. Ahora aparco el coche, las dejo en casa y tú me esperas en la puerta del garaje. A ver entonces qué pasa.

Esa ira, esa violencia repentina contra aquel sujeto, contra la mañana en el coche, contra los domingos sometido a la pena de las guardias, contra el cepo de esa enfermedad destructora de todas mis defensas. Ese furor, esa ansia de golpear contra algo sólido y vivo, ha estallado al fin. Quiero pegarme con aquel tipo. No he deseado otra cosa con mayor afán en mi vida. Mas el otro se calma. Me calma.

—Tranquilo, tío. Pero no has hecho bien en no pararte después de estar a punto de empotrarnos. Mi mujer y mi hija se han quedado llorando en mi coche, del susto que nos has dado.

Mi cólera se esfuma.

—Lo siento de verdad —le digo.

Salgo del Fiat. Nos damos un abrazo. Un todoterreno negro asoma sus cien kilos de parachoques en la rampa del garaje. Hace sonar el claxon.

—Perdóname, por favor —insisto—. Están muy tocadas de la cabeza las dos. Las he llevado a dar un paseo y me han sacado de quicio.

—Perdóname tú, compañero —replica él.

—Que pases un buen domingo. Dale mis disculpas a tu familia —le digo estrechando su mano.

—De tu parte, tío. Sé fuerte. «Sé fuerte».

—¿Ha pasado algo? —me dice P. nada más abrirnos la puerta.

—Casi he estado a punto de pegarme con uno y luego hemos terminado dándonos un abrazo.

—¿Y eso?

—De milagro no he embestido su coche con el mío. Ha sido en el cruce con las vías del tranvía.

Me miro en el espejo del recibidor: una máscara con los ojos frenéticos y, a la vez, sin vida.

—Botijaza, no te quedes ahí plantada que no me dejas pasar —mi madre a mi tía.

—Qué bonita la tenéis —mi tía, que siempre dice lo mismo al entrar en mi casa.

La tortuga de Florida ha llegado al fin, tras una ruidosa carrera que acentúa su lentitud, junto a mis pies, como hace siempre que me ve entrar en casa, dispuesta a seguir el rastro de todas las baldosas que yo pise.

—Ay, qué bonica, es como un perrete —mi madre.

—A ver que le dé un besico.

—No te agaches, tía.

Mi madre la empuja. Yo se lo recrimino mientras deposito a la tortuga en su terrario. Del que salta antes de que regrese junto a mi tía y mi madre. Las cojo a ambas de la mano. Llego con ellas hasta el final del pasillo.

—Venga, seguro que querréis entrar en el váter. Hay un baño para cada una.

Ninguna de las dos se mueve. Miran en derredor con aire desvalido, como un gato recién echado a la calle por sus dueños.

—Vamos, tía, entra tú en este. Y tu, mamá, en el otro.

—Le has dado a ella el mejor. Siempre hace lo mismo, la egoísta esta.

—Pues entra tú aquí.

—No me da la gana. Primero se lo has dado a ella.

Introduzco a cada una de ellas en un baño. Espero afuera. Cinco minutos, diez...

—¿Qué pasa que no salís?

Mi tía abre la puerta.

—Es que no sé dónde lavarme las manos.

—¡Si ahí está la pila!

—¿En eso tan pequeño quieres que me lave yo las manos?

La llevo a la cocina. Se enjabona las manos con el detergente de fregar y se las seca con un paño rizado y húmedo que reposa en el tirador de la puerta del horno.

Reaparezco al final del pasillo. Mi madre todavía sigue enclaustrada en el otro cuarto de baño. Giro el pomo de la puerta. Menos mal: no ha cerrado por dentro. Me la encuentro sentada sobre la tapa de la taza del inodoro. Con la falda puesta. Una clamorosa mancha de humedad se expande todavía sobre su falda. Me mira con rubor y pasmo. Intenta cubrir con las manos la desbandada de su orín por la superficie de la tela.

—No te preocupes, mamá. Ha sido culpa mía... Con esto de que casi chocamos... Tenía que haberte ayudado a bajarte la falda.

Mi madre no reacciona. Continúa palpándose la mancha, ensimismada, incrédula.

Entre P. y yo la cambiamos. Le ponemos un batín de mi hijo.

—¿Así quieres que me vean todos, con esta facha?

Comemos sin apenas palabras. Como extraños que se han sentado juntos por azar en una de las mesas de la beneficencia. Comemos lo que en una Casa de Caridad no se atreverían a servir. Un repertorio de esos guisos ya preparados por encargo, mal cocinados y peor recalentados. Hasta mi tía deja restos intactos en su plato. Las dos hermanas alegran sus rostros en el café, con los pasteles. Mi madre no nos permite probar ni una de las lionesas de nata. «Su delirio». Cuántas veces le he oído decir lo mismo. Cuántas veces la he visto dejarnos sin probar los pasteles de nata.

—Qué bien lo hace, ¿eh? —exclama mi madre con admiración, buscando la complicidad de mis ojos.

Estamos los cinco frente a la pantalla del televisor. Acabamos de poner un DVD de una película de Leslie Nielsen. Tras las palabras de mi madre, mi hijo dice «Pero...», y me mira con reproche. Yo le había contado que su abuela se ríe en cualquier película de humor, por mala que sea. Mi hijo tenía escogida para la ocasión la que más le había divertido de todas las que invaden su cuarto. «Pero», repite cada vez que mi madre exterioriza su inquietud por la suerte del comicastro de pelo albino.

—Ay, *pobret*, es que no dejan de ir contra él esos hijos de mala madre. Mira cómo se le salen los ojos, se me pone un nudo en la garganta. Parece que le esté pasando todo de verdad. ¡Uy...! —exclama sobresaltada ante el ataque de una pierna ortopédica que sufre su héroe por la espalda.

Mi hijo da un respingo. Yo le hago una señal para que disimule, para que le siga el juego a su abuela.

Mi tía se levanta del sofá. Comienza a patrullar por la casa. La sorprendo con las bragas entre las piernas, inspeccionando el fregadero.

—¿No está esto muy alto?

—Para lo que piensas hacer tú, sí.

—Pero antes estaba bajo.

—Siempre ha estado así.

—¡Me lo vas a decir tú, sabihondo!

La guío hasta uno de los cuartos de baño. Al salir se repite la operación del lavado de manos en la pila de fregar.

—Bueno, yo me voy ya para casa —mi tía.

—¡Qué atajo de maricones, ya podríais todos contra él! Pero, ¡toma!, mirad cómo se defiende. Y lo bien que lo hace el actor, me pone la piel de gallina —mi madre, cuya voz enronquecida por la suma de emociones me llega desde el comedor.

—Pero ¿cómo te vas a ir a casa sola?

—Andá... como si no estuviera cansada de hacerlo, cojo la orilla del río y... —Mi tía me mira con menosprecio de profesora harta de la ignorancia de un alumno torpón. Su mano se ha quedado extendida en el aire, haciendo el gesto de marcha.

La devuelvo al comedor y consigo que se siente en una esquina del sofá. Un minuto. Ahora se asoma a la puerta acristalada —y cerrada— del balcón.

—Y esas planticas, qué gozo da verlas... Bueno, yo cojo

la orilla del río, me voy por la barandita y... —Vuelve a extender la mano en gesto de marcha.

—Me llevo a la tía a dar una vuelta. Mientras, termináis de ver la película.

—¿Ahora, papá?

Mi hijo me mira con ese enojo insensible de la adolescencia. P., no exactamente con enojo, pero...

Salimos a la calle. Tarde de domingo. Aceras vacías. Contenedores abiertos, destripados, con basuras esparcidas que parece que se refuercen sobre el asfalto. Bares en cuarentena, desiertos, con la luz del televisor fluyendo en vano desde tarimas empotradas en la pared. Un tipo con un chándal multicolor se cruza con nosotros enseñando los dientes y la lengua negros. Sorteamos un perrazo solitario que nos mira reteniendo el impulso de atacar o de lamernos.

Tomamos la calle Alboraya, larga, muerta, aniquilada por el torpor de la tarde. Doblamos por el pasadizo de la Senda del Aire. Nos damos de bruces con una aglomeración de hombres y mujeres disfrazados de maniquíes de escaparate para la tercera edad. Un letrero luminoso titila resaltando sin rubor la palabra «Cerebro». Una discoteca para desahuciados del deseo carnal correspondido. El número de mujeres triplica al de los varones. Mujeres enfajadas, enlacadas, empolvadas, desesperadamente perfumadas. Mu-jeres que nos miran con pícara extrañeza. Yo he tomado a mi tía por el hombro. Como un solícito enamorado. Mi tía se sorprende y yo aprehendo su brazo para que enlace mi cintura. «¡Van a ver esas quién eres tú!», le susurro y le doy un beso, en la mejilla, muy cerca de los labios. Ella aviva una luz inquisitiva en sus ojos y aligera el paso. Yo la estrecho contra mi cuerpo. Mi tía me lanza otra pregunta con la mirada, pero acepta caer en mi lazo, se deja llevar. Entorna los párpados. Ya no parece que tenga prisa. Su mirada se pierde por encima de los edificios. Ahí está ella, mi tía, elevándose hacia el cielo, enteramente sola en su ascensión.

—¿En qué lugar de Ecuador vivías, Sonia?

Conduzco el coche aún por el paseo de la Pechina. Acabamos de salir de casa de mi madre. Es viernes. Otro viernes de estiércol. Cuando S. se despidió de nosotros, como una fugitiva encadenada, no pude retener el impulso de llevarla a casa. Sabía que con ello quebrantaba el acuerdo con mis hermanas: no dejar nunca solas a mi madre y mi tía. Pero me arriesgué. Me arriesgué por cobardía. Aún no. Aún no frente a frente con las dos.

—En Santiago de Guayaquil —me responde, al fin. Sus ojos fijos en el parabrisas. Las manos juntas, las palmas en un suave frote persistente, como si buscaran darse consuelo la una a la otra.

—Muy bonita ciudad. Allí también tenéis mar.

—¿La conoce usted, don Mario?

Siento la punzada de ese tratamiento que no refleja respeto sino desorientación, inseguridad, malestar por esa amputación que ha sufrido su vida allá. Pero insiste en su pregunta. Ahora, con una brizna de anhelo, de ambición por ser recuperada como quien era antes.

—No. —La miro sonriendo—. No he estado nunca en América. Pero me gusta viajar por los mapas del mundo.

Silencio. Retorno a la vaina, a su cápsula.

—¿Has visto la playa de aquí?

—Un día me llevaron mis papás.

—¿Te gustó?

Un encogimiento de hombros. Otro silencio. Que se mantiene hasta que cruzamos el viejo cauce del río por el puente de San José.

—Puede dejarme por aquí, don Mario. Ya estamos cerca.

—Me dijiste que era la calle Málaga, ¿no?

Asiente con la cabeza. Pero me mira, por primera vez, a los ojos.

—Pues en la calle Málaga te dejo.

S. curva apenas los labios hacia arriba. Atenúa la fricación de sus manos. Su espalda toca por primera vez el respaldo del asiento.

Grupos de niños y adolescentes hispanoamericanos aprovechan las aceras, incluso franjas de la calzada para jugar. Lo hacen como en mis recuerdos de infancia: desprendidos del colegio, de sus deberes, de su exilio, en un auge capaz de devolver, todavía, cualquier golpe bajo del destino.

—Acá mismo es.

Detengo el coche. S. permanece quieta en su asiento. Parece haber despertado de pronto y, aún, el dinosaurio sigue allí, con la forma del portal de su nueva casa.

Salgo del coche. Lo sorteo por su parte delantera. Abro la puerta de S., que se demora en abandonar su asiento. Hago un asomo de prenderla por el brazo. Ella se retrae. Yo me ruborizo. Ella no. O, al menos, no lo muestran sus mejillas. Se ha atusado su larga cabellera negra mientras yo intento buscar una frase para decirle adiós que no parezca fruto de una fórmula consabida.

—Muchas gracias, don Mario. Mi madre ya me dijo que usted era todo un señor.

Se repite mi sonrojo. Abdico de mis propósitos de originalidad para despedirme. Un balón de fútbol impacta contra mi cogote. S. ríe a carcajadas.

—Lo tenía preparado para hacerte reír.

Intento redondear la frase con un colofón ingenioso, mas el dolor del pelotazo —que disimulo— aturde mi cerebro. Le doy la mano. Ella duda. Al fin me ofrece la suya, fría, menuda, ligeramente dominada por un temblor que me gusta sentir en la mía.

—Adiós, Sonia y... y...

—Adiós, don Mario.

Las doce de la noche. Acabo de detener el coche al borde de la rampa de descenso del garaje de mi casa. Una creciente congoja me apresa. Me inmoviliza. Hoy han sido ellas, las de antes. Mi tía y mi madre han regresado a la dimensión arrebatada. Cuando volví de la calle Málaga, encontré a mi tía cosiendo el dobladillo de un vestido. Concentrada en su hilar, tan hábil de manos como cuando se ganaba la vida como modista de gente bien. Mi madre me recibió como ya casi había olvidado. Se alzó del sillón. Radiante de ojos y de cutis. Me besó, me preguntó por P., por mi hijo. Se fijó en mi ropa. Alabó mi gusto por la combinación de azules que realzaban el color de mi pelo y de mis ojos. «Los tienes igual que tu padre.» Nos sentamos a conversar junto a la ventana de la salita de estar. Hablamos de cuando íbamos juntos al cine Xerea, para ver películas subtituladas de arte y ensayo. Entramos en conversaciones sobre la actualidad política. Me habló de su abandono de «la causa». De que ahora, sin Anguita —que tanto le recordaba a mi padre—, había perdido el ánimo por seguir siendo comunista. Hablamos de música —la *Norma* de Maria Callas, el Adagietto de la 4.ª Sinfonía de Mahler, Carlos Meneses, Misia—, de que el Gitano Blanco bajaba todas las tardes a hacerles compañía —«como se ha quedado tan solo, el pobre...»—, de sus joyas, de los estudios —«muy mal llevados»— de mi hijo, de que Vicent, el Carpinterín, le preguntaba siempre por mí, de su conflicto con el resto de vecinos por la instalación del ascensor, de lo contenta que estaba porque me quedara a cenar, de lo bellamente que ascendían las copas de los árboles del Jardín del Turia más allá de la ventana. Mi tía, mientras tanto, terminaba sus últimos hilvanes y luego fue a la cocina a preparar la cena. Comimos en paz unos huevos rellenos de atún con guarnición de pimientos y berenjenas al horno que mi tía había logrado extraer de su perdida maña culinaria. A la hora de acostar a mi madre mi tía nos acompañó. Me ayudó a desvestirla y en el temido momento de ponerle el pañal, mi tía señaló con el dedo el sexo de mi madre y dijo con alborozo: «Por ahí saliste tú».

«Por ahí saliste tú.» Y ellas ¿de qué insalvable limbo habían conseguido huir hasta alcanzarse de nuevo aquí en la Tierra? Era como si el tiempo —su tiempo— se hubiera puesto de rodillas para suplicar la concesión de aquel súbito reverso de su condena. Y algo superior a lo comprensible se hubiera apiadado hasta atender a la plegaria. Ese imprevisto sorbo recién bebido de sus horas de plenitud me ha intoxicado, ha desmantelado el acopio de resignación con que yo empezaba a defenderme de sus desvaríos. Me ha dejado de nuevo con el corazón a la intemperie, deshuesado, inerme, abatido, con los pies descalzos al principio de la ascensión por el pedregal inexorable que me conducirá de nuevo a las trizas de sus mentes.

Las doce y media. Sigo inmóvil. Oigo el pitido de un vehículo cuyos faros amplían una luz que se empotra en mi nuca. No reacciono. Veo una sombra que se dirige hacia la ventanilla que está junto al volante de mi coche. Acciono la palanca del cambio de marchas y piso con fuerza el pedal del acelerador.

Freno con estridencia a escasos centímetros del portón eléctrico del garaje.

He de dar marcha atrás para insertar la tarjeta que acciona el mecanismo de apertura. Pero no lo hago. La sombra desciende por la rampa.

—¿Estás loco, hombre?

Recuerdo una escena parecida. Un domingo reciente. Cuando las locas, eso pensaba, eran solo ellas todavía.

A César Simón, *in memoriam*:

Noche, las estaciones
del trenecillo suburbano.
Acacias, buganvillas,
nísperos, tras las verjas, los caminos
entre acequias corruptas, de aguas negras
y brillantes. Bultos de moreras,
ásperas cañas de maíz
en dirección al mar. La Malvarrosa.
Ancho vagón de polvo y papelillos.
Cierras los ojos. Sientes
tu cuerpo joven, derrumbado, quieto,
pero germinativo y oloroso
como el estiércol. Sientes
cómo viene el azahar de oscuras fuentes,
cómo se emboscan las barracas
—girasoles, higueras—
cómo ladran los perros a distancia,
cómo canta la vida desde el fondo
del barro.

Apenas queda nada, César. Nada del poema que nos legaste tras aquel viaje nocturno en el *trenet* hacia la playa. Nada de esas higueras, de esa fragancia de azahar, de esas fuentes, de esas moreras, de ese eco de perros en la lejanía. Ya no canta la vida desde el fondo del barro mientras recorro con el coche esta avenida —la de los Naranjos, ausentes— cercada de muros con ventanas, de grises columnas dispares, de desiertos galpones para universitarios, de exiliados árboles que no movieron sus raíces. Conduzco y sigo recitando en silencio tus versos, te recuerdo en la tarima del aula dando vida y sentido a la retórica griega, te recuerdo en la baranda del río, el azul de tus ojos en reposo, tu sonrisa tan escasa, el placer común de contemplar aquellos jugadores panzudos persiguiendo y perdiendo la pelota en un dispar rectángulo de tierra, polvo y piedras, trazado sobre el antiguo lecho del río. Fue la última vez que nos vimos. ¿Recuerdas aquel extremo, aquel galope insensato por la banda, aquel centro desde la raya de cal y el curso inverosímil del balón, que fue a caer, como un obús, directamente al agua? Fue la única vez en que oí una carcajada tuya. Te voy recitando, César, por esta avenida devastada y repleta de cementos engreídos. Te voy dejando, mientras persisten tus versos en mi mente:

> *Oh noche*
> *cómo es frágil*
> *tu paso, cómo es joven*
> *tu ropa descolgada y polvorienta;*
> *cómo están secas estas manos*
> *vacías, que te duelen, entre tanta*
> *facilidad. Mas cómo es grande y pura*
> *la ligereza, el temple con que bebes*
> *lo que te dan: la vida misteriosa,*
> *la densidad oscura, informe, vaga;*
> *ese total, lejano desvarío*
> *de tus pasos, en medio del perfume*
> *de los huertos, este ir a casa mudo,*
> *prieto, febril, dichoso, ebrio de muerte.*

Mi madre llora en el asiento contiguo del coche. Son lágrimas felices. Del expolio que ha sufrido su sensibilidad para el arte, todavía perdura en ella el rescoldo de la música. La partitura de Vicenzo Bellini y la garganta de Renata Tebaldi reunidos: «Casta Diva». Mi madre, en un aleteo convulso, hace campanillear sus pulseras, ocluye sus ojos, derrama brotes de sonidos inconexos. Dejamos atrás la estación del tranvía del Cabañal.

—Páranos por aquí, cielo, bonico mío. ¿Te acuerdas, Trini? A esta placeta te traía yo de chiquilla a jugar.

Mi madre nació en la calle la Conserva, un pequeño grumo de casas que moría en un embudo lindante con el Camino Hondo del Grao. Mi tía, con apenas ocho años y cinco hermanos más pequeños a su cuidado, iba todas las mañanas a comprar al mercado del Cabañal. De esa vida aún se acuerda. Todavía no la quiere dejar sin rescate en su memoria.

Aparco el Fiat Punto en un solar. Dejo el morro del coche muy próximo al islote de un muro en ruinas donde se lee, escrito con un spray de pintura negra para coches, «Salvem el Cabanyal».

Caminamos por el barrio, un pueblo todavía en su esencia. Avanzamos entre esos cordones de fachadas revestidas por los siglos que han sido encartadas en la diana de las piquetas municipales de derribo. Calle Progreso, José Benlliure, Luis Peixó, la plaza de la Iglesia, intacta, ilesa del asalto del tiempo, como si en ella se prolongara el sueño de una bella princesa durmiente.

Mi madre y mi tía caminan delante de mí, cogidas del brazo. A cada momento se detienen y señalan los esgrafiados de un portal, la cerámica en forma de trébol que envuelve la silueta de un balcón de hierro forjado, el dispar colorido de las fachadas en derrumbe. Avanzan y se detienen. Yo sigo esos intervalos de la marcha, en armónica conjunción con ellas. Yo también me paro a contemplar un palaciego edificio de dos plantas, ese superviviente arquitectónico con una pequeña campana sobre lo alto de su portada. Una linajuda y solariega casa cuyo esplendor se apaga en la hendidura de una macilenta calleja, donde un buzón torcido abre la boca como un muerto abandonado.

Reemprendemos la marcha en busca del coche. Tomamos otra ruta: vallas ahumadas, zarzas, escombros, ciclomotores sin ruedas, una bañera en la que yace una almohada pulgosa, viejas casonas con los muros falcados por listones de madera, una pareja de gordos en bicicleta que interrumpen su pedaleo a nuestro paso, un muchacho gitano con la funda de una guitarra en la mano que nos dedica unos pomposos buenos días.

—Buenos días tengas tú, templao —le responde mi tía—. ¿Y si le pedimos que nos toque la guitarra?

—¿No querrás ponerte a bailar ahora, botijón? —mi madre.

—¿Y a ti qué, si quiero?

—Ya es hora de comer, tía.

Acabamos de aparcar al borde mismo del sendero asfaltado que surca las huertas de la acequia de Vera. Salgo del coche y lo superviso intranquilo. Está en el linde de una de las curvas de peor reputación vial de la ciudad, la que casi te hace chocar de bruces con el restaurante El Famós: una alquería reconvertida en asador de carnes a la brasa, un caserón de paredes encaladas donde el conejo sabe a carne que tuvo vida en el campo y el paladeo del pollo refuta el similar nombre de ave que ofertan en esas bandejas que suelo comprar en el hipermercado.

Son casi las dos y todavía permanecen sin abrir las puertas del restaurante. Me demoro en contemplar el verde hilado de las huertas colindantes, que se entretejen aún absortas en su majestuosa ignorancia del progreso. Respiro hondo, solo alcanzo a olfatear el olor a perfume agriado que se difunde desde los cuerpos de mi madre y de mi tía. Las dos y cuarto y el restaurante continúa cerrado.

—Es muy raro que no hayan abierto aún —le digo a mi tía que no deja de sonreír a todo lo que ve.

Un taxi frena tras sortear con éxito el culo de mi coche. P. desciende de su interior. Habíamos quedado a las dos en punto en la puerta de El Famós. He visto imágenes de soldados cautivos en campos de concentración con expresiones de desdicha menos manifiestas que la que advierto en el rostro de P. A su madre le ha dado últimamente por atildarse la cabeza con sombreros estrafalarios y pasarse el día en la Asociación de vecinos del barrio del Carmen planeando algaradas contra la alcaldesa Rita. ¿Una señal? Esperemos que no.

—¿Qué hacéis en la puerta? ¿No habíamos quedado dentro? Hola, Trini; hola, Reme.

Besos. Besos inánimes. Besos que tantas veces he visto repartirse en otro tiempo, con jubilosa viveza, entre los mismos protagonistas de la escena. Besos torpes de mi madre. Besos inconscientes de mi tía. Besos de P. sin disimulo de su domingo arrebatado. Besos que desenmascaran la vida, que son como un perdigonazo que hace caer al gorrión de su árbol. El gorrión muerto somos nosotros cuatro, los cuatro que se descubren como fragmentos de un retrato aún reciente y ya desfigurado para siempre.

—Hola, Paula, guapa, ¡mi chica! Qué paseo más bueno nos hemos dado, ¿verdad, Mario?

—Les he dado una vuelta por el Cabañal —digo simulando una vehemencia que mi voz apenas recoge.

P. afirma con la cabeza como si la tuviera que desencallar del fondo de una acequia. Una camioneta con la caja rebosante de cebollas la obliga a retroceder unos pasos.

—¿Te fías de estar aquí con ellas?

—Yo no me fío de ellas en ningún sitio. Pero es que aún no han abierto El Famós.

—*Li anomenava el Famós a l'únic dent que tenia i no sabia que a l'obrir la boca ja ningú el veia* —canturrea mi tía, feliz e inmersa en una de sus tantas coplillas que nunca he logrado saber si son obra de su invención o de un reducto sin malograr de su memoria.

P. la mira como si despertara ante ella de repente. Las plumas de gallo en su peinado, los cercos del sudor en sus axilas, el ceño aún bravo, las venas como efímeros cauces sin rumbo en sus mejillas, el azul purulento de los párpados, los ojos frenéticos, el síncope en la carne hendida de sus labios.

—¿Por qué no vamos al chino de Benimaclet? —rompe P. el silencio tras el breve canturreo de mi tía.

—¿Un chino? ¡Una *mielda* es *calo*!

La niñez que asalta la mente de mi madre: ella y su

amiga Tere en una tienda de baratijas regentada por un chino. Años cuarenta. El barrio del Carmen. Calle Samaniego. Mi madre se prenda de una pulserita de nácar. Pregunta por su precio. Diez pesetas. «Qué caro», dicen las dos. «¡Una *mielda* es *calo*!», les replica el chino mientras señala la puerta con un dedo como una espada flamígera.

—¡Una *mielda* es *calo*! —repite mi madre. Se ríe sola.

Un coche frena delante de ella.

—¡Esa mujer no está para que la dejen andar suelta! —oímos que nos afean desde el vehículo que reemprende la marcha.

—Sí; será mejor que nos vayamos a comer al chino —accedo echando un último y triste vistazo a la puerta del restaurante.

—¡Una *mielda* es *calo*!

Wing Yung Palace. Un restaurante chino —barato— de tantos: el granate virulento de su fachada; el buda de purpurina aplomado junto a la puerta; el tufo discreto y persistente a indescifrables conjuras culinarias; la pecera con el agua turbia; los cuadros de paisajes que la naturaleza no fue capaz de crear por sí misma. Un joven con media camisa fugada del pantalón acude a recibirnos nada más transponer el umbral de la puerta. Nos acoge sonriente y pletórico —somos cuatro comensales de golpe—. Lo conozco, es el hijo del dueño del restaurante; suelo ir allí a menudo con P. y mi hijo. Sabe inclinar la cabeza como pocos. Ese resorte automático, dada nuestra fidelidad a sus mesas, puede que ahora obedezca a un impulso voluntario.

—¿Hoy hijo no viene?

—No, tiene que estudiar. Se ha quedado en casa. Estas son mi tía y mi madre.

El chino les ofrece la mano. Mi tía responde a su saludo atropellándolo con un abrazo. Le llama buen mozo —uno sesenta y cinco, a lo sumo, medirá el amable oriental—. Mi madre encoge sus brazos, las manos aferradas al bolso. Nos sentamos en la última mesa del fondo —la nuestra habitual—. Nos traen la carta. El repertorio de costumbre: esas bolitas deformes que clientes y meseros hemos convenido en llamar de pollo. Arroz tres —o cuatro o veinte— delicias, ternera con salsa de ostras —una nueva prueba superada de la aptitud para la credulidad de los humanos—, gambas agridulces —de qué mar hurtado a los mapas pescarán esos crustáceos que crujen como cucarachas pisadas por las muelas— y nata con nueces de postre —esa secreción que aflora, entre pedorretas, de los frascos metálicos con parecido sabor y textura a la crema de afeitar—.

—¿Y mi madre?

Me percato de su ausencia en la mesa mientras abro la carta, con los rebordes mordidos, del restaurante.

—Creo que se ha metido en el cuarto de baño —me informa P.

—¿Sola? ¿Y cómo la has dejado?

—Es que tu tía me había cogido del brazo y me ha sabido mal apartarla.

Salgo disparado hacia el lavabo. Lo que me temía: se ha encerrado por dentro.

—Mamá, abre, te he de ayudar. Sabes que no puedes bajarte las bragas tu solita —ese diminutivo, ese deslizamiento del diminutivo revelador de la rendición, también, del lenguaje ante el hastío acumulado.

—¿Y quién te ha dicho que quiero mear?

—Entonces, ¿por qué te has encerrado ahí dentro?

—Porque me da miedo ese tío.

—¿Qué tío?

—El chino mariquita ese. No quiero verlo.

—¿Qué pasa?

P. acude en mi auxilio y a mirarme, a mirarme como si ya se encontrara —antes de hora— en el abismo.

—A mi madre, que le da miedo el camarero chino y se ha encerrado por dentro.

—Trini, soy yo, tu nuera, verás como conmigo no te hace nada.

—¡He dicho que no quiero verlo!

El dueño del local —enjuto y de piernas cluecas— aparece en escena, bondadosamente alarmado.

—¿No *podel ablil* la *puelta*?

—Sí, si es mi madre que... —La señal universal del dedo dibujando círculos en el aire en torno a la sien.

69

—Ahh... —El chino padre se retira.

Acude su hijo, pálido. —Sí, los chinos también mutan de color.

—Mi madre, que está asustada. No hay forma de hacerla salir.

El joven comprende antes de que yo repita la rotación del dedo frente a mi sien.

—Servidos ya todos los platos en la mesa de ustedes. Y la otra señora, sola.

—Vete con mi tía, Paula.

—Y usted también, amigo. Ya ha pasado otras veces. Señoras encerradas en el cuarto de baño. Si no hablarles, al final terminan saliendo. No preocuparse, si veo que se dirige aquí otra señora, le diré que use el servicio de los caballeros.

Me reincorporo a nuestra mesa. Los platos están intactos.

—Y ese chinico con una trompeta, y ese otro con un gong, y otro con platillos. Y otro va empujando la carroza, y el más guapo baila junto a él... —Mi tía se ha quedado extasiada frente al cuadro de relieves como caparazones que forman un paisaje con una muralla y un jardín, con diez niños chinos y una cuadriga entrañados en una naturaleza inverosímil—. Y ese tan pequeño, ¿cómo puede arrastrar una carroza así de grande...?

Permito que mi tía prosiga en su embeleso mientras aguardamos la salida de mi madre. En vano. Veo interferir el paso de varias mujeres gordas hacia el lavabo. Siento como propios los apuros del camarero para lograr que comprendan que hay una loca dentro que se niega a abrir la puerta. Ninguno de los tres hemos tanteado los platos siquiera. Mi tía sigue hechizada frente al cuadro:

—Y ese bosque tan negro, las murallas más altas que las nubes...

—Hoy se ha empeñado en darnos la comida. ¡Joder! Le faltaba algo... Iba todo demasiado bien. Si no fastidia el día, se queda con las ganas, no le luce... Siempre fue así... Tú lo sabes mejor que nadie, tía. Hasta que no consigue amargarnos a todos, no está contenta. Esperad aquí.

Me alzo de golpe de la silla. Voy en busca del joven chino al que abordo después de esperar que sirva un plato de chirriante arroz tostado. Le propongo un plan. Trato de convencerle de que lo más sensato es que se esconda él y su mujer, que atiende las mesas de la entrada, en la cocina.

—Solo será un momento. Nada más logre que abra la puerta, os hago una señal, os escondéis y yo la saco del local lo más rápido que pueda.

—¿Y mi madre?

El chino también tiene madre y se encarga de aviar, desde la barra, las bandejas de comida para los clientes de paso.

—Tu madre, también —afirmo pendiente de cualquier sonido que proceda del lavabo de señoras.

—Pero hoy, domingo y restaurante lleno. Muchos platos que servir. Tengo una palanca. No importa puerta, cerradura rota.

—Sí importa y, además, la asustaríamos más con el ruido. Discúlpame por haberla traído al restaurante. No lo haremos más.

—No, perdón yo a ti. Tu madre, enferma. Yo comprendo.

El joven chino me mira a los ojos. Hay transparencia en ellos. Me aprieta el brazo, qué caricia ese contacto de los dedos afirmándose en tu carne, qué poco se necesita para demostrar que el otro existe para ti, que tú existes para el otro.

Retorno a la puerta del lavabo de señoras. Me tiemblan las piernas. Aún no se ha disipado en mi brazo el obsequio de la presión de aquellos dedos.

—¡Mamá, que ya ha llegado tu nieto a verte! —Esa mentira es la única baza de la que dispongo como alternativa a la palanca.

—¿Y ese tío raro que me quería poner la mano encima?

—Se ha ido a hacer un recado. Vamos, abre, mi hijo te está esperando en la calle.

Mi madre sale al fin, encogida, con la falda empapada, con el miedo —y el odio— aún en su mirada. Pero ya está afuera. Me precipito hacia atrás y efectúo la señal convenida. Los chinos se esconden en la cocina. Los clientes nos observan sin discreción, pero siguen masticando y tratando de afianzar sus palillos sobre lo que rescatan de sus platos.

Llevo en volandas a mi madre hasta la puerta de la calle.

—Bestia, bestia, bestia...

La dejo sola en la puerta. Regreso al interior del local. Los empleados del restaurante ya han retornado a sus puestos. El joven chino me sonríe y me lanza un gesto de victoria con el pulgar.

«Todo ha ido mejor de lo previsible —pienso—. Ay, pero, entre lo previsible no se encuentra, desde luego, mi tía.»

—Dice que no se quiere levantar. Que aún no le han traído su copa de nata con nueces.

P. habla desde la fatiga, desde la indiferencia apabullante en que degenera el cansancio.

—Pues me quedo con ella. Ten las llaves del coche. Métete dentro de él con mi madre.

—Pero...

—No querrás que armemos otro escándalo.

La veo irse hacia la calle, encogida de hombros, torpe, errabunda, despiadadamente irreconocible.

Llamo al camarero joven. Acude al momento, cómplice, afectuoso.

—Retira los platos por favor.

—¿Le digo a mi madre que los prepare para llevar?

—No, no, gracias.

—Pero están sin probar.

—Es igual. Prefiero perderlos de vista para siempre. Te lo agradezco. Te lo agradezco todo.

El chino mira a mi tía. Capto al instante la intención que le ha movido a ello.

—No, tranquilo. Ella está bien. Solo quiere que le traigan el postre. Nata con nueces.

—¿Una copa?

—No, dos. Trae otra también para mí.

Mientras extirpo con desgana lo que han injertado en mi recipiente, me deleito en contemplar a mi tía. Esa avidez de infante con la que se recrea en cada cucharada. Sus labios untados de blanco, la lengua agilísima que los asalta al momento para dejarlos relucientes. El crujido de las nueces confitadas que retiene, hasta el último vestigio del dulzor, en su boca. Su morosidad de lagartija al sol. De animal que no necesita excusas para satisfacer su instinto. Esa plenitud sin máscara que es a menudo la vejez. La vejez y la locura.

Me crié entre mujeres. Mis dos hermanas, mi abuela, mi madre y mi tía que llegó de Guatemala, cuando yo tenía siete años, con aquel baúl cuyo aroma fue el inicio de una fiesta de revelaciones para mí. Mi padre era viajante. Meses de éxodo por entre las carreteras de Castilla la Vieja. Meses durmiendo en fondas con el retrete en el corral. Años con el muestrario de telas a cuestas por empedrados de hielo, entre ventiscas como aspas, hacia tendejones con huraños propietarios a quienes convencer de que ya había llegado la hora de que exhibieran trajes de buen corte en sus escaparates. Durante los largos periodos de destierro de mi padre, yo solía cambiar de hogar. Éramos tres niños en casa; dos chicas que aún no iban a la escuela y un hermano mayor que las solía utilizar como cobayas de sus travesuras. Mi madre perdía pronto la paciencia conmigo y me llevaba a vivir al número cinco de la calle San Jacinto, que estaba muy cerca de mi colegio. En aquella casa se alojaban mi abuela paterna, su hija y su nieta. Las tres se llamaban Trinidad. Como mi madre. Mi tía enviudó muy joven pues se casó con un enfermo de tisis porque se parecía a Tyrone Power, su actor predilecto. Mi tía planchaba camisas de franela para los grandes almacenes Gil. Yo me sentaba frente a la tabla de planchar y ella me contaba aquellas películas de seductores paladines e invencibles rivales del Mal como si su boca fuera una linterna mágica capaz de reproducir, hasta el menor detalle, las imágenes relatadas. Yo aprendí a amar el cine escuchándola. Quise ser actor para enamorar a las mujeres igual que lo hacían aquellos astros del celuloide a través de los labios de mi tía. Su hija tenía una pierna segada a la altura de la rodilla. Aquel tuétano de los años cincuenta, aquella herida tonta que no lograba cicatrizar y que horadaba la carne a escondidas hasta dejarla hecha un pudridero que era necesario amputar. Yo, entre aquellas mujeres, en la vieja casa de la calle San Jacinto, era un pequeño rey absoluto que hacía girar la voluntad de sus tres inquilinas en torno a mis caprichos. Mi abuela consentía que la martirizase con una resignación que parecía extraída de aquellos viejos tebeos donde se daba cuenta y razón de la vida de los santos. Mi prima, siempre cómplice en mis diabluras con nuestra mutua abuela, me quería de una forma extravagante. No sabía qué tramar para hacerme reír, para sorprenderme. Incluso, en su empeño por verme feliz, llegó a pintarse en el muñón —por entonces ella tendría unos catorce años— rostros a forma de caricatura y, tendida en la cama, se cubría la pierna seccionada con la sábana hasta la altura del coloreado apéndice y, ahuecando la voz, accionaba la rodilla monda para que aquel segmento de su carne cobrara vida de títere. Una marioneta con los hilos —el resto de su pierna— ocultos debajo del lienzo que se metamorfoseaba al compás de los vaivenes del muñón hasta que mi prima, exhausta, pronunciaba las palabras que yo nunca quería escuchar: «Y con este numerito, me escondo ya por el agujerito».

Ella y mi madre se querían, se veían todavía. Todavía hasta que mi madre comenzó su nueva vida retráctil, ese regreso lento e implacable hacia la larva. Un día —ya estamos aquí, en ese camino de retorno hacia el desagüe que la consume— mi madre me preguntó por ella:

—¿Por qué ya no viene a verme? —me dijo.

—Sí que viene a verte, lo que pasa es que no te acuerdas.

—Pues yo quiero acordarme... y verla.

En una de mis guardias de los viernes decido visitar a mi prima. Con mi madre. Aparco el coche frente a su casa, en la avenida Pérez Galdós, y respiro tierra, tierra sucia devuelta por un pasado que solo acude ya para mortificarme. Tocamos al timbre de su casa. Mi madre muestra un aspecto luminoso, no es ella, la de ahora, vuelve otra vez a ser la de antes, otra vez aquí, de pronto. Escuchamos los desiguales pasos de mi prima por el pasillo. El sonido del tacón de la pierna buena y el cloqueo de las baldosas cada vez que impacta el aparato ortopédico contra ellas.

74

Lloran nada más verse. Se abrazan como solo yo recuerdo haber presenciado en los reportajes de los emigrantes que eran recibidos a la salida de los barcos por sus familiares entre carreras, gritos y espasmos operísticos hasta fundirse con ellos.

Enlazados los tres por la cintura, llegamos al salón. Mi tía Trini se halla entronizada en una florida butaca junto a una mesa que ha sido dispuesta como si se fuera a celebrar un banquete de bodas.

—¡Ay, qué contenta estoy, la cuñada que más quiero y mi sobrino del alma! —exclama con lágrimas en los ojos sin dejar de masticar los restos de un canapé.

—¡Pero mami!, ¿es que no has podido esperarte a que llegaran la tía y mi primo?

—A mi hermana Reme le pasa igual. Solo está pendiente de comer. Qué le vamos a hacer. Hay que tener paciencia —oigo deslizarse limpiamente estas palabras desde la boca de mi madre.

Sí, vuelve a ser ella, la de antes.

—Me tiene frita, tía. Todo el día detrás de mí dándome órdenes, siempre fue un sargento conmigo pero, ahora que empieza a írsele la chaveta, no tienes ni idea —se queja mi prima mientras baja, enturbiándolo, el tono de su voz.

—Te lo he dicho muchas veces, Mari Trini, eres demasiado buena. Necesitas buscarte una amiga y salir con ella al cine, a merendar, a distraerte por ahí.

—¡Para cines estoy yo con el que tengo aquí: mis dos nietos que me los endilgan todas la tardes y, encima, esta tirana! Pero ¿es que no puedes parar de comer, mami? ¿Ya te has olvidado de que están aquí tu cuñada Trini y Mario?

—¡Ay, sí, qué contenta! ¡La cuñada que más quiero y mi sobrino del alma! —Nuevas lágrimas, nuevo canapé de queso blanco y anchoas en la mano, muy cerca ya de la boca.

Merendamos. Mi prima y mi madre cuchichean. De vez en cuando mi prima arruga la nariz y enfoca su rostro hacia su madre. Que sigue comiendo, ahora ya con los ojos secos. Yo apenas pruebo bocado. Me declaro inapetente ante esas tres mujeres a las que no puedo acercarme sin la intoxicación del pasado. Con el disfraz de una pasiva sonrisa me voy replegando, escondiendo de ellas. Mi mente se desmiga entre residuos de poemas, citas lapidarias, imágenes revueltas de frutas con gusanos, visiones de tentáculos que me sustraen de nuevo del pedregal ascendido, que me apartan de la claudicación que trato de forjar cada día para que el impulso de huir se disuelva entre el resto de fugas que ya dejé abandonadas en el camino. Mi cerebro se desmiembra, mi pensamiento escapa, se desbanda en cada una de sus fracciones. Veo una niebla en la que estoy tendido, sujeto a una lámina de vapor azotada por el viento. Me veo en el columpio de un ahorcado, juego con la soga, veo a mi madre con unas tijeras, cortando la cuerda. Veo el fiel de la balanza dando tumbos por las aceras, lo veo vomitar a goterones que calan mis zapatos, siento ese líquido espesándose en los pies, empapando de oscuro las uñas en que miro el estertor de mi rostro saliendo de un granero con sacos pegados a la carne. Veo una cicatriz que me llama por mi nombre, la sigo con solo una mitad del alma, la otra se escapa, huye por hospitales donde los enfermos bailan encima de la camas, y las jeringuillas se vuelven gelatina, y en los quirófanos hay una sinfonía de sierras y bisturís besándose, y en los depósitos los cadáveres gritan con algarabía como niños en el parque. Veo cerezas azules, alfombras de fresas, rayos de amapolas, almendros con el vientre rizado de plumas, una niña que mi madre lava con una esponja de perlas. Veo el viento encendiendo los rincones del mar, navegamos lejos del despotismo de la compasión, las velas desplegadas, lejos de los agasajos del suplicio, el timón firme, lejos de las recompensas de la esclavitud, la nave hendiendo el mar, un mar de carne tumefacta, un mar sin linde donde solo veo la infinitud de las olas sosteniendo a mi madre. A mi madre que dice: «Tú me llamaste, hijo. Cúrame».

—¿No comes nada, primo?

—¿Qué?

—Primo, cariño, ¿dónde estás?

—Él es un poeta, y se va a su mundo, ¿verdad, hijo?

—Toda la tarde ha estado mi hija preparando este banquete para ti —dice mi tía con ese timbre hombruno que se les pone a las viejas ahítas de comer.

—¿Te acuerdas, Mari Trini... —prosigue mi tía, ahora cascabelero el tono de su voz—... cuando le dio a oler el amoniaco a mi madre? «Mira, yaya, te he comprado una botella de perfume.» Y aquella que era tan cándida, le dice toda emocionada: «¿Para mí?» «Sí, para ti, yaya, por las gamberradas que te hecho.» Y va mi madre y se la pone debajo de las narizotas y da un sorbido y... *plaf*, todo lo larga que era, por el suelo.

Mi tía se ríe a carcajadas. Mi prima, sollozando de gozo, comienza a secar con una de las servilletas las lágrimas que han saltado hasta los cristales de sus gafas.

—¿Y cuando aquella noche le empolvó a la abuela la cara de harina mientras dormía y luego vino a nuestro cuarto y nos despertó todo asustado gritando: «La abuela está muerta, ¡está muerta!» —mi prima, aún con las gafas en la mano, sus ojos de présbite devueltos a la vida.

—¿Y vosotras os lo creísteis? —mi madre.

—Claro. Si vino llorando con unos lagrimones que ni Pablito Calvo. Pero luego del susto, cuando vimos a la abuela blanca, blanca..., toda enfadada, con el moño de lado, renegando sin dientes, echando chispas con aquella cara de momia, es que no nos podíamos sostener de la risa. ¿Te acuerdas, mami?

—¿Y cuando ataba un billete de cinco duros a un cordel y la tenía toda la tarde corriendo detrás de él por el pasillo...?

—Eso también lo hacía mi marido, tu hermano Hilario, con mi madre. Así acabó, la pobre...

«Así acabó, la pobre.» Recuerdo a mi abuela María calentando el agua dentro un cubo de plástico sobre la llama viva del quemador de gas. Toda la cocina echada a perder. Toda otra vida echada a perder. A perder entre las risas de sus nietos. Que le escondían el orinal hasta que aparecía en el dormitorio de mis padres y nos mondábamos debajo de las sábanas oyendo el retumbo airado de nuestro padre: «Otra vez aquí este fantasmón, ¿será posible?». Y los pasos de mi abuela por el pasillo de nuevo, de nuevo buscando el orinal y nosotros deseando que surgiera en nuestros cuartos para decirle: «Aquí no busques. Es el papá quien te ha escondido el orinal». Y más risas debajo de las sábanas. Y más risas cuando se levantaba por las mañanas con la dentadura haciendo de peineta de su moño. Y más risas todavía cuando se comió media pastilla de jabón de color rosa y se empeñó en negarlo con los labios igual que dos parachoques mientras no paraban de salirle burbujas por la boca. Y más risas cuando se colgaba las gafas en el lobanillo protuberante de su rodilla. Y menos risas ya cuando la atendíamos —la cara amoratada y los labios hundidos en el foso de su boca— en la silla de ruedas, sujeta al respaldo con correas, pues se empeñaba en caminar y caerse, en caminar y caerse una y otra vez, hasta que ya no pudo levantarse y comenzó a vivir de forma permanente en la cama donde solo gritaba y gritaba, comía y defecaba, pero sobre todo gritaba durante el día, durante la noche... Gritaba llamando a su hermana Venancia. Siempre ese nombre, lo único inteligible que escapaba de su boca. Y nuevas risas cuando mi padre apareció en su cuarto, con una peluca de mujer, envuelto por el sonrosado batín de nuestra tía Reme. Nuevas risas cuando le dijo: «Soy Venancia. Deja ya de llamarme, que estoy muy cansada de oírte».

Y ya nunca más nuestra abuela volvió a llamar a su hermana, nunca más se repitieron sus gritos, ningún otro sonido logró romper la quietud de sus labios, hasta que lanzó aquel estertor inaudito segundos antes de fijar su última mirada en mi uniforme de soldado, de un soldado que no cumplió su misión de acudir al cuartel tras la llamada de alerta y tuvo que pedir un permiso especial para salir del calabozo y acudir al entierro tumultuoso —todo el barrio la quería— de su abuela María.

«Así acabó, la pobre.» Así has acabado tú, madre. Así eres ya. Aunque esta tarde te hayas olvidado de saberlo.

—¡Fíjate, Trini! ¡Mira, mira qué cosa tan preciosa han puesto junto a la carretera!

Mi madre hurga, sigue hurgando en su bolso —vacío— desde que salimos de casa.

—¡Fíjate, Trini, no te lo pierdas!

—Eso es el mar, tía. Lleva ahí desde siempre.

—Anda que no nos habrás traído veces por aquí y no estaba.

—Es la primera vez que os traigo por aquí. —La autovía de Puzol. Acabamos de dejar atrás Port Saplaya—. El otro domingo os llevé al Saler y era el mismo mar que este.

—¡Qué Saler! Si es la primera vez que nos sacas en el coche. ¡Mira, Trini, mira qué color azul!, ¡parece que quisiera echarse a volar como el del cielo!

Mi madre sigue a lo suyo, registrando el bolso cada vez con más ahínco. Durante todo el viaje.

Aparco el coche en una zona de chalets pareados que se hallan a unos doscientos metros de distancia de la playa de Pobla de Farnals. Calles como laboratorios de soledad. Libélulas rondadoras. El lejano murmullo de una manga de riego. Perros zumbones que exhiben sus colmillos entre las verjas. Un rumor de pisadas. Las nuestras. Un gato gordo y paticorto que huye de nosotros. Quién fuese gato.

—Siempre nos traes al mismo sitio.

—Aquí nunca hemos estado, tía.

—¡Dijo el mulo a la cuadra! Harta estoy de ver estas casas. Eso es lo que me endemonia de ti: que siempre te creas el listo de los tres.

—Dame la mano, venga, que vas muy rápida y la mamá no puede seguirnos.

Apreso la mano de mi tía que intenta desasirse de la mía. Volvemos sobre mi madre. Se ha detenido frente a un haz de flores que rebosa más allá de la frontera de las verjas. Parece extasiada. Cuando llegamos a ella, oigo:

—Con qué orgullo crecéis.

Le está hablando a las flores. Les sonríe. Acaricia sus pétalos con la boca entreabierta. Yo la dejo hacer. «Con qué orgullo crecéis.» Hace años que no soy capaz de escribir un verso semejante.

—¿Les pasa algo? —surge una voz.

Miro en derredor, desde la ventana de un chalet de enfrente un hombre nos otea haciendo visera con la mano.

—¿Y qué nos tenía que pasar?

—Se lo digo, caballero, por las señoras. No es bueno que estén ahí quietas al sol.

—¡Buenos días! —mi tía—. ¿Desde cuándo vive usted aquí?

—¿Por qué me lo pregunta, señora?

—Por si se quiere casar con ella. —Lo he dicho sin pensar, sin ánimo de bulla. Pero me he sentido bien al ver cómo el fisgón se apartaba de la ventana y corría las cortinas.

Seguimos caminando. Una en cada mano, como dos niñas remolonas. Los pocos transeúntes que salen a nuestro paso nos miran perplejos y vuelven sus cabezas. «¿De dónde habrán salido estos?», se dirán con inquietud de celador. Porque todo es invariable allí: las calles, las casas, la gente. Una llanura de edificios replicados de dos plantas, un caudal inerte de coches dando sombra a las aceras, una sábana extendida de geometrías idénticas, de vidas calcadas, de satisfacciones reducidas por la satisfacción del vecino. Llegamos a la explanada central del paseo Marítimo. Niños en columpio que bostezan. Padres que los vigilan con desgana. Más coches en quietud formando una gran mancha de brillos multicolores. Desde lejos, la música reiterada de un pequeño acuartelamiento de atracciones de feria.

—¿No pensarás traernos a comer aquí otra vez?

Mi tía señala el cartel del restaurante Orly. Uno de los pocos supervivientes de la época en que un amigo —ya perdido— me invitaba a pasar en el apartamento playero de sus padres algunos días del verano, de esos veranos en que las vacaciones duraban más de tres meses.

—¿Y por qué no, tía? Siempre te ha gustado mucho comer en este restaurante. —No, no me contradigo, estoy jugando con mi tía: es la primera vez que las llevo a Puebla de Farnals.

—Eso es lo que te crees tú, don Sabelotodo. Que siempre nos dices lo que tenemos que hacer. Pues hoy yo no como ahí, por la leche que mamé, ¡ea!

—Pero ya he reservado mesa para los tres.

—Pues entráis tu madre y tú. Yo prefiero comer aunque sea esas yerbas que ves ahí.

—No, tía, haremos otra cosa. Entra tú y cancela la reserva. A mí me da vergüenza aparecer así de pronto y decirles que no vamos a comer.

—Tan templao por fuera y tan encogido por dentro. ¿Has visto, Trini, qué hijo tienes? Ahora mismo me van a oír.

Mi tía se encamina hacia la entrada del restaurante. Abre la puerta con decisión y se sumerge en el interior del local. Transcurren cinco minutos, diez. Empiezo a estar preocupado. A sentir remordimientos por haber llevado el juego hasta un límite que me sitúa en el mismo plano mental que el de mi tía. Cojo a mi madre de la mano.

—Vamos a ver por qué no sale tu hermana.

—Que se quede adentro ese cacho pedernal. Es que es una cabezona. Siempre lo fue. Desde que vino de América. Siempre encima de tu padre y de mí. Pegada a nosotros como la tiña. Tenía que haber hecho caso a tu padre y hacer que se buscara otra casa, que cuando venía de viaje, después de un mes de estar fuera, no podíamos tener intimidad ni en el dormitorio.

—Hemos de entrar a por ella, mamá.

Apenas damos unos pasos y se abre la puerta del restaurante. Un camarero con la expresión del rostro lejos de cualquier control, más blanco de cutis que su camisa impoluta, sale hasta el borde de la acera. Una de sus manos sujeta el brazo izquierdo de mi tía.

—Tía, ¿dónde te habías metido? —imposto una voz de alivio y reproche—, ¿qué hacías ahí dentro? Nos tenías asustados a la mamá y a mí.

—¿La conocen? —El camarero nos lame con la mirada. Retorna la sangre a su rostro. Vuelve a creer que su vida sigue como hasta hace diez minutos.

—Es mi tía, me he descuidado un momento y... perdone.

—Hemos estado a punto de avisar a la policía. Se ha metido en la cocina y se ha empeñado en querer ayudarnos. Decía que la había mandado su sobrino, ¿es usted?

—Sí, soy yo. Bueno, se habrá dado cuenta usted de que...

El camarero me mira sin comprender. Yo retengo la palabra, esa palabra sobre su estado mental. Modifico la expresión de mis ojos y ensayo un encogimiento de hombros que el camarero sabe interpretar.

Bueno, pues aquí la tiene...

—¡Idiota, idiota, más que idiota!

El camarero mira a mi madre con alarma que rápidamente muta en encono. Antes de que reaccione, me anticipo:

—No se lo dice a usted, es a mí tía.

—Mírala tan pancha, con esa sonrisa de lela. ¡Absurda!

El hombre de la camisa blanca vuelve a comprender. Son las dos. Las dos las que...

Me las llevo de allí. Esa mirada última del camarero. Ese decir con los ojos: «macho, menuda te ha tocado». Esa infiltración de la piedad ajena, del alivio de no estar en mi lugar, de la repulsión encubierta al sumidero de despojos que representan mi madre y mi tía, ese enquistamiento de la rutina de la desgracia en cada nuevo día que las veo, ese lunar de indignidad y rencor que se extiende por dentro de la piel me maniatan frente a mi propio desamparo, me convierte en un títere descolgado y sin raíz, una muela de molino girando en un subterráneo que se ahonda en cada vuelta.

Llegamos al foco de los puestos de atracciones. Lindan con el paseo Marítimo: uno de tantos circuitos de asfalto que cercenan casi todas las playas por donde correteó mi infancia. Veo discutir a un padre con otro padre. Ambos sobresalen, como pinos en una maceta, de sus respectivos coches de choque; pegados a ellos y ajenos a sus gritos, en el interior de los vehículos de feria, un par de niños tratan de que sus coches vuelvan a circular y giran con reiterado empeño el volante de izquierda a derecha. Separado por un tapiz de grava, se alza otro barracón donde una muchacha lee una revista acodada en un mostrador sobre el que reposan los cañones de una docena de escopetas de perdigones. La joven mastica chicle. De vez en cuando se oyen las detonaciones de los globos de su goma de mascar. Las únicas que salen de la caseta. Hay una bruja mecánica que te vaticina el porvenir si introduces una moneda de un euro por la ranura del canalillo de sus pechos.

—¿Quieres saber tu porvenir, tía?

—¿Aquí no estaba la semana pasada el colegio de la chica?

Me ahorro la moneda. Aún falta una hora para que regresemos al coche. Ya no sé qué hacer con ellas.

—Mira, Reme, mira esos monos, qué bonicos están con esas camisetas a rayas.

—¿Y te has fijado, Trini, en lo bien que conducen las motos? ¿Cómo les habrán enseñado?

Hay, culminando los puestos de atracciones, un tiovivo. Un tiovivo moderno. Sin caballitos. Con motorizados monos de peluche vestidos como gondoleros. En el sillín de atrás se encajan los niños.

—Y cuando les entre hambre o ganas de hacer sus cosas, ¿cómo avisan los pobrecicos?

—No pueden parar nunca, tía, mientras esté abierta la feria. Hasta la noche no comen nada. Y si tienen ganas de lo otro se aguantan o se lo hacen encima.

—¿Todo?

—¡Mira ese de las rayas azules, hijo! Me acaba de sonreír. —Mi madre saluda al muñeco alzando la mano. Cuando vuelve a pasar delante de ella, le lanza un beso por el aire.

—¿Y dices que no pueden comer nada?

—No, tía. ¿Cómo van a comer si están encima de las motos dando vueltas? A no ser que...

No es posible que me acabe de asaltar esa idea. Mas ya la tengo en el cerebro, ya me ha ganado la voluntad, ya no me puedo resistir a ella.

Las conduzco de la mano hasta un kiosco sometido al aislamiento en mitad de la explanada. Adquiero varias bolsas de cacahuetes. Regresamos a los monos giradores. Mi madre y mi tía se muestran excitadas.

—Ábrelas, ábrelas —me apremia mi tía.

Rasgo el plástico de un par de bolsas. Las reparto.

—Pero antes de darles de comer, debéis...

No esperan a recibir mis instrucciones. Me dejan con la palabra en la boca para perseguir a los monos motoristas. Cada una con un puñado de cacahuetes en la mano.

—Tomad, bonicos, tomad. Vamos, cogedlos. Son cacahuetes. Para vosotros.

Yo las observo con un embelesamiento irracional. Ese

candor absurdo me hipnotiza. Se las ve tan felices..., tan lejos de los estragos de su enfermedad pese a obedecer su comportamiento a ella. Y también el mío es obra del contagio de su trastorno, porque las dejo seguir detrás de los monigotes hasta que una señora de cabello gaseado hacia las nubes me reprende. Y luego un joven matrimonio que ha bajado a su hija de la moto. Y un par de paseantes masculinos en chándal que han llegado hasta mí enrojecidos de rostro y desatados de lengua. Y quien más me riñe, me amenaza incluso con el puño blandiente, es el responsable —apenas más que un mozalbete— de la atracción de los monos motoristas que se ha visto obligado a detener. Yo intento justificarme. Pero cada palabra mía de excusa levanta nuevos improperio, nuevos clamores de censura. Es un coro unánime contra mí. Una lapidación verbal en toda regla. Agarro a mi madre y a mi tía por los hombros. Inicio la retirada con el cuello encogido. Un niño me acomete por la espalda y me propina una patada en el tobillo. Me revuelvo, mas la vergüenza me impide reprenderlo. Me escapo cojeando de la indignada turbamulta. Mi madre y mi tía todavía llevan las bolsas de cacahuetes en sus manos. La de mi tía está casi vacía. La contemplo masticar, el rostro goteante, la mirada lejos, concentrada en la limpidez del horizonte, calculando la suma de límites que la ignoran.

Estoy en primera línea de la parada del 5B. Con la zozobra de todas las mañanas. El 5B es un autobús liliputiense que efectúa un recorrido circular en torno al llamado casco histórico de la ciudad. El Ayuntamiento lo publicitó como el primer autobús ecológico de España. En teoría gozaba de las excelencias de un motor mixto accionado por electricidad o gasolina diestramente intercambiables. En la práctica, el mecanismo eléctrico apenas pasa de ser un impulsor de ruidos que mantiene en vilo y avinagrados a todos los vecinos de los edificios colindantes a su ruta. En el ejercicio de su cometido diario, el innovador engranaje de doble recurso motriz se avería con tal frecuencia que se antoja premeditada por la mente maligna de su inventor. Cada mañana, esperarlo supone una aventura, y una vez dentro de él, confiar en que acabe el trayecto requiere un supremo acto de fe por parte de sus escasos ocupantes —que casi siempre somos los mismos—.

Al fin, como un furioso sonajero rodante, veo aproximarse el pretendido prodigio ecológico que, apenas rebasado el convento de la Trinidad, atruena hasta detenerse, con abundancia de espasmos en el tubo de escape, frente a la parada. Más exhausto que ayer se muestra hoy su conductor habitual, un hombre cuya lozanía de los primeros viajes ha trocado en un abatimiento propio de los cautivos de la fatalidad. Tras unos minutos de convalecencia, el microbús se encrespa y reemprende la ruta. Al llegar a la plaza de Manises ruge y frena. De su interior, por la primera puerta que logra abrirse, desciende una mujer que se arriesga cada mañana a abordarlo para recorrer una distancia de apenas doscientos metros y que siempre viaja sustraída en el itinerario de las páginas de un libro de gran corpulencia. Se reanudan los gorgoteos del motor y, a los pocos metros, en la embocadura de la calle Caballeros, el conductor da un frenazo acompañado de la más común de las blasfemias.

—Pero ¿usted está viendo ese charco? ¿No se habrá meado?

El chófer se dirige a una frondosa mujer ya entrada en edad que suele subir al autobús con la impedimenta de un extraño artilugio ortopédico que si se mira con descuido puede confundirse con un taca-taca.

—¿Meado, yo?, pero ¿por quién me toma usted? Ha sido una botella de gaseosa que llevo en el capazo y se acaba de reventar.

—Una botella de gaseosa... ¿Y el pum del estallido?, ¿y los cristales? ¿Dónde ve usted los cristales de la botella, tía guarra?

La mujer no responde y vuelve la cabeza hacia la ventanilla, súbitamente interesada en la exposición de tortas de sardinas y pimientos que son la especialidad de un viejo horno que escolta nuestra ruta.

La cola de coches varados tras el microbús comienza a hacerse sentir mediante la algarabía contagiosa de sus cláxones.

—Porque no quiero que paguen su marranada los demás pasajeros y la gente que tiene que ir a trabajar en sus coches, si no ahora mismo me plantaba aquí hasta que se bajase del autobús.

La mujer sigue mirando por la ventanilla del vehículo. Al mismo escaparate. A las relucientes sardinas ensartadas en la masa de la torta.

—¿Y ustedes lo ven? —brama encarándose al otro pasajero y a mí, que nos miramos con sonriente transigencia—: Es que la tipeja ni se inmuta. Es la última vez que la dejo subir. ¿Lo oye, señora?

La señora —o la tipeja—, en efecto, ni se inmuta. Y así proseguimos el viaje. El conductor con sus improperios, la mujer del taca-taca y su charco estancados en sus respectivas plazas, y el otro viajero y yo intercambiando guiños y un silencio cada vez más incómodo. Me apeo en la segunda parada de la avenida del Oeste.

—¿*La Vanguardia*, rey?

—Sí, como cada miércoles, Amparo.

Los miércoles, el señero diario barcelonés trae, como surtido de lujo, su suplemento de «Culturas». El kiosco de doña Amparo me recuerda a una de esas cajas de cartón donde apilaba las canicas, los cromos, los soldaditos de plomo y esa sarta de pequeñeces que cubrieron de oro mi infancia. Siento un afecto filial por doña Amparo. Admiro su rapidez de mente —debe de ser de la edad de mi madre—, su abnegación como único sustento de una familia habituada a depender de ella, la agilidad con que sortea la balumba de papeles y cachivaches que se hacinan en el interior de su garita. Ella corresponde a mi cariño, me recibe siempre con una sonrisa que sobresale de su batín como una carcasa de colores, me pregunta a menudo por el estado de mi madre —«si quiere que vaya por la noche a echarle una mano...»— y cada mañana tiene alguna queja que confiarme. Hoy se la ve ceñuda y cariacontecida. Acaba de asomar su fulgente cabellera blanca por el hocico del kiosco y, tras sortear un acopio de sartenes, helicópteros para montar por piezas, metálicos búhos de la suerte y guerreros de insumables galaxias rebozados de celofán, me dice:

—Mire usted, don Mario, lo que me han traído hoy con el *Levante*. ¿Usted cree que hay derecho a esto?

Los periódicos han entrado en la moda de atraer a sus lectores con toda suerte de señuelos ajenos al contenido de sus páginas. Como prueba del desvarío de ese método de competencia entre la prensa escrita, doña Amparo, con gesto de resignado encono, me muestra un despampanante chorizo con la consiguiente envoltura plastificada.

—¡Ni que esto fuera una charcutería! —se queja intensificando sus muestras de repulsión mientras blande la chacina en el aire de un modo inapropiado para una señora de la provecta edad y de la reputación moral de doña Amparo.

Rebaso la entrada del edificio de la Delegación de Hacienda de Guillem de Castro —una fachada de imitación neoclásica y, tras ella, el hedor de lo inexorable—. Llevo más de veinte años atravesando esa misma puerta. Con idéntica desgana. Con un malestar siempre dispuesto a hacerme compañía, con la reiterada sensación de haber sido atropellado por el destino, ese destino que a menudo te alcanza cuando creías haber tomado el camino para evitarlo. Subo al primer piso. El despacho, los cogotes, los rostros de mis compañeros, las mesas heladas, los papeles uniformados dentro de las carpetas archivadoras, los legajos olvidados sobre los armarios de metal, los percheros abatidos, el vuelco irremediable de la mañana. De otra mañana más. Hoy me toca turno de mostrador. A las nueve en punto enciendo las luces del cubil. A las nueve y un minuto comienza a prosperar un reguero de rumores por el amplio rellano de la primera planta. Un hilo de rostros se va alargando, significándose frente a mí: es el público.

El público... ¿Por qué lo llamamos así? Público es la gente que acude a ver un espectáculo. Y frente al mostrador el espectáculo lo constituyen quienes peregrinan hasta allí. Ese goteo de caras como maletas abiertas, delatores de su equipaje de trastornos monetarios, de malas digestiones, de sobrevenidos apuros económicos por la espalda, de denuestos contenidos tras recibir noticia de nosotros.

En torno al mostrador del primer piso —va para tres

años que fue montado con carácter provisional— se ramifican dos colas de ansiedades opuestas. A la izquierda, discurren los que buscan explicaciones a la rapiña que el Fisco —declaran— les ha propinado. Todos alegan no deber nada. Que han sido, injusta e intolerablemente, embargados. Todos empiezan su plática con ambición recriminatoria. Qué poco les suele durar la fiereza a la mayoría. La base de datos —lebrel implacable— rastrea huellas, da con la presa: multas de Tráfico que creían haber esquivado; sanciones por pagos con demora que daban por inadvertida; declaraciones paralelas a la suya que modificaban al alza la cuota de sus débitos. Algunos no se resignan a abandonar el pregón ensayado a lo largo de una noche en vela; pero la mayor parte de ellos modifican el tono y el contenido de su sintonía, acatan el veredicto de la máquina acusadora, se avienen, trémulos, a pagar, salen de su espejismo de contribuyentes maltratados. Se despiden con gran merma en los decibelios de su voz.

A la derecha discurren los míos. Siempre variados. Siempre buscando lo mismo: el certificado de hallarse al corriente de sus obligaciones tributarias, «de estar a bien con Hacienda». Atiendo a parejas de novios —él es quien suele hablar— que buscan subvención para esa vivienda que les pasará factura el resto de sus vidas; me las veo y deseo para entenderme con extranjeros —los negros subsaharianos son los más difíciles— que me hacen dudar de que el lenguaje humano —mímica incluida— sea un medio adecuado para comunicarse; mi cupo de viejos —tengo la sospecha de que son los mismos cada miércoles—; mi cupo de gestoras con sus maniobras de avezadas actrices sin vocación; mi cupo de taxistas que siempre acaban por entrar en razón cuando no les cabe más remedio; mi cupo de rusos cuya única expresión de gentileza consiste en perdonarte la vida; mi cupo de bellas —la de hoy llega casi fuera de tiempo. Sus pechos de nodriza contrastan con el rostro virginal de estrella cinematográfica de los años veinte...—.

—Te nombro «Chica del mostrador del día» —le estampo en sus oídos mientras le entrego el certificado de encontrarse en perfecto estado tributario.

—Y yo a ti, «Gilipollas del año».

Concluye mi turno. Me dirijo, abatido, al lavabo. Me examino frente al espejo. Me veo viejo y deforme. Ridículamente reducido a este tipo con lentes de présbite y una camisa demasiado entallada, con dos botones despasados que me ofrecen un torso que en otro tiempo —quiero creer aún— atraía miradas furtivas de muchachas como la que me acaba de nombrar «Gilipollas del año».

Me acodo en la baranda de hierros forjados del primer piso. Es una extensión larga y rutinaria que cubre todo el recorrido del pasillo de la planta, construida a manera de mirador sobre un patio de corrala. Desde allí observó las fluctuaciones del marasmo cotidiano que da sentido a la vida tributaria. La planta baja, los mostradores con pantallas luminosas, la resignada presteza de mis compañeros de función, los contribuyentes escindidos en colas que crecen y decrecen sin lógica aparente, los niños fugitivos de las manos de sus padres, la reiterada ansiedad de los que avizoran su turno desde el islote de las sillas de espera, el caudal de la tinta violeta de los timbres sobre los impresos conformados. Constato, un día más, que nada de lo que contemplo me incumbe. Constato, un día más, que sigo allí.

Retorno a mi mesa. Abro el cajón, trago saliva y proyecto la mirada sobre mi peor enemigo: el teléfono móvil. Un calambrazo de pavor me asalta al descubrir la indicación de una llamada perdida en su rectángulo iluminado. Proviene de mi hermana Marta. El alzhéimer se propaga en una red incalculable de efectos perversos. El pánico a las llamadas telefónicas es, en mi caso, el más notorio. Siempre que oigo el sonido de un teléfono —de cualquier teléfono— siento un inmediato escalofrío. Sin excepción. Sin remedio que pueda concebir. Le devuelvo la llamada a mi hermana:

—Es la mamá. Se ha caído esta mañana.

—Pero ¿se puede levantar? —Qué voz, qué agravio tener que admitir que ese sonido grumoso y temblón lo emite tu garganta.

—Lo hemos intentado, pero se cae enseguida. Yo creo que se ha roto la cadera. ¿Puedes venir? Yo es que he llegado hace un momento del trabajo, pero me tengo que volver ya.

—Sí. Ahora mismo voy para allá. Pero ¿está alguien con ella?

—Han bajado Maruja y el Gitano Blanco. Aunque yo la veo muy mal. Ven cuanto antes por si hay que avisar a una ambulancia.

Otra palabra tabú: la ambulancia. Todo el trámite de la ambulancia. Todo ese circuito que compartes caviloso y aterrado, junto a un conductor que bosteza esquivando coches mientras rebasa un semáforo en rojo tras otro.

Cojo un taxi. Con esa aniquilación de la intimidad que causa el desamparo, le cuento al taxista el motivo del trayecto.

—Se ha caído y creo que se le ha roto la cadera —concluyo.

El taxista, campanudo e impasible, me dice que es al revés: no se rompen la cadera porque se caen, sino que se caen porque antes ya se les ha roto la cadera. Su explicación agrava mis funestos presagios.

Mi madre está tendida en el sofá. Sonriente. También sonríen su vecina Maruja —la otra viuda de la escalera— y el Gitano Blanco —que antaño regentaba en el último piso una «pensión de artistas» en la que se ahorcaron tres de sus huéspedes—. Me reciben los tres sonrientes y animosos, como si se hallaran celebrando una fiesta.

—Mamá, ¿puedes levantarte?

Mi madre asiente sin apagar la sonrisa. Maruja, a su vez, me mira con una caída de ojos destructora de cualquier hilo de esperanza.

—Ay, pobrecita —exclama el Gitano Banco con este dramatismo tan propio de los homosexuales que sufrieron la ley de Vagos y Maleantes del franquismo.

Aviso a la ambulancia. Llega pronto. Suben dos hombres jóvenes y amables. Uno de ellos extremadamente apuesto que provoca una especie de gemidito de Maruja y todo un florear de cucamonas por parte del Gitano Blanco. Los camilleros examinan a mi madre. Lo hacen con cuidado sumo, sin murmuraciones ni rezongos, lo cual me anima a pensar que quizá no todo esté perdido.

—El caso es que no se queja cuando le apretamos ahí. Pero eso de que no se pueda mantener en pie por sí sola... No sé... Lo mejor es que la llevemos a que le hagan una revisión completa en el hospital —dice, exhibiendo el apogeo de su perfecta dentadura, el apolíneo sanitario.

Maruja y el Gitano Blanco sonríen frente a él con los ojos entornados, de espaldas a mi madre.

Pienso en Rilke: «La belleza no es sino el principio de lo terrible».

Como un centelleo de huesos sumergidos en la lentitud del cielo, como costuras de claridad aún aferradas a las sombras, como desfallecidos residuos de brasas, como un grifo de luz mal cerrado, entran los rayos de sol sobre la cama de los enfermos.

Mañana de hospital. El tronco de mi madre —que duerme— elevado sobre la rampa movediza de la cama de barrotes. Ojeo los titulares del periódico sin detenerme al pie de ninguno de ellos. Me alcanza la caricia de las primeras lenguas de luz. Dejo caer el periódico al suelo. Me adormezco. Un sopor liviano e iluso. Un sopor de presidiario que se ha doblegado a su condena y estira las piernas, se acomoda en la butaca, respira hondo y —más iluso todavía —se relaja.

P. suspende mi modorra. La curvatura de su empeine, el broche lunar de su pañuelo, su fragancia, sus finas medias negras de seda, el filo de sus tacones, la tibia y resignada brevedad de sus besos.

—Pero ¿no estabas en la Fe con tu padre?

—Mi hermano Xavier ha venido a relevarme.

—¿Y cómo está tu padre?

—Mejor. No hace más que querer quitarse el gotero, pero en toda la noche no ha vuelto a tener ningún derrame más de sangre.

P. no ha dormido. Tras salir de la ciudad sanitaria de La Fe, ha ido a casa. Se ha dado una ducha. Ha logrado que desaparezca de su carne la impregnación de la noche en vela. Se ha lavado la cabeza. Se ha maquillado morosamente y ahora está aquí, bella y renovada para hacerme compañía.

Toma asiento en otro de los desmochados sillones para parientes de los enfermos. Yo vuelvo al periódico. Ella abre una revista de fotos e inanidades de famosos televisivos. Permanecemos largo rato así. En silencio. En paz. Junto a la cama de mi madre. Separada de ella por una colgadura de color mostaza, expira una anciana. También en paz. También en silencio. Un silencio que, de vez en cuando, quebranta la llegada de algunos familiares, que la miran, cabecean con alarde de afligidos y luego charlan un poco sobre alguna fruslería que surge al paso y apuran el tiempo de visita mirando más al reloj de sus muñecas que a la sigilosa agonizante.

Afuera, en el pasillo, se percibe la creciente proximidad del carricoche de las bandejas de comida que avanza, fragoroso y sin miramientos, entre intervalos donde su estrépito es relevado por voces cenagosas y chirridos de camas. A medida que su tránsito prospera, comienza a acampar en las habitaciones el tufo de los platos. Ese olor a putrefacción desinfectada, labrado por la inercia de tantos años de hortalizas y carnes dejadas caer sobre las cacerolas como trastos inútiles en el vertedero.

Las enfermeras entran en la habitación. Son dos. Hieráticas y severamente maquilladas. Dan las buenas tardes como si propinaran un cachete, depositan las bandejas sobre el regazo de los enfermos y se retiran marcando el paso para continuar el desfile por otras habitaciones.

Acciono la manivela que sobresale al pie de la cama de mi madre. Briosamente. Ridícula y briosamente mientras tintinean algunas monedas sueltas en mi bolsillo.

—Trini, tranquila, no te asustes. Es tu hijo, que te está levantando la cama para que puedas comer más cómoda —le dice P., acunándola con el tono de su voz.

—Pero yo como siempre en la salita.

—Ahora estás en el hospital, Trini.

—¿Y por qué me habéis traído aquí?

—Se te ha roto la cadera, mamá. Ahora estás en el hospital para curarte.

—Qué guapa estás Paula. ¡Qué novia tan guapa te has echado, hijo!

P. y yo nos miramos. Sin sonreír. Mi madre fue la madrina de nuestra boda. Tras el banquete, acabó en el agua de uno de los canales de El Palmar en brazos de mi padre, flotando ambos, ajenos a las recriminaciones del barquero, entre risas y cañaverales.

—¿Quieres que le dé yo de comer? —rompe P. el silencio, mientras recorre con su mano, tan impoluta que parece artificial, las mejillas de mi madre, que cierra los ojos con placidez.

—No, tú ya has tenido bastante esta noche con tu padre.

—De verdad que no me importa.

—Pero a mí, sí.

Una hora de «venga, la última. Esta sí que es de verdad la última. ¡Un avión! Abre la boquita otra vez. ¡¡¡Bien!!! Si no comes vendrán los médicos a ponerte una inyección. No lo escupas... ¿No te he dicho que no lo escupas? Me has manchado la manga de la camisa. Y ahora la última, la que te pondrá buena. Un helicóptero que viene volando hasta tu boca. *Run, run, run...* Y ahora el postre. Uhmmm, quéééé bueno. Lo que más te gusta: macedonia de frutas».

Mi madre se come el pringue acuoso con mayor inapetencia que el puré de legumbres y el pescado hervido. Sus ojos me miran tras cada cucharada. «¿Por qué me obligas a esto? ¿Qué te he hecho yo, hijo?», parecen decirme.

—¿Ha visto qué hijo más bueno tiene? Y su nuera también.

La señora que se ha quedado a solas con la anciana moribunda también ha intentado, con menor éxito que yo, hacerle ingerir algo de alimento por la boca. Ahora se dirige a nosotros con esa benignidad y ausencia de pudor que en los hospitales florece cada día, cada hora, cada instante.

—Si quieren salir ustedes a comer fuera... Yo me he traído un bocadillo. Su madre es muy callada y pacífica. Váyanse tranquilos. No me dará ningún problema.

Acepto sin dudar y le doy las gracias y el número de mi teléfono móvil por si surge algún imprevisto.

—De su madre, no creo —me dice con una sonrisa que se adentra en mí y me infecta de ternura—, pero esta pobre, que es mi suegra, ¿saben?, en cualquier momento liará su petate.

P. y yo miramos a la anciana recortada como un busto informe bajo las frazadas y los tubos.

—Si le ocurre algo a ella, avísenos también. Estamos aquí para ayudarnos —digo reteniendo el impulso de abrazarla mientras la moribunda despega uno de sus párpados.

—Estamos aquí, hijos, porque no tenemos otro remedio. Venga, guapos, salid a comer y despejaos.

Caminamos bajo los pinos de la explanada del Hospital General. Tórtolas y gorriones zigzaguean por el aire. Extraviados en su vuelo, en sus persecuciones amorosas, en el esplendor de su ignorancia de que les aguarda la enfermedad y la muerte.

Cojo a P. de la mano. Entrelazamos los dedos como cuando éramos novios. Me viene a la mente un verso de César Simón: «Con qué ignorancia arrulla la paloma». Con qué rapidez el golpe de viento desmontó nuestro entarimado y nos vimos tratando de avanzar a tientas en la cuneta de una carretera por la que —creíamos— no íbamos circulando. Con qué mansedumbre nos adaptamos a la rapiña y usurpación de nuestras vidas.

Los bares, el cerco de cafeterías y restaurantes en torno a los muros de los hospitales. El ir y venir acelerado de los familiares de guardia. Esa pausa breve en medio de otra pausa —la que no termina, la que se ha enquistado en el flujo de lo cotidiano, la que nos hurta el espejismo, la que nos dice desde muy cerquita, al oído: y reza para que el próximo no seas tú—. Esa mesa en torno a la que, al fin, decidimos sentarnos. Ese fingir que nos interesa el menú. Que elegimos los platos. Que el mediodía nos acoge en su seno de sol y pájaros radiantes. Ese mirar con disimulo a las otras mesas, ese descubrir nuestros retratos en parejas que suspiran rostro contra rostro, que se acurrucan en el efímero olvido, que se cogen de las manos, que entrelazan también sus dedos, que intercambian una sonrisa muerta, que se aman, que se aman tanto en ese momento que no es la vida que pueden soportar.

Un nuevo lote femenino de dolientes vendrá pronto a ocupar las camas vacías. Al fin murió la anciana contigua al telón que separa el reducto de mi madre. Al otro extremo de la pieza dieron de alta a una señora con el brazo escayolado a la que ningún familiar acudía a visitar y solo estaba pendiente de atosigarme con su cháchara. A la otra restante —tres camas, tres modos distintos de lamentos, de seguir intentando darle significado al dolor— se la llevaron ayer al quirófano y no volvió, no volverá.

—Hijo...

—¿Otra vez, mamá?, si te acabo de poner el plato...

—¿Cuándo?

—Está bien. Ahora te lo traigo.

Cada vez que enciendo la luz del cuarto de baño me miro en el espejo: las mellas de la noche en blanco, ese rostro que me suplica que lo deje escapar de allí. Cojo el plato. Regreso a la habitación. Una tos, un «ay señor» que viene de alguna cama a oscuras. Destapo a mi madre hasta los muslos. Despliego su camisón por detrás. Interno mi mano por debajo de las nalgas de mi madre que se queja sorprendida. Siempre ese lamento cada vez que la muevo, efecto del latigazo de la cadera rota. Alzo la carne. Nuevos gemidos acompañados de una sola palabra, reiterada: «bestia». Mi madre me mira con espantado reproche como si la estuviera torturando por voluntad propia.

—Ya lo tienes en su sitio. Ya puedes orinar.

Esa voz derretida a la cabecera del lecho de los enfermos reclusos en el hospital. Ese susurro de claudicación sin esperanza. Ese virus fónico que se transmite de habitación en habitación, incesante, mientras la noche, la inflexible noche, perdura anestesiando la conciencia de su avance.

—Ya está. Gracias, hijo.

Retiro el vaso excretorio. Los mismos lamentos. La misma mirada recriminatoria. Ni una gota ha sido vertida sobre el recipiente que ahora está tibio.

Me dejo caer en el sillón recubierto de material sintético. Extraigo la radio de la gran bolsa anunciadora de un modisto con pedigrí donde porteo mis bártulos. Me pongo los auriculares. Busco música, cualquier música sin palabras. Encuentro la trompeta de Ray Nance. Su versión de «It don´t mean a thing». Inconfundible. Me dejo llevar por ese soplido, por esa penetración prodigiosa del aire en el aire.

—Hijo...

Aún no ha acabado la pieza de Nance. Apago la radio. Me despojo de los auriculares.

—Eres imposible, mamá. Te acabo de poner el plato y lo he sacado más seco de lo que estaba.

—Pero yo me orino encima. No puedo más.

—Pues, venga, te dejo sola. Orina hasta que te hartes.

Salgo de la habitación. Patrullo por los pasillos. Puertas cerradas. Una sensación creciente y liberadora de que la vida mata, solo mata. El mostrador de las enfermeras de guardia. Y, tras él, el saloncillo donde se acuartelan. De su interior salen murmullos y crepitaciones de burbujas recién liberadas de sus envases de metal. Se escapa también algún que otro exabrupto coreado por voces femeninas y nuevos estallidos. Ahora de carcajadas. Salgo del pabellón de traumatología. Desciendo al segundo piso. Otro pasillo. Hay una puerta entornada. Mientras rebaso su vano, atisbo la figura de un hombre con el pijama abierto por el pecho. Un pecho que parece un rallador de pan. Hay una mujer joven junto a él pulsando un timbre. Me aparto de la oquedad de la puerta, y permanezco quieto. Tres minutos, cinco. La muchacha se asoma al corredor. Solloza. Repara en mí.

—Por favor, ¿puedes ir al cuarto de las enfermeras? Creo que mi padre ha dejado de respirar.

Antes de que yo reaccione, se oye el furioso taconeo de una enfermera rubia, de carnes mórbidas.

—¿Qué pasa ahora?

La joven rompe en un lloro que atasca el paso de sus palabras.

—Es su padre, me parece que está muy grave —le informo con esa vejatoria docilidad de los atados como burros a la noria, a esa noria que nunca se detiene de los hospitales.

—¿Es usted también familiar suyo?

—No, yo estoy en el piso de arriba con mi madre. Solo había bajado a estirar las piernas.

—Pues para eso está el patio. Aquí solo hace que molestar.

Sigo patrullando. Alcanzo la planta baja. Las máquinas expendedoras de refrescos y bolsas repletas de grasas saturadas. Nadie. Las hileras de sillas dispares, sus desconchadas envolturas de Railite. Las notas sobre la pared, sobre los cristales, de quienes se ofrecen a cuidar a los enfermos a tanto la hora. Arranques de escaleras y carteles que distribuyen el cúmulo de enfermos por secciones. Salgo al patio. Luna llena. La copas de los árboles en silencio. Los pájaros descansan. Pueden descansar entre las ramas que eligieron para esperar el nuevo día. Enciendo un cigarrillo. Fumo. Sorbo la nicotina como un náufrago su último trago de agua potable. Veo bultos lejanos que se deslizan en las sombras, desfigurados por el reflector de las farolas. Dejo que el frío de la noche me cale. Siento el acecho sin tregua de cuanto quise evitar a lo largo de mi vida. Siento la proximidad del ataque, el fragor de las tropas, su avance, su ascenso por las chatas almenas del hospital, la llegada de ese ejército codicioso por arrebatarme lo poco que supe hacer de mí. Una rata gorda se asoma por debajo de un coche. ¿Me ha descubierto y trata de escapar? ¿O habrá salido de su escondite para verme allí temblando, indefenso, abatido, para, al fin, poder mirar a un ser humano desde arriba?

Regreso al interior del edificio. Aún no subo —no puedo— a la habitación de mi madre. Desciendo por unas escaleras que me depositan en una zona invadida por secreciones que contaminan el aire. Qué alevosa caducidad, qué progresiva estafa en esta adquisición que llamamos cuerpo. Qué irrevocable engaño, la conciencia de existir. Qué transparencia, qué poco margen para la farsa en la desnudez de un cadáver. Lo acaban —aventuro— de traer de alguna cama aún tibia. ¿Será el padre de la muchacha que me encontré en el segundo piso? Un par de hombres con bata blanca y guantes verdes comienzan a examinarlo sobre una plancha metálica. Me alejo. Rilke de nuevo. Aquel lavado de cadáver, aquellos versos que una vez traduje:

Se habían habituado a él. Pero cuando llegó
la lámpara de la cocina, ardiendo trémula
en la oscura corriente del aire, el desconocido
se volvió desconocido por completo. Le lavaron

el cuello. Y como no sabían nada de su identidad,
se animaron a inventar otra para él y, entre tanto,
lavaban sin cesar.

He llegado a la cocina, abierta como un teatro clandestino. Líquidos hirviendo en las marmitas. Un despliegue de paquetes de galletas, de zumos de lata, de frutas prematuramente envejecidas. Raspo sobre su corteza. Me veo allí, también prematuramente envejecido. Permanezco asomado a la puerta —nadie da muestras de reparar en mí—, contemplando un duelo bufonesco entre las risas de unas muchachas con cofia y ganas de seguir siendo jóvenes, aplaudiendo las embestidas de dos cocineros con la cabeza cubierta por una cacerola. ¿Será alguna de ellas el trofeo para el vencedor de la liza?

Reaparezco en la habitación de mi madre. Ya ha amanecido.

—¿Es usted su hijo?

—Sí. ¿Por qué me lo pregunta?

—No ha parado de llamarlo en toda la noche. He tenido que avisar a la enfermera para que le pusiera el plato. ¿Cómo es que la ha dejado sola tanto tiempo?

Desconozco a la mujer que me habla con reproche, pero sin acritud. La dulzura impostada de los enfermos. O no: la dulzura que nos salva en el hospital de convertirnos en nuestra propia carroña.

—Me llamó mi mujer —miento—, nuestro hijo se puso enfermo. Tuve que llevarlo a La Fe. Allí lo he dejado con casi cuarenta de fiebre.

—Cuánto lo siento. Y encima ha tenido usted que volver. ¿No tiene su madre otro familiar para haber venido a relevarle?

—Mis hermanas ya tienen bastante con turnarse conmigo cada noche. Las dos trabajan y deben madrugar. Ahora a las nueve vendrá la chica que la cuidaba en casa.

—Es que somos un lastre. Yo se lo digo siempre a mi hijo. Tendrían que hacer con nosotras lo mismo que los esquimales: cuando ya solo sirvamos para dar faena: al tigre.

—Hola, hijo, bonico, ¿qué haces aquí? ¿Dónde se ha ido mi hermana?

—A casa. A buscarte.

—Pobre. No puede estar sin mí.

Miro a la señora. Ella me sonríe y se cubre la boca para toser. Persiste en su sonrisa mientras tose. Esas mujeres, esas mujeres que sobrevivieron a la guerra en plena niñez, que nos dieron a luz y nos ofrecieron sus pechos, su custodia arrebatada a la penuria, su ternura a veces como un grito. Esas mujeres que nos defendieron del frío y la tristeza. Y que ahora padecen por continuar junto a nosotros, por obligarnos —no por su voluntad, sino por la feroz disciplina de la naturaleza— a que les devolvamos un residuo de cuanto nos dieron.

Nochevieja. Mi madre en el pasillo de su casa. El manillar del andador entre sus manos. Las mías en sus caderas. «Si quieren que vuelva a andar sola, es necesario que se ejercite con este aparato dos horas diarias como mínimo», me aleccionó el médico del hospital antes de proceder a la firma del alta. Mi madre es una buena paciente. Lo fue durante su mes de permanencia en la cama de barrotes siempre y cuando no llegara la noche. Lo es ahora sobre las baldosas del pasillo. Eleva el manillar del andador con metódico afán y logra que avance unos centímetros. Concentrada en su propulsión. Sin mostrar fatiga. Yo la exhorto a seguir. Y ella me obedece. Su cuerpecillo de libélula se afirma sobre el suelo y, al momento, otro vuelo, otro salto hacia atrás del gato que la observa con el rabo hinchado como un plumero. Alcanza el final del pasillo. Suda gotas de victoria. Yo aplaudo. El gato le da un breve mordisco en una pierna y escapa hacia el extremo opuesto del pasillo brincando de una pared a otra. La aposento junto a mi tía en torno a la mesa del comedor.

—¿Es que hoy no cenamos en la salita? —mi tía.

—No. Esta noche es Nochevieja y os voy a preparar una cena especial.

—¿Tú? —Mi tía se carcajea con esa risa zumbona que me suele sacar de quicio.

Pero esta noche no. Esta noche las quiero tratar como invitadas de lujo a esa impuesta ceremonia de alegría tan extendida en el mundo del que han sido apartadas.

Abro el besugo. Lo relleno de ciruelas prunas, hojas de laurel, espárragos trigueros y gambas de playa. Deposito el manjar en la cazuela. Lo riego, silbando el «Toreador» de Bizet, con vino de Madeira. Enciendo el horno eléctrico. Aguardo diez minutos buscando rostros camuflados en las grafías de las baldosas. Coloco la pieza de barro sobre la parrilla. Corto unas rebanadas de pan. Las unto con huevas de cigala, con paté de oca, con queso camembert. Tengo en cuenta el estado de sus dentaduras. Todo fácil de masticar, dispuesto para ellas. Llevo la bandeja de entrantes a la mesa. Mi madre y mi tía se hallan imantadas frente al televisor. El balcón de las campanadas, un barullo de sones y cabezas en la plaza, una muñecona desvestida de Papá Noel, un sacamuelas de las ondas ataviado con una capa.

«Aún faltan dos horas. Pero la Puerta del Sol está ya repleta de madrileños que no se quieren perder...», salpica el altavoz del aparato.

—Mirad, esto no lo habéis probado nunca. ¿Qué os apetece beber?

Mi madre encoge los hombros.

—Vino con gaseosa —responde mi tía.

—Pero hoy será blanco. No ese matarratas tinto que te bebes.

Descorcho una botella de Terras Gauda. La introduzco en una cubitera de acero inoxidable.

Me emplazo junto a ellas. Les sirvo la bebida en copas de cristal fino y talle alto. Mi tía da un sorbo. Ocluye los ojos. Bufa una exhalación de desagrado.

—Pero esto no tiene gaseosa.

—No le hace falta. Así solo está muy bueno.

—Bueno, bueno se casó moreno. Se casó Moreno Bueno.

—Ahora voy a por tu gaseosa, tía.

Un chasquido. Un «uy» de mi madre. Un «andá» de mi tía. Se acaba de cortar la corriente eléctrica.

—Es un apagón, tranquilas. La luz volverá enseguida.

Un «croc», un «plaf». Una copa al suelo. La otra en posición horizontal sobre la mesa. Siento el manar de su contenido empapando la zona del mantel de hilo que hay bajo mis manos. La luz no vuelve. Oigo el rascón de las patas de una silla contra el suelo.

—Tía, ¿adónde vas?

—A por bujías.

—A oscuras, no. Solo falta que te caigas tú también con el piso lleno de cristales. Dime dónde están y yo iré a por ellas.

—¿A ti? ¡Cómo si fueras a encontrarlas!

Me incorporo. Apreso la silueta de mi tía que ya empezaba a evadirse por el pasillo. Devuelvo su cuerpo a la silla. Todo a tientas. Todo, ya, comenzando a echarse a perder.

—¡No os mováis de vuestro sitio! —elevo el tono de voz. Intento amedrentarlas—: No os mováis u os acuesto ahora mismo y os encierro en vuestro cuarto con llave.

—El mío no tiene. —Otra risa zumbona de mi tía.

—Pues te ataré a la cama.

—Anda que yo me iba a dejar que me ates tú, mocoso.

—Lo haré sin que te des cuenta.

—Ve despacio, no te apresures, puesto que es de mi gusto, y quiero que dure.

—¡Deja ya de cantar esas gorrinadas, morcilla senil!

Mi tía calla tras la embestida de mi madre, pero sigue el compás de la canción tamborileando con sus dedos sobre la mesa.

—¡No os mováis! ¿Me habéis oído? ¡No os mováis!

Enciendo el mechero. Busco en los cajones que hay debajo del banco de la cocina. Sin éxito. Exploro en el cuartito trastero del pasillo. Solo consigo que la caja de herramientas se venga a tierra y exhiba su contenido por el suelo. Clavos, chinchetas, cintas aislantes, tornillos, unos alicates, un par de limas alfombran las baldosas por donde hace menos de una hora discurría sin impedimento el andador de mi madre.

—¿Ves como no encuentras las bujías?

—Tía, ¿qué os acabo de decir? ¿Por qué te has levantado? No, quédate ahí, por favor. No te acerques más, hay herramientas por el suelo. Te puedes tropezar con ellas y caer.

Yo me hallo en posición genuflexa. Trato de despejar a tientas la superficie de las baldosas. Mi tía me pisa un dedo. Se escapa en dirección a la salita. Despliego mis rodillas. Pero no la encuentro allí.

—Tía, ¿dónde te has metido? ¡Cuando te pille, verás!

La sorprendo subida en un sillón de tapizado rojo que pretende adornar el cuarto de mi madre. La sorprendo palpando la pared.

—¿Qué haces?

—¿Qué voy a hacer? Las bujías están aquí arriba, encima del armario, tontilán.

—Pero el armario no está ahí. Lo único que haces es manchar la pared con tus manos pringadas de los canapés que he puesto en la mesa.

La engancho por la cintura. Ella se resiste. Forcejeamos en la oscuridad. Mi tía es robusta, peleadora. No es fácil vencer su fortaleza. Se puede caer en cualquier momento. La agarro por el pelo y estiro. Estiro con ahínco.

—¡Me haces daño, animal!

—Pues baja del sillón.

—En cuanto lo haga, te arrapo la cara.

Cede al fin. Ya en el suelo, la abrazo, acaricio su cabello, le pido perdón. Ella se amansa. Se deja guiar por la mano.

—Mamá, ¿qué haces levantada? ¡Si te acaban de operar! ¿Será posible? Pero ¿qué os pasa esta noche? Por favor, siéntate. —La sombra de mi madre se tambalea—. ¡No, no te sientes! Sigue de pie. Espera a que llegue yo.

Corro hacia mi madre. La sostengo, la recrimino, jadeante. Jadeante y con un motín en el estómago y mucho solivianto ya en el pecho —el circo, el circo del dolor—.

—Es que me iba a la cama.

—Aún no es hora.

—Pero si está todo a oscuras y me dejáis sola... ¡Bestias!

Mi madre ha mirado hacia el techo. Desde el piso de arriba acribillan el comedor a golpes de pisadas, relinchos a coro, cañoneo de palmas. Y lo están haciendo también en penumbra. No hay suministro eléctrico en todo el bloque del edificio.

—Se fue la luz. ¿No te acuerdas? Ya no puede tardar en volver.

—Pero entonces, ¿no vamos a cenar nada? —mi tía desde las tinieblas.

—Sí, claro que vamos a cenar. Mira, ¡acabo de encontrar una vela!

Una vela roja. De adorno. Sobre la balda de una estantería del comedor. De casi el mismo diámetro que la botella de Terras Gauda. Una vela que funciona. Que nos ofrece la claridad indispensable para que podamos discernir nuestros rostros y el rectángulo de la mesa.

Nos sentamos. Arrecia el bombardeo de felicidad desde el piso de arriba.

—Yo os había preparado esto —digo señalando a las rebanadas de entrantes.

—Esto, para los gatos —espeta mi madre con su voz de ataque.

—Pues es lo que hay.

—Una mierda es lo que hay.

—¿Preferiríais una pizza?

—Si dura mi dicha es que está dura la...

—Deja ya esas canciones, tía...

—Es que nunca ha tenido un hombre para ella y ahora...

—¿Tú que sabrás, Trini, los hombres que he tenido?

—Si juráis no moveros de vuestro sitio, os la preparo.

—¿Y por qué antes no nos das la luz? —mi tía.

—Porque se ha ido hace casi ya una hora y está toda la calle a oscuras.

—Andá, ¿y para qué están las bujías?

—Tenemos esta vela.

—¿Con esa miaja de lumbre quieres que cenemos?

Otro rascón sobre el suelo. Otra vez mi tía en pie. Otra carrera hacia ella. Otra pelea —breve esta vez—. De nuevo mi tía sentada en su silla. Yo me reincorporo a la mía.

—Aquí ni se muere padre ni se cena —mi tía.

¿Qué hago? ¿Qué puedo hacer?

Decido arriesgarme. Si mi tía no come algo, no se irá a la cama. Y si, pese a todo, consigo que se acueste sin cenar, el hambre le hará levantarse al momento.

—No os mováis. ¡No os mováis!

Retiro del congelador una pizza preparada. La sitúo encima del círculo metálico de la paella. Enciendo el gas. Regreso a la carrera al comedor. Ambas permanecen en sus puestos. Mi madre tiene la cabeza ladeada. Se ha dormido. Mi tía realiza dobladillos en una servilleta. Percibo el tufo de la pasta quemándose. Vuelo a la cocina. Palpo las costuras de la pizza. Empiezan a derretirse. Retorno al comedor. Todo en orden. De nuevo en la cocina. Que sea lo que Dios quiera. Apago el gas. Corto el mejunje en tres trozos. Los arrojo sobre los platos. Llevo a la mesa las tres piezas carbonizadas y crudas al mismo tiempo.

—Hala, ahora a comer, que está calentita.

—Pero ¿así?, ¿esto tan grande?

Voy a la cocina. Me hago con unas tijeras. Corto el pedazo de pizza de mi tía en pequeñas porciones. Despierto a mi madre, que trata de arañar mi mano.

—Mamá, a cenar.

—¿Otra vez?

—No, mamá. Aún no hemos cenado. Llevamos dos horas intentándolo y todavía seguimos en ayunas.

Corto también su ración en porciones. Las estoco con el tenedor y se las voy poniendo en la boca. Mi madre mastica sin vigor, con semblante de mártir. Igual que en el hospital. Pero va cenando. A regañadientes, como suele hacer todo. Pero va tragando, va avanzando.

—¡No me des más engrudo de este o me saco la zapatilla! —estalla.

Yo me río. Me ha hecho gracia el recurso a la amenaza que empleaba cuando yo me resistía, de pequeño, a tragar la cataplasma de sus arroces caldosos.

Mi tía se ha vuelto a levantar. La llama de la vela alcanza el contorno desde donde fluye la desorbitación de su mirada.

—Ahora mismo preparo una tortillita.

—Tú ahí quieta. Quietaaaaa. ¡He dicho quieta!

Apreso a mi tía casi en la puerta de la cocina. Al reintegrarla a su asiento, descubro que se ha limitado a manosear la superficie de su porción de pizza.

—¿Quieres un vaso de café con leche?

—No.

—Pero si te gusta mucho.

—Si no me dejas entrar a la cocina, ¿cómo quieres que me lo prepare?

—Te lo haré yo.

—¿Tú?, jujujuju...

Me decido por la tortilla a la francesa. Cuando logro servírsela a mi tía —dos blocajes más han sido precisos para lograr el éxito en la sartén—, noto que tiemblo, que tengo la camisa para escurrir, que siento hambre y náuseas a la vez, que estoy helado y ardiendo, que estoy calado de cansancio y excitación, que la luz no ha vuelto. Que hace dos horas que desapareció y, con ella, nuestra Nochevieja.

Acuesto a mi madre vestida. La tuve que llevar en brazos a la cama, a través de las tinieblas del pasillo. A través de las tinieblas de mi ánimo, de mi pesar, de mi hartura, de mi desconsuelo, de mi —ay, que no empiece también con eso— autocompasión. Le pongo el pañal. Cuesta maniobrar en un cuerpo inerte. Cuesta todavía más proseguir con el papel de hijo. Mi tía circula a su antojo por la casa. Ya me he rendido con ella. Si ha de caerse, pues bendita sea la noche, esta lentísima Nochevieja en la que todavía no han sonado las doce campanadas.

Cuando salgo del cuarto de mi madre, me topo con el contorno de mi tía en el pasillo. Ella se detiene de sopetón. Yo la imito. Hago un amago de inclinación lateral. Ella lo secunda. Acerco mi cara a la suya. Ella efectúa el mismo movimiento. Alzo una mano. Ella me copia el gesto. ¿Me estará siguiendo el juego? Pongo los brazos en jarra. En jarra pone ella los suyos. Empiezo a divertirme. La escena me recuerda al fabuloso episodio del falso espejo de *Sopa de ganso*. Sigo con la pantomima. Nos cruzamos incluso, rodeándonos, vigilándonos con los ojos como hacían Harpo y Groucho Marx en aquella película.

Qué derroche de enigmas nuestra mente. Qué grave error dar por supuesta la realidad. Qué difícil fue lograr que, al fin, mi tía se acostara. Cuántas horas en vela aún por delante. Cuántas detonaciones de tapón de corcho contra mis oídos, cuántos gritos agresores en pro de una felicidad pactada, cuánto asalto de rumbas desfiguradas por mi anhelo de subir a asesinar, cuántas formas de temer que el techo se desplomara sobre mí. Cómo me abracé al gato, cómo ronroneaba, cómo busqué aquel refugio, cómo sentía su calor en mi regazo, cómo vino la luz a punto de dormirme. Con qué rapidez iluminó todas las habitaciones de la casa. Qué pronto mi tía comenzó el año nuevo en plena madrugada:

—¿Qué haces durmiendo aquí? ¿Te han echado de casa?

—Sí, tía...

—No te preocupes, bonico mío, ahora mismo voy a hervir la leche y te hago el desayuno.

Nos hemos reunido en la terraza del bar Capritx. Un estrecho y cavernoso local de la calle Castán Tobeñas cuyo dueño atiende las mesas sumergido en una atonía que afecta a todas sus conexiones nerviosas. M., C. y yo. Los tres hermanos. Los tres mosqueteros de «uno para todas las mierdas y todas las mierdas para uno», nos decimos entre risas —risas vigilantes, celadoras las unas de las otras—. Hay un motivo para esa cita. Una razón que, de tanto querer esconderla, nos ha hecho sufrir el mismo castigo como si fuéramos hijos de distintas madres.

—Marta ya no puede más —desliza mi hermana mayor, C., aún con un halo de sonrisa.

—Se pasan el día riñendo, Mario. Ayer la mamá, que está últimamente imposible, le arañó la cara a la tía y le hizo un corte en la mejilla. Mira, yo cuando lo vi, es que me dieron unas ganas de darle un bofetón a la mamá. Y luego me pasé la tarde llorando por el sentimiento de culpa. No puedo seguir más así.

C. me mira con sus redondos ojos verdes. «Hay que tomar cartas en el asunto», interpreto.

—Yo estoy dispuesto a aceptar cualquier decisión tuya, Marta. Bastante tiempo llevas aguantándolas y callada.

—Yo reconozco que la mamá se portó muy bien conmigo y me acogió en su casa cuando me separé de Julio y me tuve que venir de Barcelona con lo puesto, sin un duro, sin trabajo y con una hija de dos años. Pero es que ya no lo puedo resistir más. Duermo con un ojo abierto por si me ataca. Cualquier ruido hace que me levante por si se ha caído la mamá. Y, encima, ahora no para de meterse con mi hija. Le ha cogido celos y en cuanto nos ve juntas, se planta delante de nosotras y nos llama gorronas, brujas y chupa-sangres, y ayer nos tiró toda nuestra ropa de los armarios al suelo. Y, además, lo hace con un odio que me ha hecho tomarle miedo. Todas las noches cierro el pestillo de la puerta de mi cuarto, ¡Mira que no..., que no lo aguanto más!

Los ojos de Marta se empañan. También los de Clara. El dueño del Capritx viene a retirar las botellas vacías. Canturrea aleteando mansamente con los codos. Un pasodoble, parece.

—¿Queréis otras coca-colas? —pregunto, escapando, tratando de escapar cinco, diez segundos, de las lágrimas de mis hermanas.

—No —responden las dos al unísono.

Me toca hablar a mí. No hay más remedio.

—Mira, Clara, ya te lo he dicho antes, yo estoy dispuesto a aceptar lo que propongáis.

—Pero es que nos hemos reunido para eso, para proponer una alternativa entre los tres.

C. es profesora de Secundaria. Sabe emplear, sin alzar la voz, de forma muy elocuente el tono imperativo.

—¿Un asilo? —aventuro.

—Sí, una residencia es lo que he pensado —dice M. mientras se seca los ojos, el rímel, ya desleído, de sus rasgados ojos oscuros.

—Y, claro, habrá que ponerse en contacto con los servicios sociales del barrio, que nos asesoren, que nos digan los trámites que debemos empezar. —Me esfuerzo en simular una asunción de cometidos que no hace mella en mis hermanas.

—Eso ya lo he hecho, Mario. Aquí tengo en el bolso un formulario médico para que la neuróloga les haga un informe sobre su estado mental.

—¿A las dos?

—A las dos, Mario. Si es que, en el fondo, no pueden vivir la una sin la otra.

—Yo me encargo de pedir cita y de llevarlas a la neuróloga. El ambulatorio de Juan Llorens me coge a dos pasos de casa —remacha C.

—¿Y entonces, yo...? —pregunto (y ese alivio, esa absurda y cobarde sensación de levedad acariciándome en la boca del estómago).

—Eso, entonces, tú ¿qué?

—Lo que digáis, Clara.

—No, di tú. Ofrécete a hacer algo. Por ejemplo, ¿por qué no vienes algún lunes por la tarde?

Salí ganando en la distribución de turnos con respecto a C. Aparte de las guardias rotativas de los domingos y festivos, ella iba a casa de mi madre todos los lunes y sábados a partir de las siete de la tarde. Yo solo acudía allí una tarde por semana: la de los viernes.

—Eso ya lo hablamos en su momento.

—¿Lo hablamos? Pues te salió muy bien para no decir nada.

—Mira, Clara. Mi suegro también está con alzhéimer y mi suegra empieza ya a dar síntomas de írsele la cabeza.

—¿Y eso qué tiene que ver con nosotras?

—Es igual, Clara. Yo me turnaré contigo los lunes —interviene M.

—No, Marta —me interpongo. Es tu tarde libre en Freixenet. Trabajas la jornada entera de los sábados. No, esa tarde de descanso es sagrada. Ya hablaré yo con Sonia y le diré si puede quedarse el lunes que me toque hasta las nueve. Le daré el dinero que haga falta.

—Da igual —dice Clara. Si a mí no me molesta venir un rato los lunes por la tarde. Me traigo exámenes para corregir o preparo apuntes y aprovecho el tiempo. Solo quería que te constara que eres el que más aliviado de carga va.

—Y me consta y os lo agradezco.

C. y M. intercambian sus miradas. Ya sé por dónde van. Son muchos años de advertir ese cruce de señales acusadoras y burlonas. Muchos años de merecerlo también.

—¿Y has, pensando, Marta, en alguna residencia en concreto?

—La que nos den. Eso me lo dejó bien claro la asistenta social. Si la solicitamos por medio de la Generalitat, no podemos elegir: la que nos den y gracias.

—¿De verdad no queréis otra coca-cola? Yo me voy a pedir una tónica...

Nada de lo acordado aquella tarde ha ido más allá de las palabras. Porque mi hermana C. se ha puesto con fiebre el día de la cita en el ambulatorio. Porque me toca acudir en su puesto y ver la llegada de Sonia, que parece un macabro títere entre los brazos de mi tía y de mi madre. Porque observo cómo ambas sonríen mirando el traqueteo de los niños en el parque colindante mientras Sonia, enjugando sus lágrimas, me pide permiso para acudir en consuelo de su madre: «Me llamó por teléfono antes de venir para acá. A mi hermana le encontraron cáncer en la sangre». Porque mientras aguardamos nuestro turno en la sala de espera, mi tía no deja de decir lo bien y tranquilo que se está en aquel jardincito. Porque mi madre se queja de que hay mucho viejo junto. Porque la neuróloga se muestra desde el primer momento poco propicia a firmar el salvoconducto para el asilo. Porque me mira como si fuera yo un matarife y mi madre y mi tía, reses incautas que acuden allí para proporcionarme el cuchillo de su sacrificio. Porque mi tía se empeña en afirmar que ella lo hace todo en casa y la doctora va comprobando que cada una de sus respuestas la desmienten sin clemencia.

—¿Quién es este señor? —le pregunta señalándome con su mandíbula lobuna.

—Mi hermano Pedro.

—¿Cómo va a ser Pedro si está muerto? —la corrige mi madre.

—¿Es eso cierto? —me inquiere la neuróloga con un tono que aún indica su resistencia a ponerse de mi lado.

—¿Por cuál de las dos respuestas me pregunta?

—Que no está usted muerto no hace falta que me lo diga.

—Tampoco hace falta ponerlas en evidencia de esta manera.

—Es usted quien las ha traído para que evaluemos el estado mental de estas señoras.

Y yo doy por zanjada la entrevista porque he visto abrir demasiadas veces la boca a mi madre para hablar sin que surja ni una sola palabra de entre el baile de sus labios. Porque me ha parecido advertir en su mirada un atisbo de comprensión del destrozo sin retorno de su persona. Porque mi tía continúa presumiendo de sus dotes cerebrales en los intervalos en que la doctora estampa cruces en los recuadros delatores de su penuria mental. Porque las dos me están implorando a ciegas volver a casa y comprobar que unas paredes viejas y unos muebles baratos aún bastan para resarcirlas del ultraje de seguir expuestas a la vida.

Salimos del ambulatorio como si celebrásemos la fiesta de seguir encadenando nuestras manos por las calles. Con la cabeza alzada y los cabellos al viento, rumio la forma en que defenderé ante mis hermanas mi decisión de no internarlas en un asilo. Cuando empieza a desesperarme mi falta de argumentos y la lentitud de los pasos de mi tía y mi madre, suena el teléfono móvil. Me detengo y las abrazo antes de atender la llamada. Es de mi hermana pequeña, respondo y compruebo, con un júbilo insensato, que ella ha estado rumiando, insensatamente, lo mismo que yo.

Ahora se derrumba en plena calle. Sin síntomas que lo adviertan. Como una fruta se desprende de la rama, mi madre cae a plomo sobre el suelo.

Su primer desplome se produjo el Jueves Santo. De nuevo en la calle de la Conserva. De nuevo frente a la casa donde nació mi madre. De nuevo ella sonriendo ante la fachada como un niño al que le hubieran puesto una torre de golosinas frente a sus ojos. De nuevo mi tía recordando sus partidas de madrugada hacia el mercado del Cabañal. Fui yo quien tuvo la idea de alargar la mañana con ellas. Fui yo quien convenció a P. de que fuéramos a ver los cuatro la procesión del Grao. Fui yo el que tuvo que embozar la boca de mi madre cuando se puso a insultar a los penitentes encapuchados. «¡Fantoches! ¡Ridículos! ¡Esparavanes! ¡Mentirosos! ¡Cobardes!...» Fui yo el que tuvo que pedir disculpas mientras me retiraba de las filas de espectadores de la procesión. Fuimos P. y yo quienes sujetamos a mi madre cuando de pronto se vino abajo como si un proyectil le hubiera perforado el corazón. Fue a mí a quien no se le ocurrió mejor idea que la de regresar sobre nuestros pasos. De volver a pedir disculpas a los espectadores de la solemne mascarada. De internarme entre sus filas. De suplicar por una silla. De dejar caer el cuerpo de mi madre, sin signos aparentes de vida, sobre el asiento de paja. De comprobar cómo los encapirotados seguían desfilando frente a su cuerpo inerte y vencido. Fui yo también el que se opuso, por encima del estrépito de los tambores y cornetines, a que nadie llamara a una ambulancia hasta lograr que mi madre volviera en sí.

Primer domingo de mayo —el Día de la Madre, en efecto—. Estacionamos el coche en la avenida de la Malvarrosa. Hay espacio de sobra para aparcar un camión, pero un joven enteco se ofrece con aires de mago a dirigir mi maniobra. Una vez detenido el coche, el joven me contempla sin disimulo. Yo sé lo que está esperando. Todos los que nos movemos con el coche por la ciudad conocemos esa corte de parias que custodian los huecos disponibles entre las hileras de los vehículos en reposo. El joven, sin abandonar su expresión de cortesía, se encamina hacia mi ventanilla del coche. Ha pasado un minuto desde que aparqué y sigo pegado a mi asiento.

—¿Ocurre algo, jefe?

Pulso sobre el mando indicado para que el cristal se encoja. Asomo la cabeza. Al momento la vuelvo sobre mi madre y mi tía.

—¿Qué me das por ellas? —le digo como si le estuviera proponiendo en serio un trato.

El muchacho pierde la sonrisa. Me observa de hito en hito. Sus ojos reparan en el dúo que me acompaña en el coche.

—¿Quiere que me quede a vigilarlas?

—No, te las estoy ofreciendo para siempre. ¿Por cuánto te las quedas?

—¿No te querrás quedar conmigo?

—Ni ya veo que tú tampoco con ellas.

Sonrío. El muchacho hace lo propio. Me da las gracias con una palaciega reverencia cuando le entrego una moneda de dos euros. Me ayuda en la extracción de los cuerpos de mi madre y mi tía.

—No se preocupe, jefe. Váyase tranquilo, que a este coche no le voy a quitar el ojo de encima.

—Gracias, bonico.

Mi madre acaricia el rostro del muchacho. Este le da un beso —un beso que me asombra— a la mano húmeda de aquella señora mayor y extraña para él que habla, desde hace unos días, con la boca en media luna.

—Pero ¿aquí ya no vinimos ayer? —mi tía.

Paseamos por la lápida de cemento que la alcaldía de la ciudad decidió empotrar sobre la viva superficie de la playa de las Arenas. Somos muchos los caminantes por el circuito de losas que repelen el sol con saña. La mayoría vamos en grupos, grupos lentos —no tanto como el nuestro— que exhiben ropajes adquiridos en las tiendas de deporte de los grandes centros de aislamiento comerciales. De vez en cuando un culo solitario nos adelanta y oscila prieto y provocador, impulsado por unas vigorosas piernas desnudas que se alejan sorteando nuevos paseantes.

Vibra, en uno de los bolsillos de mis pantalones vaqueros, el teléfono móvil. Es un mensaje. Lo abro. Leo que alguien me pregunta: «¿Qué estás haciendo?». «Lo que menos me apetecería hacer en este momento», escribo y le doy a la tecla de respuesta.

Seguimos. En silencio. El teléfono móvil, también. La Marcelina, Monkili, La Rosa, Neptuno... Los nombres son los mismos, mas no veo, en aquella tediosa sucesión de restaurantes corregidos por las ordenanzas municipales, nada que los relacione con la voluptuosidad de antaño, cuando sus mesas se desmigaban sobre el manto de la playa y uno comprendía que comerse una paella con los pies aún húmedos y hundidos en la arena era una privilegiada fórmula de aplacar el furor de lo cotidiano.

—¡Tía, para, para, por favor!

—Pero mira allí, Mario, hay un castillo. —Se refiere a la mole del hotel de cinco estrellas que ha usurpado la efigie de los antiguos balnearios.

—Para, te he dicho, ¿no ves que la mamá se está cayendo?

Mi tía no ve nada, salvo el gigante de hormigón pintarrajeado e insolente que se erige frente al mar.

Abrazo a mi madre. La alzo en vilo. Acerco su boca a mi oreja. Respira. Pero no da muestras de otro signo de vida.

—Mamá, mamá, despierta… ¡Vamos, despierta!

Le doy un par de suaves cachetes en las mejillas. De reojo, observo el nacimiento de corrillos a nuestro alrededor. Preguntas. Silencio por mi parte.

—¡Una ambulancia! —oigo que propone una voz que sobresale del cerco.

—¡No, no, no! —grito—. Es mi madre. Se ha dormido. De repente. No es la primera vez que le ocurre.

—A mí me parece, señor, que su madre se está muriendo. Aquí al lado se encuentra el hospital de la Malvarrosa…

—¡No! Nada de hospitales ni de ambulancias. Déjennos solos, por favor. Yo sé lo que tengo que hacer.

Me abro paso entre el cordón de curiosos. Arrastro el cuerpo de mi madre hacia un banco cercano.

—¡Usted sabrá lo que hace, pero así no se trata a una madre!

Caigo con el fardo de mi madre sobre el banco, atropellando el costado de una mujer que se retrae en una esquina del rectángulo de piedra que sobresale sobre el cemento.

—Pero, por Dios, ¿qué le pasa a la señora?

—Es mi madre. Se ha desmayado. Nada grave. Ya le ha ocurrido otras veces, como a los niños. Es de puro agotamiento. No duerme por las noches y, cuando menos te lo esperas, se queda sin energía. Tiene alzhéimer. —Es la primera vez que pronuncio la palabra tabú ante un descocido, pero busco su compasión, que se involucre, que me ayude.

—¿Le importaría quedarse unos minutos con ella?

—¿Con ella?

—Con ella y con esa otra señora también. —Señalo a mi

tía que está de pie, junto al otro extremo del banco, formando visera con la mano, deslumbrada aún por el hallazgo del castillo.

—Me pone usted en un compromiso. Yo qué sé si usted es su hijo. ¿Y si no vuelve?

—Será solo unos minutos. Necesito ir a por el coche para luego recogerlas aquí. Mire, le dejo mi cartera, con el dinero, con la documentación...

—No, no hace falta. Vaya a lo que tenga que hacer. Pero dese prisa, por favor.

Corro en busca del Fiat Punto. El muchacho anda por allí, vigilándolo. Se asusta al verme llegar, desorbitado de ojos, con la chaqueta abrochada al bies, con un jadeo donde prevalece lo animal sobre lo humano.

—¿Puedo ayudarle en algo, caballero? —Ahora me llama de usted, el instantáneo respeto, y lejanía, que produce el tormento ajeno.

—No, gracias. Bueno, sí, haz parar la circulación un momento, tengo que salir lo más rápido que pueda para ir a recoger a mi madre. Se acaba de desmayar...

Abro la guantera. Extraigo un pañuelo de papel de un envase de cartón que cae sobre el asiento del copiloto. Pongo en marcha el coche. Saco el brazo izquierdo por la ventanilla agitando el papel. Con la mano derecha trato de conducir sin dejar de accionar el claxon. Invado así el paseo de peatones incrustado junto al mar. La gente se vuelve, se aparta y me insulta casi de forma simultánea. Es el grito airado de la vida que reacciona contra su agresor. Ese grito que yo solo sé ya lanzar en silencio.

Llego al punto de encuentro. Mi madre sigue dormida —muerta—, con la cabeza en reposo sobre el hombro de la señora, que me lanza señales de apremio.

Salgo del coche. Le doy una y otra vez las gracias a la mujer que observa con repulsión la mancha de baba que mi madre ha dejado en su camisa. Logro acostar a mi madre en el asiento trasero.

—¿Y mi tía?

La mujer me mira con alarma.

—¿De qué tía me habla usted?

—De la otra señora, la que antes estaba aquí de pie, junto al banco.

—Ah, pero ¿iba con usted?

—¡Si se lo dije!

—Perdone, pero no le entendí bien. Se ha marchado.

—¿Hacia adónde?

—Hacia allá.

—¿Hacia la derecha?, gracias, gracias otra vez.

Otra vez el ondear del pañuelo. Otra vez la perturbación del claxon. Del coche. De nosotros tres en medio de la mañana. Acabo de tener una corazonada. Se cumple. ¡Qué insensato alivio! Detengo el coche en mitad del paseo. Lo abandono. Le explico a una pareja de jóvenes la situación. Les ruego que se queden junto al coche por si pudiera venir la policía. Ellos acceden sin dudar. Corro a la caza de mi tía, que se halla con los brazos en jarras, muy cerca del frontispicio neoclásico del hotel cuya purpurina fosforece sin pudor.

—Mira, hijo mío, la de cosas tan bonitas que tenemos en Valencia.

Sin mediar palabra por mi parte, me llevo a rastras a mi tía. Ella se resiste. Con su fiereza acostumbrada.

La gente se detiene a mirarnos.

—La acabo de raptar, es la mujer de mi vida —informo a un hombre, ataviado con unos tirantes de caleidoscopio, que me demanda explicaciones con la mímica de sus manos (lo mejor para estos casos límite es que te tomen por loco, que se aparten).

En el coche al fin los tres. Al fin los tres camino a casa. Rumbo a esa normalidad que me quita el sueño cada sábado víspera de guardia.

Ya es hora de comer y no hay tiempo de prepararles nada. Me viene a la memoria la imagen de una casa de comidas en frente del bastión de la antigua cárcel Modelo. Aparco el coche en doble fila. Mi madre sigue como un pelele, en la profundidad de su sopor, acostada en el asiento de atrás. Le digo a mi tía que espere un momento, que vuelvo enseguida. Cierro el coche desde afuera, con la llave de mando. Corro hacia la casa de comidas. Hay cola. Poca prisa entre los clientes que meditan en voz alta su indecisión entre pedir una o dos raciones de paella. «¿O, mejor una de paella y otra de arroz al horno? O, si no, en vez de tanto arroz, una de paella y otra de macarrones a la boloñesa.» Yo me decido también por los macarrones. Y un par de tajadas de esa amalgama reluciente donde arriba leo «Pudding de fresa».

Salgo del local con una sensación lindante con la felicidad. Me dura los pasos precisos para advertir que hay un coche de la policía detenido delante del mío. Corro hacia allí. Las bolsas se encabritan y me golpean las rodillas. Son dos agentes de la ley los que están inspeccionando mi coche. Uno de ellos apunta la matrícula del vehículo en un cuaderno. El otro tiene el rostro pegado a una de las ventanillas.

—¿Qué pasa? —les entro de sopetón.

El servidor del orden que tomaba notas se encara conmigo.

—¿Es usted el propietario del vehículo?

—Sí, soy yo.

—Juan, mira: la señora tumbada en el asiento de atrás me da muy mala espina —me hace temblar el otro, con estas palabras.

—Es mi madre. Se ha dormido.

—¿Y cómo es que la ha dejado usted así, junto a la otra señora, abandonada en el coche?

—Ha sido solo un momento. Tenía que comprar comida.

Los dos agentes intercambian miradas, sospechas, la misma voluntad de no conformarse con mis explicaciones.

—Abra usted el coche y enséñenos la documentación del vehículo.

—Enseguida...

—¿Es usted don Mario Marín Merchante?

—Sí, claro.

—Es que esta foto de su carnet de conducir está muy borrosa.

—Aquí en el bolsillo de atrás llevo el de identidad.

—Muéstrenoslo.

—Es de los antiguos. Mire por la parte de atrás, ahí

va mi profesión, soy funcionario, como ustedes. Aunque yo trabajo en Hacienda.

—¿Lo puede demostrar? Además, ¿sabe que le ha caducado este carnet?

—Sí, sí. Mañana mismo pensaba renovarlo. Es que con la enfermedad de mi madre y de mi tía apenas tengo tiempo para otra cosa que cuidarlas.

—Pero si es funcionario, como usted dice, puede pedir permiso en el trabajo para renovarse el documento nacional de identidad.

—Sí, claro. Ya les he dicho que mañana mismo pensaba hacerlo.

—¿Y qué le pasa a su madre?

—Se ha desmayado. Nos hemos ido a pasear por la playa y, de repente, se encogió y se quedó dormida.

—Luis, avisa a una ambulancia para que venga a recoger a esta señora.

—¡No, no, no! Al hospital, no, por favor. No le hace falta. Ya le ha pasado otras veces. Necesita descansar, solo eso. Yo iba a acostarla ya. Vivimos aquí mismo, en el paseo de la Pechina, en el número 61.

Ambos policías me miran de igual modo. De la misma forma, distante y calculadora, con que yo observo a un contribuyente que demanda mi comprensión ante un descuido tributario. Con idéntica ausencia de amor propio, con la misma expresión de súplica que el contribuyente, ahora miro yo a la pareja de policías.

—¿Le importa que lo comprobemos?

—¿El qué?

—Que vive donde nos ha dicho.

—Yo creo, Luis, que debemos llamar a una ambulancia. Esta señora parece que esté en coma.

—¡No, no, no! Como compañero funcionario os lo ruego. Se pondrá peor en el hospital. No la atenderán hasta las tantas. Y luego no la dejarán salir. Hace unos meses la operaron de una cadera. Fue un suplicio para ella pasar allí las noches. Y para mí... Es que... Es que... Es que tiene alzhéimer y en el hospital se desorienta aún más... Y se vuelve loca pidiendo el orinal a cada minuto, por las noches... Miren, si es que vivimos aquí al lado. Ustedes me acompañan un momento y lo comprueban. Y si no les basta con eso, vuelven luego, de aquí dos o tres horas. Verán como ya está despierta y tan normal.

—De acuerdo, ¡pero tranquilícese, hombre! Vaya usted con ellas a su casa. Aunque yo no me fiaría mucho del estado de su madre. Nos tiene que dar su palabra de que si no se despierta dentro de un par de horas, llamará a una ambulancia. Si aparecemos por su casa y encontramos a su madre en el mismo estado, haremos un parte de denuncia por negligencia contra usted.

—Sí, sí, sí... No se preocupen. Si no se despierta en el tiempo que me han indicado, llamaré a una ambulancia. Es mi madre y no quiero que le pase nada malo. Es mi madre.

—Vamos, entre en el coche, ya le hemos dicho que puede irse... Y lo mismo nos pasamos un día por Hacienda para que nos haga la declaración de la Renta.

—Por supuesto, trabajo en la central de Guillem de Castro. Estoy en el despacho 120. Primer piso. Si quieren el teléfono...

—No, no hace falta. Marche, marche con ellas.

Han pasado ya tres horas desde que llegamos a casa. Mi tía se ha comido su plato de macarrones y las dos raciones de pudin. Yo, nada. Ni agua puedo beber aún. Hasta que mi madre no se despierte, soy incapaz de hacer ninguna cosa. Ni siquiera de experimentar la vergüenza y el remordimiento que debería sentir por el repertorio de servilismo que he exhibido ante los policías. Yo no era así. Yo les plantaba cara en las manifestaciones cuando aún era militante del Partido Comunista. Yo nunca me había humillado ante nadie. Era mi enseña. Desde niño. En las peleas me pegaban y me pegaban y jamás pronuncié «me rindo». Ahora solo tengo arrestos para estar pendiente del sonido del timbre. Para seguir suplicando. Para seguir suplicando que no suene, que no suene, por favor, antes de que mi madre se despierte...

—Míralo ahí, bragazas, todo repantigado el señorito...

Abro los ojos. Tengo la mente y la boca turbias. Me he dormido en el sillón del comedor. Como ella. De puro agotamiento. Como ella, que ahora me reta como si el sueño le hubiera servido de recarga de todas sus energías perdidas. Me mira con furor, con odio, con un resentimiento al que no hubiera modo ya de refrenar, como si me conociera de otra vida, de otra vida en la que yo no fuese su hijo sino su peor enemigo.

—Mamá, soy yo, ¿a quién crees que le estás hablando?

—A ti, huevazos. Que solo haces que dormir y vivir a la bartola.

Me levanto. Salgo del comedor. Entro en la salita. Arranco de las manos el retal con el que mi tía se distraía haciendo dobladillos.

—¿Tú también piensas lo mismo que mi madre?

—¿Yo?

—¿Qué hemos hecho hoy?

—Nada. Estar en casa. Como todos los días.

—¿Y el paseo por la playa?, ¿y el desmayo de la mamá?

—No sé de qué me hablas.

—¿Y de la policía tampoco te acuerdas?

—Yo de lo único que me acuerdo es de que aún no hemos comido.

Mi madre resurge en escena. Con su encono, con su acoso.

—¡No te mereces estar en esta casa! Sin hacer nada. Siempre a la tuya, ¡a la tuya!

—Pero ¿es posible que no os acordéis absolutamente de nada? Yo soy vuestro hijo, sí, de las dos. Y soy un escritor. ¡Sí, un escritor! Soy un poeta, y un crítico literario y traductor también... ¿No os lo creéis?

Me dirijo al armario de mi tía. Rebusco entre sus estantes. Encuentro el ejemplar de *Ascensión de la Quimera* que le dediqué a ella: «Por esa luz que vino del mar para destejer las sombras de mi infancia».

—¿Qué pone aquí, tía? Sí, coge las gafas. Lee: qué pone ahí debajo: «Mario Martín». Soy yo. Vinisteis a la presentación del libro. Os vi llorar a las dos, emocionadas, mientras leía alguno de mis poemas. Me dijisteis lo orgullosas que estabais de mí y ahora me ignoráis, peor aún: me tratáis como a un estorbo. Y ya estoy harto de aguantarlo. ¿Por qué no podéis reconocerme un poco? Solo un poco. ¿Qué os cuesta agradecer al menos que os cuido, que os hago la comida?

—¿La comida?, es ya lo que me faltaba por oír...

—No, tía, aún te falta por oír que os habéis vuelto cerriles y fatuas. Que sois un par de inútiles. Viruta, sois viruta, viruta podrida. Me tratáis como si fuerais unas reinas y no sois más que unas harapientas mentales. Un par de trastos que solo servís para sacarnos de quicio a los tres, a Marta, a Clara y a mí. Sois... sois una sinfonía de hiel. ¿A qué es buena la metáfora? ¡Sí, soy un poeta!

—Andá, y nosotras sin enterarnos de que teníamos en casa al poeta Chirivías que se cayó en lo liso y dijo cómo está el piso.

—Muy bien dicho, Reme. ¿Quién se habrá creído que es este tío para venir a insultarnos en nuestra propia casa? Si tuviera vergüenza, no vendría más por aquí.

—Solo os queda inteligencia para desmerecer la mía. Os pido perdón por lo que os he dicho. Pero ojalá fuera yo como vosotras para no sentir la obligación de volver a esta casa.

—Ahí tienes la puerta de la calle.

—Sí, mamá, ya lo sé. Y vosotras no tenéis la culpa de estar así, pero yo tampoco y esta noche vosotras dormiréis y yo daré vueltas en la cama pensando en que tengo que volver aquí.

Me detengo a tomar aliento. A buscar otro aire que no forme parte de la asfixia. A recobrar algo de mí que no me deje en mis propias manos. A salir fuera de lo que siento.

—Vale, tenéis razón. Y ahora que está todo aclarado, ¿qué me vais a hacer para merendar?

—¡Cornudas y pagamos la cuenta, Trini!

«Conservas intacto el poder de dar vida a lo que está muerto.»
(Carta de Lou Andreas Salomé a Rilke)

Caminemos. Ahuyentemos las banderas de batalla que ondean en los ojos enemigos. Hemos tomado prestada la embestida del toro, el tigre nos preside. Vamos, venid, una mano para cada una. Basta de pasear como un sepulcro.

Basta de escurrirnos sobre las aceras como un vertido de agua sucia. Decapitemos el rubor que entorpece nuestros pasos. Alcemos el rostro. Que florezca la ruina que formamos como una enseña de combate. Miremos de frente a las fachadas. Que nos abra paso el temor y no la lástima. Vamos, mamá, no te retrases. Ahí está la cumbre. Escala ese bordillo. Y ahora, tía, baila, baila sobre este parque donde los niños nos señalan. Que tus zapatos tristes no contagien a tus pies. Que tu oposición a la razón acorrale el sol de este domingo que no quiere brillar sobre nosotros. Hostiguemos su luz. Corramos por este Puente del Real del que hemos sido destronados. Afirmemos la yunta de extravíos que nos corona sobre cada una de las estatuas. Volquemos la engreída paz de la mañana. Que nuestros sitiadores nos miren desde abajo como a convulsas torres dispuestas a caer sobre ellos. Hagamos trizas su fervor por lo inmutable. Que sientan en su carne la textura de nuestros despojos. Avancemos disipados, obscenos, tumefactos, imparables. Bajemos al cauce del río. Sí, puedes, mamá, yo te sostengo. Vamos, tía, quiero sentir tu mano apretando mis dedos. Quiero vuestro candor enfermo como una campanada contra la vanidosa fuente ante la que vemos rutilar el Palau de la Música. Quiero que nos vean como una jauría de afligidos que no oculta sus colmillos sin hueso. Quiero morder con vosotras el oprobio que nos brinda el correr de su gozo. Arranquemos sus disfraces de fiesta con nuestro diáfano semblante de mula derribada. Abatamos sus juegos, sus conversaciones, su vejatoria representación de la alegría. Sí, mamá, acércate a la fuente, a las filigranas de sus caños, el agua actúa solo para ti, mójate, empápate, ahógate y vence. Sí, tía, coge esas piedras del suelo, son perlas, las perlas de todos los collares que quisiste, ahí las tienes labradas y sumisas a tus pies. Sí, esa también, y esa otra, todas, llévate todas las joyas que ya no recuerdas que tan tuyas fueron. Despojemos el plumaje de este domingo que ahora balbucea ante nuestro empuje. ¿No oís como murmuran con negro bisbiseo de beatas los padres apartando a sus hijos de nuestro lado? ¿No veis sus ojos atrincherados en una piedad que nos rechaza? ¿Cómo nos señalan con dedos destructores de su compasivo camuflaje? ¿No veis cómo la incomodidad y fastidio por nuestra exhibición desmantela el escenario de su lástima? Sigamos como si fuera cierta nuestra ráfaga de esplendor. Como si la luz quisiese adoptarnos como muestra de su imperio. Como si el Adagio de Albinoni, que acaba de brotar de entre las aguas, fuese correspondencia victoriosa de nuestro paso. Hagamos como si todavía pudiéramos vivir tan lejos de lo que fuimos. Nos basta con la ceguera y el olvido. Nos basta con que amortajemos el mundo entre los tres. Nos basta con que ninguno de nosotros jamás diga que ya es hora de volver a casa.

EROSIÓN

Qué tentación ser viento, ser girones,
ser basura que arrojan
sobre escombros.

CÉSAR SIMÓN

Pero regresamos a casa aquel domingo y hemos vuelto a pasear de nuevo por las calles. Cada vez menos horas, menos ávidos de mirar, más callados, más recluidos en nuestros propios pasos. La rutina de salir al alcance de la luz va siendo reemplazada por la rutina de desfallecer sin apenas resistencia entre paredes, sin apenas sobresaltos hasta que mi tía, también, como mi madre, se ha roto la cadera.

Yo la había salvado de quedar apresada cuando sufrió su primer ictus cerebral. Batallé con el médico de guardia hasta arrinconar sus escrúpulos profesionales. «De acuerdo. Firme aquí, que se la lleva a casa bajo su responsabilidad, en contra del informe facultativo.» Sí, me la llevé a casa en contra de toda la lógica sanitaria, pero con el pleno convencimiento de que le estaba salvando la vida. Escapamos de la succión del hospital como niños que se fugan de la escuela. Mi tía zigzagueaba por las calles, pues, ante el médico, solo la había librado de su internamiento la necesidad instintiva de fingir el dominio de su equilibrio, y yo la sujetaba envanecido, dejándome prender por su recital de curvas sobre la acera. Parecíamos dos borrachos indecentes en plena tarde. Cada pocos pasos a mi tía se le desmayaban las medias, y yo me agachaba a ceñirlas de nuevo sobre sus muslos. «Tía, ¡las ligas!, nos las hemos dejado olvidadas en el hospital.» Y reía ella, reíamos los dos. Todo era motivo de alborozo con tal de regresar a casa indemnes tras el asalto del coágulo en su cerebro.

Cuando sobrevino su segundo ictus, ya no hubo medio

de evitar que se quedara hospitalizada. «Una noche, al menos, en observación.» La enfermera se había propuesto hacerme entrar en razón dulcemente. Y, con simétrica dulzura, yo me empeñaba en darle a entender que el estado de mi tía no haría sino agravarse cada hora que pasara en aquel redil de camas donde ella solo se sabía prisionera. Al final me rendí. A las ocho de la tarde fui cortésmente invitado a que dejara de reprimir los aspavientos de mi tía. «Ya lo ve, no puede estarse quieta.» «Nos ocuparemos nosotros de tranquilizarla. Ahora es el momento de la cena y los familiares deben abandonar la sala.» «Pero...» Desde la puerta, vertí un último vistazo sobre mi tía: había conseguido librarse, por el flanco izquierdo, de la mitad de su camisón y se la veía muy afanosa en efectuar lo propio con el resto del uniforme de paciente. A las doce de la noche sonó el teléfono. Era mi hermana M. «La tía ya está aquí. No han podido con ella y la acaban de traer en una ambulancia.» Creo que lancé un hurra con excesivos decibelios, pues mi hijo me chistó desde su dormitorio. «Es la tía Reme —le grité—. Se ha salvado por segunda vez.»

26 de noviembre del 2004. Hay fechas que son imposibles de olvidar, lo sabemos todos. Todos hemos sido marcados con una cruz de sangre a lo largo de los calendarios. Todos hemos empleado tópicos parecidos al referirnos a esos días cruciales. No hay por qué esconderlo. No yo, al menos, con la fecha del 26 de noviembre del 2004.

Ese día cojo el 5B, como es mi costumbre durante las jornadas laborales. Y, como parte de esa misma rutina matinal, los pasajeros hemos tenido que esperar a que la pizpireta empleada del estanco-kiosco acudiera a izar la persiana. El establecimiento se halla junto a la parada del autobús. El ritual es siempre el mismo desde que, hará cuestión de un año, cambiaron al conductor del vehículo público. El de ahora es un hombre enteco y malhablado, lindante con la edad de jubilación, que se permite, en su inmutable itinerario, tomarse la licencia de esperar a la muchacha y contemplarla sin disimulo mientras ella se acuclilla para alzar el telón metálico: durante cinco segundos a lo sumo, la brevedad de los jerséis de la chica posibilita que su baja espalda se ofrezca sin vacilación a los ojos que anden prestos por allí. En ocasiones, una vez ya en pie la muchacha, me ha parecido verla dirigir un gesto indicativo de permiso de salida al conductor del autobús. No estoy seguro de que el 26 de noviembre del 2004 lo haya efectuado.

Este día mi mirada anda cautiva de un libro. De su portada. No puedo aceptar que en ella figure como autor el nombre de Alberto Gimeno, ese ser farsesco y revenido, ese cataviento de dentadura fácil, limosnero de lisonjas y poquedades cuya compañía me ha tocado soportar a lo largo de tres años en un despacho de la Delegación de Hacienda. Al principio a mí también me ganó con su cháchara de meretriz embaucadora. Leyó mi libro de poemas, mis traducciones, estaba al tanto de la aparición de mis críticas literarias en los periódicos y carteleras. Siempre ponderaba mis escritos, no sin buen tino, he de reconocer, pese a su condición de preuniversitario como él solía denominarse con un absurdo énfasis de jactancia. Cuando charlábamos de literatura, se desmelenaba para aparentar que era él, y no yo, el licenciado en Filología Hispánica. De vez en cuando me hablaba de sus hechuras de novelista en cierne. Hasta llegó a revelarme que había quedado finalista del Premio de narrativa erótica La Sonrisa Vertical con un manuscrito cuyo título, *El útero y las heces*, espantaba cualquier insinuación de libido. Nunca me lo dio a leer. Nunca quiso someter a mi criterio ninguno de sus presuntos escritos. Algo me dijo un día acerca de que estaba componiendo una novela a cuatro manos con un antiguo compañero del despacho, César Gavela, persona también propensa al histrionismo, que empezó escribiendo satíricos artículos de política en un diario valenciano ya desaparecido y había publicado, a solas, varias novelas encomiadas por galardones literarios de prestigio. No le concedí ningún crédito a aquella proyección —una más— de las novelas mentales de A. G. y, cuando me harté de soportar sus chanzas sobre todo y sobre nada, perdí también su pista de letraherido hasta que me anunciaron que había ganado, al alimón con C. G., el Premio de narrativa Blasco Ibáñez en la convocatoria del 2003. Yo me había presentado dos veces a ese premio en su rama de poesía sin más resultado que la pérdida de tiempo y de dinero en fotocopias —entonces aún no trabajaba en Hacienda—. «Bueno, y qué», me espoleé ante la foto de un diario gratuito donde el laureado preuniversitario alzaba una estatuilla metálica con la altanería propia de un paleto. «Ahora falta que alguna editorial se lo publique», concluí mentalmente mientras plegaba el periódico. «Un libro premiado y sin editar —me reafirmé en mis lucubraciones posteriores— tiene el mismo nulo valor literario que haber ganado una pequeña suma de dinero en la lotería o en un concurso televisivo. Y, además, ese dinero sobrevenido se suele gastar rápida y neciamente.» Pero aun con semejantes razonamientos, mi desdén por el súbito seminovelista se recubrió de un inexpiable caparazón de envidia. Una envidia siempre en alerta de que me llegara la puntilla de la publicación del libro.

Ha pasado una semana desde que tuve por primera vez en mis manos *La Sagrada Familia*. Hasta el título es rebuscado y petulante. Allí están, en la solapa, los rostros de uno y otro. El de C. G. ofrece la expresión de alguien conforme y seguro de su suerte —ya había obtenido, en solitario, premios mayores que este y sus libros conciliaban bien con eso que se ha dado en llamar literatura de culto—. La imagen de A. G. es la de un intruso, la de alguien que nos mira retador desde los balcones de un palacio cuyas puertas aún permanecen cerradas para él y no lo sabe.

Hace una semana que permanezco junto a la cama de barrotes donde se agita mi tía. El mismo día que tuve por vez primera *La Sagrada Familia* en mis manos, recibí la llamada telefónica. De nuevo mi hermana M. «Ahora le ha tocado a la tía romperse la cadera.» Yo estaba en un bar, con el libro y un cruasán abiertos. En la mesa contigua un viejo, con los zapatos atados por cables eléctricos, hablaba solo y blandía el puño en dirección a una avispa imaginaria. Lo envidié al instante. Simplemente por no ser yo. Eran las once en punto de la mañana.

Una semana llevo aquí, en el mismo hospital donde confinaron a mi madre. He solicitado en el trabajo un mes de licencia por asuntos propios. Un mes de salario perdido. El suplicio de la oficina —de ver al recién estrenado escritor pavoneándose entre las mesas— y el tormento del hospital daban como resultado una suma imposible de sobrellevar. Me he encargado del turno de guardia de las noches. Aunque suelo llegar al centro sanitario antes de las ocho de la tarde para darle la cena a mi tía. Mi tía que no tiene otra fijación que la de escaparse. Mi tía que aúlla cada vez que trata de incorporarse de la cama. «Es la cadera, la tienes rota.» Mas ella vuelve a intentarlo apenas se han apagado mis palabras. Así cada minuto, cada hora, cada día, la semana entera que permanezco preso junto a su cama.

«Mira, hijo, por aquí, por aquí salimos y luego anda que anda, por el río, llegamos a casa.» «Ahora es de noche, tía. Mañana.» Me pongo en su lugar: ignora que tiene la cadera fracturada, pese al dolor y la privación de movimiento en sus piernas. Desconoce la causa de que ya no pueda dormir en su habitación, de que tenga que compartir sus noches y sus días con extraños acostados a su alrededor, con extraños que la saludan y le hablan sin atender a sus súplicas para que la liberen de su condena. No sabe la razón de que ahora la laven y le adosen un pañal esas mujeres que parecen siempre tener una cuenta pendiente con ella. No comprende, sobre todo, el hecho de que yo lo consienta y la fuerce a ella a someterse. «Pero ¿qué te he hecho, hijo mío, para que me des este castigo? Dime lo que te he hecho y no lo haré más, te lo prometo.»

Suelo cenar junto a ella. Bocadillos que compro en un fragoroso bar de los alrededores, bocadillos aviados con cualquier mezcla que un camarero homosexual me prepara y envuelve como si fuera un regalo de novios. «Mucho te debe importar esa persona para que vengas todas las noches a hacerle compañía.» «Es mi tía.» El camarero me mira con un impostado asombro que tiene algo de coqueteo. «Vino a vivir a casa cuando yo tenía siete años. Es como si fuera mi madre; de hecho, lo ha sido.» El camarero se desinteresa de mis añadidos. Hay nuevos clientes por atender, a algunos de ellos los saludo, los he visto por los pasillos del hospital desde el primer día, es como si fueran parte de mi familia, de hecho, lo son allí.

A veces ceno en la sala de visitas. Cuando no puedo soportar la invasión de las súplicas de mi tía en mis dentelladas al bocadillo, salgo del cuarto y mastico sobre una butaca, cabizbajo, con los auriculares puestos, viendo cómo gesticulan enfermos y parciales pasajeros de aquel viaje de quejas y consuelos indiscriminados. A veces me desprendo de los auriculares y escucho. Primero solo se percibe un murmullo manso y grumoso, un rechinar de palabras que se resisten a formar parte del lenguaje humano. Poco a poco las palabras van cobrando sentido, de forma aislada, sin emprender, todavía, el rumbo conjunto de una conversación. Luego, sin que uno se de cuenta, la vida te acomete también desde aquellos corros de los que nunca quisieras haber sabido nada: «Es que mi mujer es así: se amula y ya no hay quien la mueva». Pienso en esa mujer, observo a su marido, su displicente estampa de notario al que han despertado del sopor de su firma, y la veo a ella en la cama, refugiada en su remordimiento, en su moral de víctima aturdida, que la lleva a sentir misericordia por todo aquel a quien ha hurtado fracciones de su tiempo para que se haga visible frente a ella. Continúo escuchando: «Solo se mantiene viva para torturarme». Ya no puedo seguir pensando en esa enferma. Pienso en mí, en mi tía. Me avergüenzo de aquel rapto. Pero veo a mi tía, frenética y tozuda, veo su extravío, su erosión, su estupor condenado a reiterarse, su cama como un nicho abierto de par en par. La veo crucificada en su propia resistencia inútil, la veo allí, expuesta y ausente, desnuda, impúdica y fiera, vencida por un furor imprescindible para mantenerse en lucha, veo su camisón en el suelo, las sábanas como añicos, su carne vigorosa y arrollada por el temblor. Regreso de la cena y me la encuentro así. «Ya íbamos a avisarle a usted: su madre ha vuelto a quitárselo todo, a mi marido no le ha quedado más remedio que salir de la habitación.» «No es mi madre.» Sí, sí lo es, claro que lo eres, tía, pero aún sigue mi mente en la sala de visitas, contigo; aún no te he borrado del remordimiento de seguir escuchando: «solo permanece viva para torturarme».

Al igual que los recién salidos de la cárcel creen oír por las calles los pitidos del recuento, así me llega, desde cualquier sitio de la casa, la voz suplicante de mi tía cuando me toca guardia de domingo con mi madre. Hoy he decidido sacarla de paseo. Es la primera vez que vamos en el coche los dos a solas. Mi hermana M. la ha vestido y perfumado como si fuera un pretendiente el que ha venido a buscarla. Mi madre declina mirar a través de los cristales de la celda móvil que la transporta. Tampoco da indicio de prestar atención a la música: «*For all we know*», en la voz modélicamente atormentada de Nina Simone, que siempre ha logrado activar su repertorio de muecas más transidas. No hago mención a la ausencia de mi tía. M. me ha dicho que, desde su internamiento en el hospital, mi madre no ha preguntado nunca por ella. Pero que apenas habla a partir de entonces. Que apenas muestra interés por otra cosa que no sea caminar de un lado a otro de la casa.

Salimos de la linde municipal de la villa de Valencia. Marchamos despacio por la autopista. Algunos coches recriminan nuestra lentitud con el ladrido de sus cláxones.

—El mar —digo. Ella se adentra más en su desinterés por el paisaje—. ¿Te acuerdas cuando tu hermana se empeñó en que el mar había aparecido de repente, de un día para otro?

—¿Qué hermana?

Abandono la aspiración de conversar con mi madre. Llegamos a la playa de Puzol. Los cantos rodados, que se alojaban en torno a la orilla del mar, han sido desahuciados. Una malla de arena espesa y ruda hace de puente entre el agua y la loncha de cemento del paseo Marítimo. Nos hemos apeado del vehículo. Mi madre se ha quejado por culpa del puesto que he elegido para aparcar. «Ahora que podía enseñar yo piernaza», han sido sus palabras. Al principio no he sabido comprenderla, pero al poco de iniciar nuestro paseo, he reparado en una camarilla de hombres del campo almorzando alrededor de la mesa de la terraza de un bar.

Sí, frente al grupo había hueco de sobra para el coche y he pasado de largo. Cuando caminamos junto a ellos, mi madre tensa el talle y permite que oscilen, desacompasadas y raquíticas, sus caderas.

—¿Es eso lo que querías, alegrarles la vista a esos naranjeros?

—¿Yo?

Mi madre se ruboriza. Oigo cómo se desvanece el tictac de sus tacones. Observo, de reojo, cómo deja de resistirse al declive de su cuerpo, cómo se amengua dentro de su propia pequeñez.

—¿Desde cuándo te gustan los viejos, mami? ¡Si cualquiera de ellos podría ser tu padre!

Ella no me responde. Ojalá se debiera su silencio a que le han importunado mis palabras. Pero su expresión indica que ha regresado a la cápsula de aislamiento. Por el aire irrumpe el graznido de unas gaviotas que rapiñan en las aguas del marjal. Hacia allí oriento nuestros pasos. Todavía hay terrenos disidentes al cemento en las costas valencianas. Fracciones de naturaleza que la ley se ha visto forzada a respetar. El marjal de Puzol es uno de ellos. Me gusta avanzar sobre las nervaduras de su suelo. Sentir cómo se resiste la maleza a la intromisión de mis pisadas. Pero no ha sido buena idea el intento de gozar de ese placer en compañía de mi madre.

—¿Y para esto me he puesto medias y zapatos de tacón?

—Tienes razón, mamá, ¿dónde quieres que te lleve?

—Con mi marido.

El alborozo que cada tarde muestra mi tía al verme aparecer en la habitación del hospital me abate antes de que yo logre devolverle la sonrisa. Sé lo que me aguarda y ella no. Nunca; nunca se resignará a que no surja ante sus ojos para rescatarla.

—Mira, en ese armarito de allí están mis ropas. Tráemelas, pronto, que tu madre me espera para que le haga la cena.

—Primero tendrás que merendar, ¿no te parece?

Mi tía come el yogur y las galletas sin olvidarse de señalar las puertas cerradas del ropero de los pacientes. Cuando acude la enfermera a retirar las bandejas, mi tía le anuncia:

—Es mi chico, ha venido a por mí.

—Pero ¿dónde va a estar mejor cuidada que aquí, Remedios?

Sí, ya hemos llegado a ese punto de permanencia en el penal. A ese punto indeseado en que los celadores te toman aprecio y tú no encuentras más opción que corresponderles. Esta enfermera se ha vuelto en extremo atenta con mi tía. La mira con ese coágulo de ternura que a veces se dilata hasta confundirse con un brote de cariño. A mí no me mira de igual modo. A mí me compadece. Lo descubrí la otra noche en que fui a rogar al mostrador que me dieran un somnífero para mi tía. Ella no estaba aún de turno pero, al reconocer mi voz, salió de una especie de camarote donde atisbé varios uniformes como el suyo y se precipitó a entregarme la cápsula requerida. «¡Qué paciencia tiene usted con ella, caballero!», me deslizó junto a la pastilla. Aquel trato deferente era obra de la lástima —de la barrera defensiva de la lástima— y no de una supuesta admiración por mi entereza. Debe de compadecerme porque, cada vez que entra en la habitación, me encuentra sometido al combate con mi tía para evitar que se desnude, que golpee los barrotes con el puño, que llame a gritos a su hermana, que me suplique, con la voz erizada, que la libere de aquel despiadado secuestro sin motivo.

También se compadece de mí una de las postradas que comparte habitación con mi tía. Se encuentra tan campante sobre la cama con un brazo en cabestrillo. La operaron hace unos días y pronto conseguirá el alta. Es una mujer culta que el otro día se interesó por el libro que sostenía abierto entre mis manos.

—Debe de ser muy bueno porque se le ve leerlo con tanto interés..., cuando su tía le deja, claro. Ay, qué pena.

El libro no es otro que *La Sagrada Familia*. Y a la mujer le respondo —para no entrar en detalles— afirmativamente. Pero ¿es bueno? ¿Puedo aceptar que es bueno un libro

133

en el que ha participado el farandulero oficinista de A. G.?
No, está demasiado presente en esas páginas su bufonesco criterio de la realidad como para evitar regodearme en
la repugnancia que me brinda mientras lo leo. Mientras lo
leo y pienso cuánto se asemeja ese linaje de dementes que
protagoniza la novela a mi propia familia. Como si A. G.
estuviera vejando, de forma no deliberada pero sí imperdo-
nable, el presagio de mi infortunio. Como si ya se recrease
por anticipado de esa venganza que me ha hecho llegar re-
trospectivamente.

—Qué pena, ¿por qué? ¿Se refería usted a mí cuando ha
dicho eso, señora?

La mujer con el brazo en cabestrillo deja de rascárselo.
Me mira sonriente... y con lástima.

—No, hijo, me refería a su tía... ¡Cuidado, cuidado que
se le cae de la cama! ¿A qué espera? ¡Que se cae, que se cae!

Despego de la butaca, prendo a mi tía por un vértice del
cuello de su camisón. La abrazo por detrás. Peleamos. Ella
chilla. Pide socorro con la esfera de sus ojos, enrojecida y
húmeda, casi al descubierto.

—Tía, por favor, cálmate.

—¡Tú ya no eres mi sobrino, vete de aquí, me da vergüenza hasta mirarte! —me replica con voz estrangulada,
pero aún recia.

—Y qué pena también por usted, joven, qué pena.

Mi tía se ha sosegado al fin. No sin antes llamar a la
enfermera y suministrarle un calmante. No sin antes yo
recibir de ella esa dosis de compasión que se ha instalado
en el hábito de sus tareas. Pero ¿qué cara se me pone aquí
dentro? Examino mi rostro en el espejo del cuarto de aseo
y no descubro el motivo que causa la aflicción de aquellas
mujeres. ¿Tanto me he plegado a la adversidad que anes-
tesio los nervios ópticos frente al reflejo de mi imagen? ¿He
dejado de ver mi rostro como ahora es?

Salgo al pasillo. Encuentro enseguida lo que busco: réplicas de mí, monstruosamente aumentadas. Hay una mujer que avanza por el corredor empujando una silla de ruedas. Una niña se me acerca en su trono ambulante. Como si
fuera una reina la mira su madre. Una reina con un brazo

destazado a la altura del hombro. Una reina adolescente en el auge de un sopor que la embellece. ¿Cómo no corregir el error de la compasión que noto que sienten por mí en esa madre? Pero no puedo ir en busca de la enfermera, no puedo sacar a la señora con el brazo escayolado de la habitación para decirles que esa mujer sí, y no yo, merece su piedad. Me asomo a cada una de las habitaciones. ¿Qué sigo buscando? ¿No he visto lo suficiente para saber que yo formo parte de la superficie y no del fondo de este estercolero? Pero, entonces, ¿por qué esas miradas de lástima sobre mí? ¿Por qué insisten en el equívoco? ¿Se han quedado sin ojos para el resto de las habitaciones? Hay un torso, bronceado por el Betadine, en el que se ceba una jauría de parches conectados a un tótem con ruedas ante el que rezan dos viejas diminutas cogidas de la mano. Veo medio cuerpo de mujer terminado por el nudo que le han hecho a su camisón para que no se enrede al sacarla de la cama.

Salgo a los jardines del hospital. Fumo bajo la caída del sol y acecho la llegada de la ambulancia con un nuevo cargamento de despojos. Esa compasión que no merezco me sigue podando por dentro. No me basta el clamor —que sigue embruteciendo mis oídos— de las súplicas insaciables de rescate de mi tía para sentir que soy uno más de ellos. Uno más de quienes entran allí para adaptarse a la opresión de lo que no tiene remedio. En el momento en que empiezo a pensar en el bocadillo de la cena, un anciano se me acerca y señala hacia el interior de la sala de Urgencias.

—¿Ve usted esa señora?

—¿Cuál?

El anciano —que parece hallarse en estado de embriaguez o bajo los efectos de algún estupefaciente— me coge del brazo y me arrastra consigo hasta la cristalera de la entrada.

—Esa que está sobre la camilla, junto a los lavabos de caballeros. Después de comer le vino una mala gana. Creo que no es nada serio. Pero tenga, póngase mi pegatina de familiar y entre a decirle que su nieto se acaba de matar en un accidente de moto. Yo no me atrevo a hacerlo. ¿Tendría la caridad de hacer eso por mí, joven?

Antes de responderle pienso otra vez en el bocadillo. Si echo una carrera y no encuentro cola en el bar aún me daría tiempo a comprarlo y volver antes de que retiren la bandeja con la cena mi tía.

—¿Qué me dice? ¿Haría eso por mí? El chico vivía con nosotros. Y era bueno. No como mi nuera y mi hijo... Perdone usted, ya sé que le estoy poniendo en un compromiso, pero vengo del bar, me he bebido tres copas de coñac y no puedo, de verdad, yo no soy capaz de decírselo.

Acabo de descubrirla en el rellano de la tercera planta. Sí, es ella; no hay duda. Es la misma mujer cuyos muy bien remunerados servicios contratamos, en el verano del 2003, para sustituir a S. durante sus vacaciones. Nada más verla me ha acometido el recuerdo de aquel olor. Yo llegaba a casa de mi madre en torno a las siete de la tarde. Abría la puerta con el olfato en alerta y, en el mismo vano de la entrada, me alcanzaba la emanación de aquella podredumbre que acudía presta a recibirme en compañía del gato. La cuidadora eventual aguardaba siempre mi llegada con el bolso en su regazo. Me daba las buenas tardes mientras se desprendía del mandil y aprovechaba el breve recorrido hasta la puerta para ponerme al corriente de que sus niñas —siempre llamaba así a mi tía y a mi madre— se habían portado muy bien. Nunca se molestaba en modificar ni una sola palabra de aquel parte. Una tarde decidí acudir media hora antes de lo habitual. La encontré jugando a la baraja con sus pupilas. Ninguna de las tres delataba el menor síntoma de diversión. Semejaban figurantes de fondo en una comedia de costumbres. Pero me agradó que aquella mujer mostrara, al menos, la voluntad de entretenerlas. El hedor a carne corrompida persistía mientras desencajaba los naipes de las manos de mi tía y mi madre. Después de guardar la baraja, olfateé sus cuerpos. No era lo mismo que husmear sobre un jarrón de flores recién cortadas, pero el olor que ambas expelían tampoco resultaba comparable al tufo que impregnaba la casa entera. ¿De dónde provendría? Hubo de discurrir un año para que resolviera el misterio. De nuevo el verano y el mes de asueto de S. Le propuse a mi hermana pequeña volver a contratar a la señora del año anterior. «¿A esa guarra?, ni hablar», me atajó M. No me comentó nada en su momento porque había descubierto su fechoría ya al final del periodo de vacaciones de S. Mi hermana solo me importunaba lo indispensable con respecto a mi tía y mi madre. Pero esta vez yo quería saber más y M. me contó, entre risas, que una mañana hizo como si se marchaba a la playa y se escondió en el cuarto de mi madre. Desde allí pudo confirmar la razón de su creciente desconfianza hacia la labor higiénica de la cuidadora. Lavaba a mi madre y a mi tía sucesivamente, sin cambiar el agua de la bañera. Y, luego, en un alarde de ahorro incomprensible, aprovechaba esas sobras de líquido infecto para fregar el suelo de la casa. «Cuando apareció en el cuarto de la mamá con el cubo y la fregona, la puse como un trapo.»

Ahora dispongo yo de la oportunidad de hacer lo propio. La acabo de atisbar en el rellano del tercer piso del hospital y he procedido a seguirla. La mujer, con paso resuelto, se interna por el pasillo de neumología y desaparece por la cuarta puerta a la derecha. Dejo perder unos minutos de indecisión. Al fin me viene la luz cuando surge, en el extremo opuesto del pasillo, el carro con los utillajes de limpieza. Convenzo a una de las operarias de que es urgente su concurso en la habitación donde he visto introducirse a la miserable irrigadora. Mientras la empleada me sigue en compañía de un intermitente rezo de protesta, yo voy acelerando el ritmo de los pies y, tras un suspiro de acomodo a lo que tengo en mente, me precipito en la habitación hasta encararme con la única ocupante de los sillones extensibles cuyo rostro no me es desconocido. Tampoco el mío le es extraño a ella pues, nada más verme, suelta la revista que estaba hojeando. No me da tiempo a averiguar si le ha alarmado o alegrado mi irrupción, pues solo dispongo de unos cuantos segundos para, antes de que la operaria que arrastro a mis espaldas reaccione, descargar: «Señora, aquí le traigo el servicio de baño que ha solicitado».

Mientras huyo de la habitación con júbilo infantil, recuerdo que mi padre era un bromista sin remedio y, bien diáfano, me enseñó que las personas suelen ser todavía más cobardes que incautas. A veces, mientras conducía, se colocaba una dentadura postiza enorme, negruzca y astillada y se entretenía, en las detenciones frente a los semáforos, repartiendo sonrisas a los ocupantes de los coches vecinos. Todos, por si acaso, le devolvían la sonrisa cortésmente, no fuera a ser que aquel loco...

Hoy S. debe acompañar a mi madre a la revisión anual de su cadera. Ya estarán a punto de llegar al pabellón número tres. Pleno de hermanas en el hospital. Pleno también para mí: veinticuatro horas al pairo de ese mar inabarcable que llamamos deber. Mi hermana C. me ha suplido en la guardia de la noche. La encuentro dándole el desayuno a mi tía. Sus cabellos se bifurcan en dos segmentos achatados en toda la extensión de su cogote. Es la marca común de quienes han procurado dormir en la butaca multiforme que el hospital suministra para el avío de los celadores que no gravamos las arcas públicas.

—¿Cómo se ha portado esta noche? —le digo mirando a mi tía, que ya ha empezado a dirigir sus cejas hacia el armario ropero mientras se da prisa en sorber la poción del desayuno.

Mi hermana me envía una sonrisa mutilada junto a su respuesta:

—No ha dejado de llamarme por tu nombre. Se la ha pasado entera sin dormir.

—Y tú, ¿has podido dormir?

—A ratos lo he intentado, pero... Y hoy empiezo las clases a las diez. Y con los peores, que son los alumnos de mecánica.

¿Para que necesitan aprender lenguaje y literatura —se quejan sus pupilos— si lo único que les van a pedir, cuando dejen los estudios, es que sepan ajustar tuercas y tornillos? Son muchos años ya, por parte de mi hermana, de tratar en vano de convencerles de que la sintaxis es la mecánica del lenguaje, muchas clases hablando del participio y de las oraciones subordinadas frente a la desatenta algarabía que aflora en los pupitres. Me despido de mi hermana con un par de leves besos, como si el cariño entre nosotros se hubiera rendido también a la fatiga de hacer, por amor, lo indeseado.

—Hijo, bonico mío, mira, allí en el armarito del rincón, están mis zapatos...

Ha sido la primera vez que paso un día entero en el hospital. No queda rastro de la entereza con que despedí a mi hermana. El valor y el optimismo son supuestos que concilian mal con la experiencia. Mi tía logró despojarse de su camisón quince veces. Yo traté de tomarlo como un juego:

—Ya llevas una, ya llevas dos, esta ha sido la más rápida, el señor que está sentado al fondo se va a pensar que lo haces por él. Ya llevas nueve y aún no es la hora de comer...

Por la tarde probé la táctica de ir amenazándola:

—Como vuelvas, como vuelvas a...

Y ella volvía, claro que volvía a quitarse la indeseada prenda ante la cómplice diversión de los demás ocupantes del cuarto, que acabaron por relevarme en la cuenta de los desarropes de mi tía. Durante la noche, una de las yacientes que más festejó nuestra pieza del «camisón que te quitas, yo te lo pongo», sufrió un infarto cuando yo empezaba a adormilarme en la butaca. Fue su hija quién se dio cuenta:

—¡Ay, mamá, por favor, que no me respondes! ¡Ay, mamá, no, noooo, que estás muerta!

Se encendieron las luces de la habitación y yo me mantuve con los ojos cerrados. Los gritos de la hija se intensificaban conforme iban entrando en la pieza nuevos miembros del personal sanitario. Yo los oía, muy próximos a mí, y perseveraba en mi fingimiento de continuar dormido. Que no era una representación en sentido estricto, pues, si no hay nada que logre dormir el corazón, al menos se puede alcanzar un extrañamiento donde sientes que ardes lejos de aquello que te quema. Y yo había logrado llegar allí, a esa íntima lejanía, rebasando las preguntas de los doctores, fuera del alcance de los gemebundos bisbiseos de los otros enfermos y sus respectivos acompañantes, saltando por encima de los dedos de mi tía que se habían aferrado a un mechón de mis cabellos. De tanto replegarme sobre el plástico del sillón, la inanidad de su materia había terminado por contagiarme. Dentro del baile de sensaciones, solo se mantenía en la pista aquel empecinamiento en no salir a dar ningún paso. Cuando se llevaron a la muerta en la camilla, percibí su olor que, frente a los indicios de la descomposición, aún retenía consigo vapores de frutas, acaso procedentes del postre de la cena. Por un momento alcé un párpado y su hija me miraba, ya sin llanto, desde el quicio de la puerta. Luego retornó la oscuridad y, uno minutos más tarde, el silencio; excepto en la cama de la enferma que me incumbía.

Ya le he dado el desayuno a mi tía. Cuando devuelvo la bandeja a la mesa, advierto que la mayor parte del café con leche yace sobre su superficie y no en el interior del estómago de mi tía. El sobre de galletas sigue intacto y, también, el vaso de zumo de frutas. Me lo bebo de un trago.

—¿Cómo se llamaba?

—¿Quién?

He dirigido mi pregunta a la mujer que ocupa la cama contigua a la de mis deberes. A ella también la vi reírse delante de los pechos desnudos de mi tía. Ahora me mira con recelo, todavía rebuscando con la lengua partículas del desayuno entre las cavidades de sus muelas.

—La señora que ha muerto esta noche, ¿sabe cuál era su nombre?

—La trajeron a última hora de la tarde y, si quiere que le diga la verdad, no recuerdo si nos presentamos o no. ¿Para qué necesita saber usted cómo se llama?

—Para nada, disculpe.

La mujer se da prisa en desentenderse de mí y abre una revista antes de que yo me haya retirado de su lado. Miro el reloj. Son las nueve de la mañana. S. debería estar aquí ya. No se me ocurre nada peor que la chica haya sufrido un contratiempo y no pueda acudir a relevarme. Reviso el teléfono móvil. No hay ninguna llamada perdida. No soporto la idea de estar ni un minuto más dentro del hospital. Los gritos de aquella hija no han dejado de retumbar en el interior de mi cabeza desde que la descubrí mirándome.

—No tía: hoy tampoco nos vamos a casa. Deja el camisón quieto...

Salgo al pasillo. Veo venir a S. Se detiene al reparar en mi presencia. Un hombre la acompaña. Un hombre que está llorando. Y S. también llora. Corro hacia ellos.

—Perdón, don Mario. Esta noche nos dijeron que había muerto mi hermana.

—Pero si me comentaste el otro día que se estaba recuperando. Que estabais ilusionados con que se curara del todo.

—Eso nos dijeron los médicos de allá. Pero ya ve usted: se murió.

—¿Y qué haces aquí? ¿Por qué no me has avisado por teléfono?

—Ha sido mi papá, me dijo que, por respeto a usted, teníamos que venir a decírselo en persona.

No me atrevo a mirar de frente al hombre que está junto a ella. Ni siquiera cuando logra reprimir sus sollozos para dirigirse a mí:

—Es que veníamos a pedirle que le diera permiso esta mañana a la muchacha. Mi esposa y mi hijo mayor están en casa. Queremos hacerle un funeral por nuestra cuenta a Teresa. Los cuatro. Los cuatro que vinimos aquí a trabajar en lo que sea para que ella, al menos, estudiara y tuviese un porvenir. Y ahora... —El hombre gime, gime buscándome los ojos—, ¿se da usted cuenta, don Mario?, ahora he de pedir un préstamo para poder enterrarla.

Hace diez días que operaron a mi tía. «Todo ha ido bien», me aseguró el cirujano. «Dentro de una semana ya podrá irse a casa», me garantizaron las enfermeras, o eso creí yo: que me lo prometían. Pero la médica que la supervisa, joven y arisca, se ha empeñado en diagnosticarle una neumonía que no sabe cómo curar.

—Es de tanto desnudarse mientras trata de escapar de aquí —alego yo.

—Pues que no se desnude, para eso están los familiares, para vigilarla.

Cada vez que viene la doctora discutimos en parecidos

términos. Cada vez mi tía tose más, se empeña en huir más. Hoy está dispuesta a confiar en mi rescate sin muestras de desaliento. Me lanza piropos con una sonrisa pugnaz y duradera. Tomo asiento junto a ella. Abro una revista de misceláneas literarias. Trato de concentrarme en la lectura de un artículo sobre el ocaso de las pequeñas librerías. Pero esa mirada de mi tía, esa imposible reconciliación entre la realidad y el deseo que estraga el último tramo de su vida me devuelve el pensamiento al paseo de la Pechina. A aquella fase inicial de su trastorno que viví como un suplicio, un suplicio que ahora se ha convertido en añoranza. Siempre me ha enternecido la candidez ajena —la de uno mismo nos suele exasperar—. Y aquellas dos viejas aniñadas fueron tan ingenuas y tan rematadamente testarudas en no cesar de demostrarlo en los primeros pasos de su enfermedad. Mientras consiento que mi tía persevere en sus lisonjas al falso rescatador que manosea la revista, mi mente se desliga de la escena y va en busca de una tarde de aquel verano del 2003 en que me creí con fuerzas para pasar doce días seguidos de confinamiento junto a mi tía y mi madre. De nueve de la mañana hasta las once y media de la noche. En la jornada octava, después de la merienda, mi madre aprovechó que su hermana se había ido a fregar los platos a la cocina para hacerme una confidencia:

—¿Sabes que a tu tía le ha salido un novio?

Yo no dije nada. Me limité a mirar. A otro sitio que no fuera el rostro de mi madre. Ella prosiguió:

—Es el chico de las basuras. Cada noche que oye el ruido del camión, tu tía abre corriendo la ventana y se pone a pelar la pava con él. Como es así de descarada, al chico le hace gracia todo lo que le dice.

—¿Y crees que habrá boda? —Lo dije sin pensar. Sin pensar en reprimirme.

—Ay, eso ya es cosa de ellos... Calla, calla que oigo llegar a la novia por el pasillo —me advirtió mi madre con una mueca de picardía.

Callé y me olvidé del idilio entre la dama de la ventana y el caballero de los contenedores. Llegó la noche y acosté a mi madre sin otro particular digno de reseño. Estaba pasando el plumero al coche cuando surgió la estruendosa magnitud del camión de la basura. Yo proseguí borrando el polvo de la carrocería del Fiat Punto. No me acordé de la confidencia de mi madre hasta que no oí el ruido procedente de la ventana de la salita de su casa. Es un gemido de maderas y cristales inconfundible pues se hace perentoria una sacudida enérgica sobre la falleba para que las hojas de la ventana accedan a dejarse separar. Al instante oí, también:

—Me cago en la puta miseria, ya está ahí la vieja chocha esa en la ventana. ¡Tendrá uno que aguantar en esta vida!

Toda una historia de amor, en efecto. Con sus malentendidos, con la parte que se ilusiona y la parte que ya está enturbiando el espejismo. Arranqué el coche, efectué la maniobra de marcha atrás como un coceo y aceleré con el motor bramante, pero cuando iba a tomar el túnel de enlace con las Torres de Serranos, rectifiqué el rumbo y enfilé la primera embocadura a la derecha. Conducía enrabietado y justiciero. El coche reproducía mi ira a través del bufido de sus ruedas. Di la vuelta por el desvío de la cárcel Modelo y me encontré con el camión de la basura aliviando los contenedores frente a otro portal. El novio de mi tía observaba la maniobra ensimismado en la succión de un cigarrillo. Bajé el cristal de la ventanilla del copiloto. Aminoré la velocidad. Me adelantó una moto. Una muchacha con la melena como una antorcha se abrazaba a las poderosas espaldas de quien dominaba el manillar. Aguardé a que se desvaneciera el fulgor de aquellos intrusos. El bellaco seguía fumando cuando le grité «hijo de puta». Por dos veces. Por una tercera vez también. Y luego arranqué, frenético y exultante. Cuando miré por el retrovisor para recrearme en mi desquite, solo vi a un joven operario del servicio municipal de las basuras, a un pobre extraño uniformado con un mono de color naranja fosforesciendo en la cuneta, a uno de tantos que no damos crédito, por un momento, a que la humillación y el insulto surjan sin motivo y que su impunidad se vuelva costumbre bien asimilada.

He vuelto a sacar a mi madre de paseo. El año acaba. Las calles rebosan de leales festejadores del domingo. El sol persevera en un cielo despojado de nubes.

—¿Qué te parece si vamos hoy a los Viveros?

Mi madre asiente, un cuajarón de saliva acentúa el temblor de su barbilla. Entramos en el parque por la glorieta que da al río. Niños y jóvenes madres que se derraman sobre el césped, detonaciones de alborozo disparadas bajo la luz propicia del mediodía.

—Yo también te traía aquí cuando eras pequeño.

—Sí, ¿te acuerdas? ¿Te acuerdas, mamá, cuando me hicisteis aquella foto dentro del coche de juguete y yo no quería salir de él? ¿Te acuerdas del berrinche que cogí?

Por un momento he creído que había vuelto, ella, la de antes. Pero mi madre no me responde. Deja volar su mirada sobre las ramas de los árboles y luego veo cómo se pierde excediendo la dimensión de cuanto la rodea.

—¿Quieres que vayamos al zoo? A ti siempre te han gustado mucho los animales.

Detesto aquel reducto de jaulas y fieras empozadas en un círculo de excrementos. Una vez, incluso, me encadené a uno de los barrotes de las mazmorras formando eslabón con un grupo de estudiantes de biología que protestaban contra aquel perpetuo arresto de seres inocentes. Me entrevistaron ante una cámara de la televisión autonómica y recuerdo que manifesté que no estábamos dentro de un parque zoológico sino de un campo de exterminio de animales. Mi madre me vio a través de la pantalla y me llamó por teléfono para decirme que había que poner allí una bomba. Ahora la conduzco de la mano hacia las taquillas del recinto.

—¡Collons! —profiere cuando le informo del precio de las entradas.

—Pero, ¿y lo bien que lo vamos a pasar?

Mi madre observa impasible los apuros del hipopótamo para encajar en la balsa de aguas feculentas que hace frontera con el hueco de su guarida. Tampoco da muestras de emoción alguna frente al giro obsesivo del oso pardo en pos de su propio cerco.

—¿Quieres que vayamos a ver los pájaros?

Pájaros ignorantes de que nacieron para volar, cuyos soliviantados graznidos cruzan el parque de un extremo a otro. Mi madre se deja llevar de la mano hasta que se detiene y aprieta la mía con una fuerza que me alarma.

—¿Qué ocurre?

Mi madre ha frenado sus pasos ante la jaula de Tarzán, el viejo chimpancé fundador del zoo. Yo lo conocí en su época de esplendor, cuando aún era yo un adolescente y organizaba excursiones con mis amigos del barrio para verlo masturbarse retador frente a los chillidos de jubiloso escándalo de las treceañeras, que era lo que nos excitaba a nosotros. Ahora parece haberse replegado bajo el peso de la sensatez que se atribuye a las canas. Se muestra circunspecto y ausente dentro de una blanquinosa pelambre venida a menos. Tiene un plátano, abierto como una flor, en la mano. Al que ha dejado de prestarle atención cuando ha reparado en la mirada de mi madre. Ambos se observan largamente, se analizan, ¿se reconocen? Tarzán va abriendo la mano con una lentitud de ceremonia y el plátano cae sobre los residuos de otras frutas en donde se aprecia ya la labor del óxido. Sin apartar los ojos de mi madre, extiende esa misma mano hasta desplegarla por completo sobre el cristal de protección. Mi madre le ofrece también la mano. Su mano izquierda —la derecha sigue apretando la mía—, donde reluce el anillo de casada. Sus palmas se encajan, una en la otra, una y otra a cada lado del cristal inexpugnable. El chimpancé propulsa todo su cuerpo contra la muralla de vidrio y logra el efecto óptico de estar atravesándolo. Mi madre sonríe, se suelta de mí y empuja también su otra mano contra el cristal. Está acariciando al viejo simio. Sus diez dedos recorren el torso que figuradamente le entrega el chimpancé, y lo hace con delectación, con una fuerza propulsora de chirridos desde el cristal que los separa.

—¡Qué pena no tener una cámara de fotos! —masculo.

Tarzán retira su cuerpo del vidrio divisorio, da un salto y queda prendido en la parte superior de los travesaños de metal. Desde allí se lanza hacia la rueda suspendida del techo de la jaula. Sin dejar de mirarla, obsequia a mi madre con un recital de cabriolas y de sonidos en apariencia jubilosos. Mi madre se ríe, aplaude.

—¿Qué te dice, mamá, qué te dice?

—Que me comprende, como yo a él.

—Venga, cómo te va a decir eso, vámonos de aquí, que estáis dando el espectáculo.

No he sabido reaccionar y me he dejado vencer por una vergüenza que a duras penas logra imponerse al orgullo de ser el hijo de esta mujer enajenada que, mientras nos dirigimos hacia la salida del zoo, sonríe, llora y lanza besos a las jaulas al mismo tiempo. Por eso vuelvo a ti, César. Tú acaso habrías sido capaz de quedarte a explorar, en los ojos de aquel prisionero chimpancé, la culpa de seguir vivos. Tú escribiste: «Yo me identifico con el organismo más insignificante, que quiere vivir como un grito, como un canto a la vida, y que es degollado y devorado».

Un hospital. El ancla en el fondo de un hueco que nos persigue. La industria del dolor. Un camuflaje en cada risa. El tumulto callado de los enfermos. La mansa y pasmada expresión de quienes se han acostumbrado a reconocerse por los pasillos. La incesante variedad del mismo acatamiento. Una diálisis mental que no termina de lavar la idea fija de ser otro. La apoteosis del eufemismo. Una metódica profanación del ego. El consuelo de desaparecer. Las noches en que no hay otra ambición que claudicar. Las máscaras de la paciencia. Escuchar: «El pañal priva a la defecación de toda su ceremonia». Sufrir en silencio el éxtasis de quienes nos describen lo consabido. Las magulladuras de la piedad. La textura incipiente del despojo. Estar por una vez de acuerdo: «A los médicos los miramos unidos a su pedestal». El apogeo de la rendición. El cáncer de lo evidente. Enterrar y callar. Los paliativos de la conciencia. ¡Bienvenidos al país de siempre jamás! Las hordas de los domingos. Reírse: «Buenos días, estoy esperando a mi madre, que llega con la nueva camada de meonas». Los señuelos de vida que vienen humeando sobre las bandejas. El aliento de la carroña. El timbre. Los dedos. El desasosiego de los dedos sobre el timbre. El desenfreno de aceptar que todo tiene su fin. Escuchar sin responder: «Las panchitas son mejores cuidadoras; no necesitan adaptarse a la degradación, pues han nacido con ella». Esa sombra que llora. Las horas como viruta. Un talador del sueño en cada cama. Una requisa constante de lo que aún perdura. Cuánta tácita humillación a la espera. Los gritos sin ubicar. Las quejas, los murmullos, las plegarias sin rostro. El cálculo iracundo de las horas que pasan riendo las enfermeras. Esas enfermeras dándote un sobre de galletas a escondidas. Comerlas a oscuras mientras sigues oyendo reír a las enfermeras. Una eufórica ilusión de eutanasia. La fortaleza de la propia cobardía. El remordimiento de haber sacado del escondite la ocultación pactada. Acostumbrarse a reír lloriqueando. El cauce moroso y turbio de las verdades que se escapan. La almohada húmeda de lágrimas. Aventurarse en la mente al escuchar: «¿Y no será eso del alzhéimer una forma de posesión de los extraterrestres...?». Las miradas de interrogación furtiva en los ascensores. Levantar los párpados a la fuerza, desde dentro. El estruendo de la espera. El silencio fraternal del miedo. La desactivación de decidir. El azote del desvelo. La radio que envilece el silencio. La luz sin clemencia de los pasillos. El feudo de la succión. Un dormir que es también fatiga. Despertarse de lado, a la contra, entero, a medias, por porciones. Estar de pie como un puñetazo sin destino. La mañana. Marcharse y regresar en el mismo pestañeo. Decir sí a todo sin darse cuenta. El canje de revistas y suspiros. El código que establecen los goteros. La jerarquía de las sondas. Orinar silbando tercamente. Reincidir en el alivio del mañana. Sobre la cama alguien, aún gallardo, aún enérgico: «Ya me ves, se apaga uno». Desde el umbral de la puerta, de un anciano a otro: «Ja, ja, cuando un pobre come merluza, uno de los dos está malo». El descrédito de la carne humana. El vivo que sobra. Dar por bueno que sin dolor no hay recompensa. La frecuencia que termina siendo olvido. El tóxico de lo irreversible. Recibir simultáneamente la dádiva y su coste. Psicodramas en las sábanas blancas. Porfiar para que entre en razón quien nos priva de ella. Un cielo de cinco minutos antes de la tormenta. Morder con la boca cerrada. Poner a remojo el orgullo como una dentadura postiza en el vaso de agua. Un túnel a campo abierto. El flagelo de los sobresaltos. El rito de ir encajando dentro del marco del espejo. Las flatulencias que se escapan como agua por el aliviadero de una presa. Sonreír sin querer: «Esa ya puede morirse tranquila: ha conseguido que vengan a verla todos sus hijos en silla de ruedas». Notar cómo te inyectan calma y desesperación con la misma aguja. El elixir de la excusa constante. El desquite de la realidad en los quirófanos. Los besos con cautela. El guiño entre camas. De un moribundo a otro, el cruce de guiños frente al culo de la enfermera. De un paciente a otro, la luz, otra luz de pronto. Otra luz de pronto en la habitación. Otro fulgor a través de los cristales. En el cielo, otra luz y otros colores. Y un estallido que se impone al de las toses y las quejas. Y yo miro al cielo y me incorporo del asiento. Y mi tía me llama y no le presto atención. Y me acerco a la ventana. Y encuentro a otros que, como yo, se han apartado de su puesto. Y contemplamos el cielo dividido en porciones de destellos. Y los fuegos de artificio se suceden como olas que saltamos con los ojos. Y los enfermos alzan sus cabezas de la cama. Y se alborozan y murmuran en torno al centro de nuestros cuerpos. Y preguntan qué se ve, qué vemos. Y ensanchamos nuestro círculo frente a la ventana. Y los yacientes se admiran y reclaman más separación entre nosotros. Y unas enfermeras acuden y se callan a nuestra espalda. Y todos nos quedamos en silencio, cada uno prendido a su sonrisa, cada cual buscando su cobijo en esa carcasa y en aquella otra, y otra más que alcanza a iluminar los dientes al descubierto de mi tía.

—¿Cuánto valgo para ti, Mario?

—¿Cómo que cuánto vales, tía? Vives conmigo desde siempre. Sabes que te quiero. ¿Por qué crees que vengo todas las noches a estar contigo?

—Yo no sé a qué vienes. Lo que sí sé es que no vienes a sacarme de aquí.

—Eso es imposible hasta que los médicos te den el alta. Y será muy pronto, tía. Ya lo verás.

Estamos solos en el cuarto. Por primera vez desde que la ingresaron. Es muy infrecuente que no haya nada más que una cama en uso en la habitación de un hospital. El resto de los lechos se uniforma bajo una oscuridad apenas raspada por la luz eléctrica que rebasa la ventana.

—Acércate, Mario.

—¿Para qué? Ya te he dado de cenar y no hace ni una hora que te asearon las enfermeras.

—Ya lo sé, tontilán. Pero no quiero que me des nada. Soy yo la que tengo algo para ti.

Un fulgor impropio de un enfermo vibra en la mirada de mi tía. No la reconozco. Otra mujer me está pidiendo que me aproxime a ella. Otra mujer que ha comenzado a sonreír mientras retira la sábana que cubre su cuerpo.

—¿Qué haces?

—Ven y lo sabrás.

—No te destapes, por favor.

Me alzo de la butaca. Cuando pongo mi mano en la sábana, mi tía la apresa con la suya.

—¡No subas la sábana! Mírame. Mírame bien.

—Te tengo ya demasiado vista, tía.

—Eso es lo que tú te crees. Espera y verás.

Mi tía se lleva las manos al escote del camisón. Me mira con desafío. Aborda mis oídos con un ronroneo en lugar de voz.

—¿Sabes lo que hay aquí debajo?

—¡No te toques así! Pero ¿te das cuenta de lo que parece que quieras hacer?

—Claro..., el que no se está dando cuenta eres tú. Te estoy ofreciendo el cuerpo de una virgen si me sacas de aquí.

Mi tía ha puesto las manos sobre sus pechos; los ha oprimido y logrado que resalten y luego ha pretendido contonear sus caderas de lisiada.

—¿Te has vuelto loca?

—Loco sería el hombre que dejara desaprovechar una ocasión así. Una virgen para él.

Siento náuseas. He empezado a sentirlas desde que me empezó a mirar como si hubiera olvidado que soy su sobrino —su hijo, su hijo—. Que tiene ochenta y cuatro años...

—No sigas, tía, por favor. Te juro que mañana te saco de aquí. Aunque me tenga que pelear con todos los médicos. Mañana vuelves a casa. Te doy mi palabra. Vamos, tápate.

—La palabra de un sobrino no me vale. Quiero la de un hombre...

Corro hacia el cuarto de aseo. Vomito la cena. Veo el raudal de los amasijos de alimento a medio digerir. Los veo estrellarse contra la loza amarillenta. Cómo toda la taza muda de color, cómo en las baldosas aterrizan también fragmentos de metralla de mi vómito. ¿Y si mi tía hubiera estado fingiendo su pérdida de razón desde que mi madre comenzó a dar síntomas de ello? ¿Y si todas las muestras de su demencia formaran parte de una impostura para no desentonar con la enfermedad mental de mi madre?, ¿para no hacer que desmereciera su condición de dueña de la casa? ¿Hasta este punto ha podido llegar su sacrifico por una hermana que siempre la ha tratado como a un estorbo? Me dejo caer al suelo. Busco la posición fetal. Noto humedad en mis pantalones, en un costado de la camisa. Yazgo sobre mi propio vómito. Me llegan, como burbujas evadidas de otro vómito, las llamadas de mi tía. Sus gritos se van sofocando, se van recogiendo en un murmullo sin contención que me hace pensar en una res pastando barro. En el resorte ciego de un despojo que se ha extendido más allá de cualquier frontera fisiológica. Me voy rindiendo al sueño acorralado por un rumor de claudicaciones que viene de lejos, desde ese extremo de la mente cuyo saber es anterior a la memoria. Al despertar, distingo la claridad del nuevo día. Me levanto de un salto. De un momento a otro vendrán a traer el desayuno y no me pueden ver así. Me inspecciono en el espejo. Tengo el rostro y el pelo salpicado de resecas miasmas. ¿Me dará tiempo a ducharme? ¡Que no me encuentren así! Solo te pido eso, Dios... Y que mi tía siga estando loca. Sí, eso más. Eso sobre todo, por favor.

No me ha dado tiempo a ducharme ni a lavarme el pelo, pero es mejor que me haya encontrado así la doctora cuando ha acudido a hacer su ronda al mismo tiempo que las bandejas del desayuno.

—Mi tía se va a morir en casa. Esta tarde me la llevo. Si me lo impiden, tendrá que hacerlo la policía.

La doctora aparta al instante su mirada de mí. No sé si por efecto del asco o del temor que yo le produzco, o porque ha terminado por aceptar su error en el propósito de confinar a mi tía hasta que se cure de una neumonía que no ha hecho sino agravarse durante el periodo de su reclusión.

—Como usted quiera. Esta tarde, a partir de las cuatro, estén pendientes de la ambulancia.

La doctora me habla ya encarada al hueco de la puerta. Y yo le doy las gracias al dorso de su bata, con una sonrisa bajo los rastros de mi vómito.

Me han entregado la urna con las cenizas de mi tía. Una chica joven, bien maquillada y sonriente las ha traído desde el fondo de un pasillo por donde yo he percibido paso a paso su llegada; la llegada de mi tía en este envase perfecto para ocupar el puesto de un jarrón. Ayer, cuando la vi avanzar, yerta y dócil, hacia las llamas en un féretro calculado para el fuego, perdí los estribos de mi voz y la alcé en medio de la sala crematoria sin ilación con mi cerebro. Vi llorar a algunos de los presentes, pero no soy capaz de afirmar si sus lágrimas eran consecuencia de mis palabras o se debían al espectáculo gestual de aquel vociferante tartamudo que era yo.

Mi tía fue redimida del hospital demasiado tarde. Llegó a casa con la mirada presa en una lejanía de la que ya no hubo forma de hacerla regresar. No sé si aquel desesperado ofrecimiento carnal que me propuso fue el detonante definitivo de su extravío. Lo que si sé es que yo no volví a mirarla directamente a los ojos desde su última noche en el hospital. Comprobé, en ese mes en que estuvo esperando la muerte junto a la bomba de oxígeno, que la vergüenza tiene mayor empuje que el cariño. Cada vez que la aseaba antes de incorporarla a su cama, sentía las mismas náuseas de esa noche en que ella se inmoló sobre la pira de una virginidad que había reservado para al fin perderlo todo. Ella se acordaba, pues cuando yo frotaba sus nalgas con la esponja, emanaba, de esa enredadera de surcos, una tensión de carne torturada. Ella se acordaba y me seguía queriendo como a un hijo. Me acariciaba como a un hijo cuando yo sostenía los tubos inyectores de oxígeno en el orificio de sus fosas nasales. Me perdonaba como a un hijo mis reproches airados cuando la veía desfallecer ante el andador sin apenas haberse movido de la baldosa de arranque. Me perdonó la última vez que la vi con vida, cuando la acosté chillando mientras ella chillaba, cuando una subida de tensión arterial me dejó abatido sobre su baúl —el baúl que trajo de América— y mi tía alzó los ojos hacia el cielo, en busca de una bendición que ella no podía darme ya. «¿Y tú?», me había dicho media hora antes. «¿Y tú?, ¿tú no tienes?», frente a la copa de fresas con nata. «Yo cenaré luego en casa, no te preocupes, cómetelas tranquila.» Y me hizo caso. Y yo disfruté una vez más, la última, de verla paladear —el tintineo de la cucharilla rebosando en sus oídos— esos pequeños frutos que le concedió la vida.

Ahora estoy sentado frente a la pantalla, aún en negro, del ordenador. La urna con las cenizas de mi tía reposa en mi regazo. Desde el patio de luces me llegan rumores del día que prosigue. Hay como un empeño de profanación en esa sustancia de lo cotidiano que sortea los lindes de mi ventana. Hasta la luz del sol, pletórica, me viene a buscar como si solo alentara en ella el propósito de una afrenta.

Me he puesto a escribir un obituario. Tecleo procurando medir bien —esta vez sí— las palabras en memoria de mi tía. Huyo de los ditirambos y exaltaciones que confunden lo perdido con lo que nunca hubo. Me ciño a dejar que fluya sin esfuerzo cuanto de bueno y cierto persiste de ella en mi memoria. Al cabo de dos horas doy por concluido el recuento. Lo lanzo sobre las direcciones de correos electrónicos de mis amigos más cercanos. Los lanzo así:

El domingo falleció mi tía Remedios. Sin dolor, se apagó entre las manos de mi hermana Marta. Ayer fueron incinerados sus restos. Mientras su cuerpo se dirigía a las llamas, yo no pude reprimir unas palabras. Quería evitar que los asistentes al acto tuvieran la impresión de que se iba a quemar un leño.

Mi tía fue una persona extraordinaria —y he aprendido a medir mis adjetivos—. Nacida en Huélamo —un bello pueblo en extinción de la serranía de Cuenca—, fue la mayor de cinco hermanos cuyo cuidado le privó de pisar una escuela. Mi abuelo era molinero y mi abuela, la hija del alcalde. Con sus escasos posibles decidieron probar suerte en Valencia. Mi tía tendría entonces unos ocho años, y un par de hermanos ya a su cuidado. En Valencia se instalaron en la calle la Conserva. Zona lindante con los poblados marítimos, en lo que aún hoy se conoce como el Grao de Valencia. Allí nació el resto de la prole. Mi tía, verdadero sostén del hogar, sacó tiempo para aprender a leer y a escribir —lo hacía sin faltas de ortografía— y, cuando acabó la Guerra Civil, fundó el orfelinato de la Malvarrosa, donde se dio algo más que asilo y alimento a los hijos de los muertos de la derrota. Conservo cartas de algunos de los allí acogidos que todavía le agradecían —en los años sesenta— a mi tía su dedicación y su cariño. Fue durante aquel tiempo de posguerra cuando conoció a Pepe Martínez —el futuro editor de «Ruedo ibérico», que era hermano del novio de su hermana Carmen—. Parece ser que se gustaron y salieron juntos —hay deliciosas fotografías de esa relación—. Pero Pepe, pendiente de juicio por rebelión, huyó a Francia. Tengo la sospecha de que mi tía nunca superó esa fuga y, por ello, consistió en marchar con su hermana Carmen y su marido Jesús a Colombia a principios de los años cincuenta. Allí hizo de todo para asegurarse el sustento. Tanto es así, que llegó a ser la gobernanta —no se me ocurre otra palabra más idónea— de una cantina donde tenía que atender a la parroquia con pistola al cinto para disuadir a los empeñados en caer en un coma etílico. De todo, insisto, pues cuando mi primo Juan Luis enfermó de poliomielitis, fue ella la que se encargó de encarar la tragedia, de conseguir que el dolor no paralizase la vida en aquella casa. Retornó a Valencia en 1961, tras intercambiar Colombia por Guatemala, una hermana por un hermano, un cuñado por una cuñada, un sobrino por otro sin más horizonte que los años surgidos a su espalda. Regresó sin un centavo —como decía ella— y se instaló en nuestra casa del paseo de la Pechina. Sus maletas venían llenas de un extraño perfume torrencial y de libros. A mí ya me gustaba leer y en aquellos libros —la mayoría de aventuras— encontré lo que, de un modo u otro, se convertiría en mi destino. Mi tía los recordaba todos y, antes de acostarnos, comentaba con ella los pasajes que más me habían impresionado. Ella cortaba patrones —en Valencia se ganó la vida como modista particular de algunas casas ricas— hasta las tantas y yo la acompañaba mientras escuchaba cómo reverdecían en sus labios los paisajes de Knut Hamsun, Zane Grey o Jack London. Ella también me enseñó a apreciar la arquitectura histórica de Valencia, me instruyó en el gusto por la música clásica y los boleros —que se los sabía y los cantaba (mal) todos—. Mi tía —que dejó plantado a un novio porque no soportó la imagen de su camisa inflada por el viento mientras corría hacia ella— me inculcó el afán de discernir entre el valor y el precio, entre la gracia y la chabacanería; me inculcó la exigencia de no perder jamás la distinción frente a los que carecían de ella, de no conformarme con saber lo suficiente pues «lo que nos parece suficiente, siempre se nos queda corto», me decía desde su silla de coser. Intentó prevenirme contra las dictaduras —incluida la del proletariado—, pero yo ahí no la seguí y ello me abocó a perder no pocos años de militancia en el Partido Comunista.

La tía Remedios fue nuestra madre real —la otra, la biológica, aunque dotada de una gran intuición para ver la farsa de las apariencias y provista de sensibilidad para apreciar el buen cine y todos los alcances de la música, siempre anduvo sumida en neurastenias y excentricidades que, a la larga, es lo único que ha transmitido a sus hijos—. Por eso, ayer, mis hermanas y yo la despedimos como lo que fue: nuestra madre valedora. Una madre yerma cuya fecundidad le vino dada a cambio del tesón que puso en todo aquello que tan cicatero se mostró con su propio beneficio.

Te pido ahora, querido amigo, unos segundos de recuerdo para ella. Tal como se me acaba de iluminar ahora. Tal como hasta hoy te la había mantenido en la sombra.

Me han llegado mensajes de respuesta de todos los destinatarios a quienes les envié el elogio fúnebre de mi tía. Al releerlo bajo el influjo de los pésames y las esforzadas palabras de consuelo que lo acompañan, me ha parecido que no he remarcado lo suficiente su papel de criada sin sueldo para sus hermanos en América. Ninguno de mis amigos hace mención a ello. Todos coinciden, sin embargo, en alabar el propio hecho de haber rendido testimonio en recuerdo de mi tía. Un elogio no carente de una tácita extrañeza por mi incontrolado afán de expandir metafóricamente sus cenizas. Las cenizas que aún retengo en casa y que me acaban de ser reclamadas por mi hermana M. «Su sitio está aquí, donde vivió y murió, ¿no te parece?» «Claro, Marta, el domingo, que me toca guardia, te las llevo.» Las cenizas de una virgen, pienso nada más colgar el teléfono y, abrazado a su urna, me entra un vértigo de risa, de ternura y de vergüenza.

La toalla aún está húmeda. El silencio crece con el viento. Los barcos se arman de lejanía bajo un anillo menguante de gaviotas. Le pido a P. que abra un bote de refresco.

—¡Si ya será hora de irnos!

—Es la una todavía.

Apuro tendido en una hamaca nuestro último día de vacaciones de verano. El sol me penetra y desplaza cualquier otra percepción que no sea dejarme fundir bajo sus rayos. Desde las rocas del malecón me llega el silbido de las cañas lanzadoras de pescar. Las olas se amansan y retraen al borde de mis pies. Ellas también se atienen a la rutina de su cometido. Al igual que mañana nosotros debemos reiniciar esa tarea convenida que, desde la flacidez placentera de la carne sobre la arena, parece un pacto inconcebible. Nos vestimos en silencio y con desgana.

—¿Y si nos quedáramos a comer aquí, una paella en el merendero del Marjal?

—Pero el nene nos espera en casa.

P. todavía llama de esa forma a nuestro hijo, que el mes próximo alcanzará la mayoría de edad. Me rindo y enfilo la senda de tablones que conduce al paseo Marítimo. Nos desprendemos de la última arena de nuestros pies, a punto de entrar en el coche. Ya no es el Fiat Punto. Hace un mes adquirí el nuevo modelo de Ford Focus. «Como un coche grande no hay nada», terminó de convencerme el último novio de mi hermana M. «Como la pena de abandonar la playa el día final de las vacaciones tampoco hay nada», me digo mientras arranco el motor de mi flamante vehículo color cereza cuyo tamaño solo me ha dado disgustos con las columnas del garaje. A punto de incorporarme a la autovía, suena el teléfono móvil de P.

—Dime, hijo... ah, te había confundido... ¿Qué pasa, Xavier?

Nada más oigo ese nombre, tengo que dar una volantazo para no salirme de la calzada.

—Era mi hermano. Dice que mi madre lleva todo la mañana sin despertarse. ¿A ver si le ha dado otra embolia...? ¡Cuatro de cuatro...! ¡Si es que ni el último día de vacaciones te dejan vivir!

Me abstengo de corregir la cifra pronunciada por P. Mi tía ya ha muerto. Pero sí, cuatro de cuatro, un pleno que abarcó a mi madre, mi tía y los padres de P. desde el 6 de enero del 2004. Ese fue nuestro regalo de reyes: el derrame cerebral de la madre de P. que la mantiene en ese mal llamado estado vegetativo —las plantas no se ensucian, encima— desde entonces. El padre de P., un hombre que perforaba el cemento de las canteras de Buñol cantando coplas durante las pausas de los estallidos de la dinamita, vive encogido en un sillón desplegable desde antes de que mi tía y mi madre iniciaran su extravío. Qué nostalgia de la pena que he dejado de sentir porque mañana se terminan mis vacaciones. Observo a P. de soslayo. Esa fricación de sus dedos acompasada con el vagar tortuoso de sus ojos. Siempre emplea el mismo sistema para expresar su desasosiego. Es metódica en todo, hasta en sus muestras de sufrimiento. Nos despedimos frente al portal de la casa de su hermano X.

—Come tú con el nene. No me esperes.

—Ya verás cómo no es nada. Luego vendré.

—A mí quien me preocupa es mi padre, cada vez se pone más loco cuando le da un ataque a mi madre.

—Procura tranquilizar también a tu hermano. No sé cómo lo puede soportar; cuando no es uno, es el otro.

Sí, aún quedan hijos así, hijos que convierten su morada —y su vida— en un reducto en perenne estado de sitio donde el asedio crece con la respiración de sus padres.

Mastico una ensalada junto a la ventana del comedor. Pincho las hojas de lechuga, las rodajas de pepino, las medialunas de tomate con la mirada ambulante entre las gentes que suben y bajan del tranvía. La representación del domingo prosigue en esos cuerpos. En sus rostros sin ojos, en sus difusos perfiles donde la sorda raíz de la costumbre todavía —parece— no se ha convertido en un cepo para ellos.

X. me abre la puerta de su casa. No se permite siquiera ni el preámbulo del saludo.

—Ven a verla, Mario, tú que tienes experiencia.

Haber sido experto en Keats, en Donne, en Rilke y ahora este reconocimiento a mi pericia en el lenguaje de la carne inerte. La madre de P. yace, hinchada y boca arriba, sobre un sofá. Su hija acaricia una de sus manos. La cuidadora peruana está sentada, rezando, a sus pies. El padre de P., reducido y marmóreo, sigue desde una negra silla «director de cine» la cabalgada de James Stewart en una película del Oeste. Me acuclillo. Mi rostro sobre el rostro de la durmiente. Un gorgoteo violento retumba al compás de sus exhalaciones.

—¿Desde cuándo respira así? —le pregunto a X.

—Desde que la hemos levantado esta mañana.

—¿Está sin conocimiento desde que la habéis levantado?

—Sí, eso tiene muy mala traza, ¿verdad?

Propongo llamar al médico de urgencia sin mayor dilación.

—¡No, al médico de urgencia no, que se la llevarán al hospital y no la volveré a ver más!

El padre de P. se ha propulsado desde la silla hasta nuestro corro en un santiamén. Pero nos ignora. Se abalanza sobre su esposa.

—¡Pepica, Pepica!, ¿qué te pasa? A mí me lo puedes *desir*. Despierta, a mí no me engañas, te estás *hasiendo* la dormida, ¡despierta, *cabesona*!

X. me toma por el hombro y me lleva a un rincón aparte de la escena. Susurra:

—Sabía que nada más oyera hablar del médico de urgencia, mi padre se pondría así. Por eso no me hacía el ánimo de avisarlo...

—¡Padre, eso no, eso no!, ¡no le pegues a la madre! —rompe a gritar P.

Veo cómo una bofetada de desesperación del marido impacta sobre el rostro de la esposa. El moflete izquierdo de la mujer se ha enrojecido. No hay otro signo que modifique su faz inerte. Corro hacia el hombre. Lo sujeto por la espalda. Le doy la vuelta. Me encaro con él.

—¡Eso no, eso nunca! ¡Nunca más! ¿Se entera? ¡Nunca!

Descubro que he alzado mi mano derecha a la altura de la sien. Contra aquel hombre despojado de todo menos de la percepción de que sigue perdiendo cuanto ama. Contra aquel hombre que humilla la cabeza en pantalones cortos y caídos mucho más abajo de donde antes se combaba, orgullosa, su barriga.

—Verá como no será nada, Joaquín. El médico vendrá, nos dará una receta y ya está.

Lo voy acercando con suavidad, suavizándose también mi respiración, hacia la silla de lona. El hombre llora. Le hago tomar asiento.

—Ahora viene lo mejor de la película —le digo y aprieto sus hombros vencidos.

Cada tarde su hijo le pone un film de vaqueros. Hoy también lo hizo, como siempre. Hoy ha sido la primera vez, lo sé, que ha visto cómo su padre golpeaba a su madre. Me acerco a ella. Su rostro ha experimentado una transformación desde la última vez en que lo miré. Hay gotas sobre la piel. Llora dormida, junto a las lágrimas de la cuidadora peruana. Llora sobre la cáscara de su carne desde una profundidad donde no está permitida la entrada de ninguna comprensión. Salgo al balcón.

—Ya está, tranquilos. Él sabe más que nadie que ha hecho mal —les digo a P. y a su hermano. Ambos parpadean para contener, para disimularse el uno al otro sus lágrimas.

—Le ha pegado por impotencia, de tanto que la quiere —musita P.

—¡Es un cabrón, como lo vuelva a hacer lo mato! —atruena X., dando una fenomenal trompada con ambas manos sobre el travesaño de la barandilla del balcón.

—Aún no has llamado al médico, Xavier, y convendría hacerlo antes de que te rompas las manos.

—¡Es verdad, Mario! Pero, por favor, llévate antes a mi padre a su cuarto.

Nos aborda la noche en la sala de Urgencias de la Ciudad Sanitaria de la Fe. Estamos todos los que cabría esperar allí: X., P., yo, el hermano mayor de P. y su esposa, y la hermana gemela de P. y su marido. No ha venido quien suponíamos que no acudiría al hospital: el hermano menor de P., que se borró de la lista familiar nada más intuyó —sin tomarse siquiera el tiempo de verificarlo— la que se les venía encima a todos los hermanos.

Mientras van llegando los informes médicos que establecen reiteración en los coágulos cerebrales de mi suegra, nosotros parloteamos con progresivo auge que nos afean los demás visitantes que esperan, en sombría pasividad, las novedades sobre sus familiares y allegados. Al poco de aparecer en la sala las hijas del hermano mayor de P., también gemelas, en la plenitud de sus diecisiete años, ya no hay modo de que hagan acallar nuestras risas ni las reconvenciones más severas.

Cuando regresamos en el Ford Focus en pos de la ambulancia que devuelve a la yaciente a casa en el mismo estado en que se fue, X. nos dice a P. y a mí que se avergüenza de nosotros —de todos, de quienes nos siguen en los otros coches, también— por la jarana que hemos armado en la sala de visitas.

—Es la vida, Xavier. La vida que aparece en cuanto te descuidas. Y, además, éramos nueve contra uno. Alguna vez tiene que vencer la lógica.

—Contra dos, a mí no me cuentes entre vosotros.

—Claro que te cuento. A ti el primero de todos, Xavier.

Si no llegas a la conclusión de que esto es una guerra entre nuestras madres y nosotros, acabarás muerto sin ni siquiera presentar batalla.

—Nunca hubiera esperado esas palabras de ti, Mario. Precisamente de ti. Nunca.

—Yo tampoco. De hecho, es la primera vez que las pronuncio. Pero no quiero olvidarme de que las he dicho. No podemos consentir que tres viejos nos pudran la existencia hasta que les dé la gana morirse.

—¡Para, que quiero bajarme del coche!

—No, no voy a detener el coche, Xavier. Y, además, ya estamos a punto de llegar a tu casa.

Fotos. Miramos fotos. Trato de que mi madre tome una dosis de esa revisión en porciones del pasado. Todos los terapeutas afirman que es un método muy eficaz contra la decadencia de la memoria. A mí no me gusta revivir la imagen de esos cuerpos que fueron nuestros y que ya, hacia tan lejos, partieron. En cada retrato donde me descubro, veo lo mismo, lo mismo que pensaba César Simón: «existir es despedirse». Aunque él sí amaba las fotografías y no se olvidó de demostrarlo en uno de sus libros mayores en prosa:

> La fotografía no es como el mármol, sino como el perfume, algo sutil que hace que el alma se estremezca, al evocarnos lo desaparecido como si no hubiera desaparecido, como si lo que fue, lo que existió, sin haber sido mimetizado por el arte, latiese todavía en el interior de un aire y sol que tiemblan.

Mas en esta tarde de domingo, lo único que tiembla son las manos de mi madre, que deja escapar sus ojos hacia la ventana en cuanto me descuido.

—Mira esta, mamá, ¿te acuerdas?

Yo voy capturando al azar las medicinales tarjetas gráficas del interior de un viejo portafolios de mi padre con forma de maletín de practicante. Aún recuerdo la fijeza de sus ojos mientras recortaba muestras de tela y, tras untarlas de pegamento por el dorso, las adhería en unas cartulinas que, con suma unción, como si estuviera dando la última pincelada a un cuadro —mi abuelo paterno fue un pintor y muralista de cierto renombre—, depositaba en aquel portafolios donde ahora se apiñan retazos que lo fueron también de su vida. Las fotos. Miramos fotos.

—¿Te acuerdas, mamá?

Mi primera —y única— bicicleta de tres ruedas; Bufón, el gato gordo de nuestra casa de la plaza del Horno de San Nicolás que bizquea con mi mano en su lomo pelirrojo; mi tío Pedro con un frutero de plástico en la cabeza y la mesita Carmela sobre una loma del pantano del Generalísimo; mi padre desafiando al horizonte desde la proa de un buque de Transmediterránea; mi hermana pequeña a punto de recibir la primera oblea consagrada entre la mella de sus palas; mi otra hermana con las gafas de sol de mi tía Maruja, posando como una mujer de rompe y rasga de trece años; mi madre en la playa, abandonado su cuerpo al sol sobre la toalla en la que aún se leen las iniciales de su nombre; mi primo Juan Luis como un risueño querubín apoyado sobre sus muletas de poliomielítico. «Pobrecico», añadía siempre mi tía Remedios a la visión de esta foto.

—¿Te acuerdas, mamá?

Mi madre se levanta del sillón y aparta mi mano con un golpe de hastío. El retrato de mi primo cae al suelo y, desde esta nueva perspectiva en que lo miro, parece que haya perdido su sonrisa. Guardo el portafolios en el sobrado del armario ropero del cuarto de mi madre. Echo un vistazo al reloj. Todavía son las cinco de la tarde. La radio, el fútbol, los gritos de los goles superpuestos desde el mismo estadio. El nuevo gato, también pelirrojo, como Bufón. Apenas tendrá cinco meses de vida y ya observa cuanto le rodea con la autoridad de un macho dominante. El viejo gato pardo le rehúye, abatido y perplejo ante un derrocamiento que los animales sufren sin la componenda moral a que se abrazan los hombres después de la derrota. Enciendo el televisor, pero me fatigo buscando un canal que detenga las pulsaciones de mi pulgar sobre el mando a distancia. Mi madre no se cansa. Recorre la casa de un extremo a otro. Sin variar

el ritmo de sus pasos. Sin modificar su expresión de deste-
rrada. A veces se detiene frente a mí.

—¿Quieres algo, mami?

No contesta. No se mueve. Solo ese desboque en su mirada. Solo ella y yo y la lentitud de la tarde. Y el olor a mierda
recién surgida. «Pañalolandia», he escrito a algún amigo re-
firiéndome a aquello: a estar en la casa donde crecieron mis
primeros temores a la idea de la muerte, mis primeros deseos sexuales, mis primeros poemas; a estar allí sosteniendo las nalgas de mi madre —cuyo cuerpo ha sido forzado a
reclinarse sobre la mesa del comedor— con una mano y con
la otra el untuoso pañuelo lavativo que ha mutado de color.
¿Cuántos pañales debe cambiar un hombre hasta dejar de
sentir que no es el mismo hombre? ¿Cuándo la mierda de
una madre deja de ser un simple excremento para significar
su presencia por entero? ¿Cuándo un hijo se persuade de
que ya solo lo es de un delirio distribuido en sesiones cuyo
poder de corrosión se vuelve indescifrable? ¿Ahora? ¿Ahora en que acabo de resbalar entre las piernas de mi madre
en el peor momento? No, no puedo detenerme a responder,
porque mi madre se ha venido también abajo sentándose
unos instantes sobre mi cara. Embadurnado de ella aún he
podido sujetarla por la cintura y evitar que se lastimara al
caer al suelo. Aunque mi madre grita y se retuerce sobre
sus excrementos como si le hubiera llegado el fin. Y yo la
miro con el único ojo que ha quedado al descubierto. Y miro
también a los gatos que se han puesto a jugar con las bolas
de las toallitas que ya prestaron su servicio. Veo a mi madre
aterrada en su fango, veo la silla volcada sobre mis piernas,
veo correr a los gatos, respiro como puedo y pienso —necesito pensar— que en esta habitación, que en todo lugar
del mundo, hay ahora mismo un orden esencial y sin escape, equivalente a la gravitación universal de las estrellas.

Desde que llegó la cubana, mi madre ha recobrado el
anhelo de hacer daño. Dentro de unos límites que demar-
can —para desesperación de ella— una zona en constante
reducción. Nos insulta mientras la levantamos y vestimos;

al darle de comer; si le hacemos caso; si la dejamos sola; cuando variamos su postura para que no se llague; hasta cuando la arropamos en la cama por la noche nos maldice retorciendo la boca sobre la almohada. Los cambios de pañal se han vuelto una maniobra más de esgrima que de higiene. Por eso hay que cortar sus uñas casi cada día ya que, de lo contrario, a quien le alcanza la cara, se la marca. Y aún mayor precaución es conveniente a la hora de besarla, pues se habrá olvidado de casi todo, pero no de morder la mejilla descuidada. Mi hermana M. la riñe y después medita: «Es su forma de decir que sigue viva». Yo soy menos comprensivo y me sublevo contra ambas y luego les pido perdón sin reconciliarme ni con ellas ni conmigo. Se lo cuento a P. y, al mentar a la cubana, ella me dice:

—Pero ¿tan necesario era contratar a otra cuidadora?

Sí, era preciso eximir a mi hermana de la obligación de regresar a casa antes de las siete de la tarde. Su ruta comercial había cambiado. Más lejos debía llegar para cumplir con la restitución de las botellas de cava en los supermercados. Ahora la esperaban también en Castellón, en Onda, en Burriana y en cualquier villorrio del entorno que una llamada en ruta lo mandase. Su nuevo itinerario en pro de las bodegas Freixenet y la servidumbre horaria con el alzhéimer eran incompatibles. Yo fui quien le dio el definitivo visto bueno a la cubana como centinela vespertina. Estaba solo con mi madre la primera vez que se presentó en casa. A los cinco minutos ya me había reñido la lozana caribeña por no haber retirado de la mesa los restos de la merienda.

—Es que así se piensan que acaban de comer y luego no abren la boca a la hora de la cena.

Le bastaron apenas diez minutos más para convencerme de que arreglara un cajón rebelde del aparador del comedor. Me ayudó en la tarea sin descuidar el darme a conocer las posibilidades de su escote.

—Y esa muslona negra que no para de hablar, ¿a qué ha venido?

—Esa muslona se llama Lylian y se va a encargar de cuidarte por las tardes, mamá.

—¿Que ya no tengo hija?

—Marta no puede venir tan pronto, como antes, del trabajo.

—Esa lo que quiere es que la dejen suelta para lo que yo me sé.

—¿Ya vuelves a lo mismo?

—Aquí lo único que vuelve es el pendoneo. ¡Y bien contento que te has puesto tú! Me recuerdas a tu padre también en eso.

—¡Al papá no lo metas, por favor, que ya le amargaste bastante la vida con tus celos!

—Tu padre era muy bueno, hijo, pero también un palpador de culos, ¡y bien que se dejaban tocarlo ellas!

—¿En qué andan discutiendo ustedes? —L. acaba de entrar en la salita con un bote de Coca-Cola en la mano—. Como ves, Mario, aún no lo he abierto, ¿tengo tu permiso para quitarme la sed?

—¡No se lo des! —se aúpa gritando mi madre—. ¡Que lo vuelva a dejar en la nevera! ¡No quiero que ese cacho de *figa* alegre esté ni un minuto más en mi casa!

Pero L. se quedó esa tarde y todas las siguientes que marcaban su jornada. Me gustó su desparpajo, su apetito de reír, el bullente tesón con que lograba convertir su penoso medio de supervivencia en una juerga, el ingenio de sus réplicas a los insultos de mi madre cuya continua puesta en escena acabó dando la impresión de formar parte de un combate amañado.

—Mire qué guapa la he puesto con este pijama.

—¡Si parezco Charlot!

—Muy bien, doña Trini, se lo ha comido todo. ¡Qué madre más buena tenéis!

—¡Y una mierda!

—No me pegue en la mano, doña Trini, que el flan está rico, rico y usted está muy delgada y yo quiero que sus hijos la vean bien gordita.

—¡Tú solo quieres ver bien gorda la bragueta de los hombres! —Y L. rompe en una carcajada.

A cada improperio de mi madre, una carcajada de la caribeña, me informa mi hermana. Las dos se han hecho amigas y salen alguna que otra noche a divertirse juntas. Es natural —dicen los filósofos del alzhéimer— este vínculo afectivo entre parientes de primer grado y cuidadores. Fruto de la mutua empatía —afirman— entre quienes colaboran en el mismo quehacer, consecuencia de la fraternidad inherente —dictaminan— a toda tragedia compartida, resultado del mismo placebo —me permito añadir yo— que es la alegría sin motivo.

Acuden en bandadas, con los ojos en un errante zarandeo, como si en vez de escapar, entraran en un incendio. Luego, a reculones, se van incorporando a la cola. Todos me miran. Hasta los más distantes del mostrador, cuyos rostros solo son nuevas manchas que me esperan, no apartan la vista del habitáculo donde acelero mis manos y mis labios. He sido degradado a atender el mostrador de recepción. Y en las peores fechas: durante el periodo de remesa de las declaraciones de Renta. Discutí con un entogado de alto rango, no me avine a comportarme como un criado suyo delante de mis compañeros y la misma mañana en que regresaba del hospital de la Fe, la misma mañana en que supimos que los derrames de sangre del padre de P. debían su origen a un cáncer de colon, la jefa de Centuria me dijo: «El Tribuno adjunto quiere hablar contigo». Pude negarme a aquel castigo falazmente revestido por la cantinela de «las necesidades del servicio». Me he negado otras veces, como cuando un subpretor de la Provincia de Recaudación quiso castigar mi disidencia a los antojos de su ego confinándome en el sótano, arredilado junto a las máquinas propulsoras de fotocopias, a la caza, captura y custodia de formularios y estampillas relativas a los súbditos que se habían retrasado en su diezmo al Imperio Tributario. Pero en esta zafia represalia que ahora me tiene recluso en el mostrador de recepción, he convertido la furia de sentirme denigrado en una suerte de expiación por el tormento con que al padre de P. le ha obsequiado el destino para ir saliendo de este mundo.

Llegan. Al fin van alcanzando uno a uno la meta de encararse conmigo. Los hay de todas las razas, de toda índole, de todas las edades. Mi misión consiste en escucharles, y si logro discernir lo que pretenden, entonces pulso sobre la tecla oportuna para que expela la etiqueta con el número asignado en la pertinente zona de espera. Mas no es tarea baladí averiguar la cuita con el fisco de un senegalés que sigue parloteando en jerga propia mientras le pregunto y no me entiende. No resulta aconsejable, para esclarecer la razón que le asiste, el empeño de un contribuyente en hacerme llegar sus quejas mediante una exhibición simultánea de requerimientos de pago y de cortes de manga. Tampoco merece ningún calificativo halagüeño el que haya un teléfono general de atención al público que siempre —como se desesperaba una cantante melódica de los años sesenta— está comunicando y comunicando. Y menos pertinente resulta aún, para evitar iras y deslenguas, que, ante la solicitud de enmienda de la más mínima errata en el borrador de la declaración impositiva que proporciona la Agencia Estatal, haya recibido la consigna de responder: «Imposible corregirlo, tendrá usted que hacer una nueva declaración por su cuenta».

Vienen. Llegan hasta la linde del entarimado que me aísla y ruegan, o se embravecen, o no saben lo que quieren o, si lo saben, no lo parece. Se presenta ante mí una monja que precisa de una lupa para discernir mi rostro, se explica muy bien, la atiendo de igual modo y, tras elogiar exaltadamente mis servicios, añade que solo le pide a Dios que cuando vaya al Cielo todos los angelitos tengan la misma cara que yo. Menos mal que no creo en Dios ni, mucho menos aún, en otra vida resurrecta y eterna con tipos alados —lo que faltaba— clonados con mi jeta. Me aborda un suntuoso exponente del producto humano de la sureña huerta valenciana, su acento es inconfundible.

—¿Esto qué es?

—Eso es una copia de la declaración que le hemos hecho nosotros. Si todos los datos son correctos, le sale a pagar sesenta euros.

—¿Sesenta euros? Por la mitad me la hacen en el pueblo y, además, me ahorro un viaje.

Yo también me ahorro sacarlo de su equívoco: en el pueblo se gastará treinta euros y le seguirá saliendo a pagar lo mismo. Ya hay otro ocupando su metro cuadrado frente al mostrador. Y otro más. Y otro. Y decenas de otros más. Y uno me arroja una cartilla bancaria como si efectuara un desplante en el ruedo taurino.

—Quiero sacar ciento cincuenta euros.

—¿Cómo que quiere sacar?

—Se lo acabo de decir: ciento cincuenta euros.

—¿Usted me está hablando de que yo le entregue ciento cincuenta euros?

—Claro, ¿no es esto un banco?

—Según como se mire, pero desde luego no es un banco de los que dan dinero.

—¿Y la cola?

—Pero, caballero, no todas las colas que se forman son para sacar dinero. Si usted pasa por el campo de Mestalla y ve colas frente a las taquillas, imagino que pensará que las hacen para sacar una entrada, no para que les den dinero.

—Devuélvame entonces la cartilla; no me haga perder más el tiempo.

Duda razonable: ¿no me habrá estado tomando todo el rato el pelo? A veces lo parece tanto…, pero es muy improbable que la gente acuda a la Delegación de Hacienda con el ánimo de gastar bromas. Aunque en ocasiones resulta muy costoso creer que no estás siendo víctima de ellas:

—¿Usted me ve bien?

—Claro.

—¿Le parezco que estoy bien?, quiero decirle.

—No tengo por qué pensar lo contrario.

—¡Dígame que corra de lado hacia la derecha!

—Corra de lado hacia la derecha.

—¿Lo ve? Lo hago sin ningún problema. Ahora pídame que haga lo mismo en dirección izquierda.

—Corra de lado en dirección izquierda.

—¿Se da cuenta?, ¿se da cuenta? Estoy cojo si tengo que correr de lado hacia la izquierda. Lo ha visto, ¿verdad?

—Sí, claro, perfectamente.

—Hágame, pues, el justificante de incapacidad.

No, ni es una broma, ni está loco el sujeto: sé lo que está buscando, solicitando, para ser más exactos, pero el pobre anda muy desubicado.

—Usted lo que quiere es una certificado de invalidez, ¿verdad?

—Bueno, como prefiera llamarlo. Pero hágamelo, por favor. Se lo acabo de demostrar.

—Pero es que no me corresponde evaluar su invalidez a mí.

—¡Pero si es para Hacienda!

—Sí, lo sé: es para que usted pueda desgravarse en la declaración de Renta. Pero ese certificado lo tiene que solicitar en la Conselleria de Benestar Social.

—¿Y dónde está eso?

—Este servicio lo prestan en la calle San José de Calasanz, en el cruce con la avenida de Pérez Galdós. Lo sé porque no hace mucho solicité uno para mi madre.

—¿Su madre?, ¿qué le pasa?

El hombre del movimiento lateral averiado me mira como si hubiera algo más que un poste de información articulado frente a él. Está pendiente de que yo le responda sobre la minusvalía de mi madre. Y yo lo hago mediante un gesto disuasorio dirigido hacia la cola. De la que salta una mujer con un colgante enredado a sus cabellos:

—Llevo toda la noche sin dormir por culpa de este papel que me han enviado ustedes, es mi turno ya, ¿no?

—A ver señora... esto no se lo hemos remitido nosotros sino el Ayuntamiento.

Entre el tumulto, distingo la figura del hombre que se ha interesado por la salud de mi madre. Se halla muy próximo a ganar la puerta de salida. De pronto se detiene y revisa la hora en su reloj de muñeca. ¿Le dará tiempo a llegar a la calle San José de Calasanz?, parece meditar. No aparenta que le entusiasme la idea de repetir las carreras hacia este y oeste para justificar una cojera en la que acaso ni él mismo cree. Por un instante, ante él, me he sentido como el chimpancé frente a mi madre en los Viveros. Me han dado ganas de darle algo a aquel desconocido, un hatillo de gomas elásticas, un bolígrafo, un fajo de impresos, sacar mi mano del mostrador y ofrecérsela como Tarzán le tendió su prisionero pecho a mi madre.

—Sí, se lo acabo de repetir: tiene que ir al Ayuntamiento. Nosotros solo nos encargamos de cobrar las multas de Tráfico, no las de aparcamiento.

—¿Y qué diferencia hay entra unas y otras?, ¿me lo quiere decir usted?

Prosigue la mañana. Prosigo en la función de distribuir mi cola en nuevas colas frente a otros mostradores de la planta baja. Veo atravesar a mis compañeros la fila que me asedia. Van hacia la calle y regresan de ella movidos por el resorte triunfal de sus rutinas. Algunos reparan en mí y me saludan con un gesto apresurado que interpreto como un signo de benevolente indiferencia. Yo les agradezco que no se interesen por los motivos de mi exposición en aquella picota recortada bajo el hueco de la escalera principal.

Y de pronto lo veo a él. Plantado como un reflectante mojón en medio del convulso tránsito de los contribuyentes. Y lo veo mirarme. Se está exhibiendo frente a mí. A. G. me ha descubierto encadenado y no quiere que pase desapercibida la libertad de maniobra de la que él, en contraste con mi reclusión, ahora se ufana. Espera a alguien, que no tarda en llegar. Se trata de uno de los Cónsules de mayor rango del Senado Tributario. A. G. se emperifolla de guiños y sonrisas mientras le da la mano. Ya los he visto otras veces en facundo comadreo. Desde que salió publicada su novela a dúo, el pequeño burócrata con ínfulas frecuenta al accesible jerarca del fisco sin ocultar el envanecimiento que ello le procura. Ya te queda poco de ir de puntillas por las nubes A. G., y lo sabes. Hace más de un año que *La Sagrada Familia* salió a la luz. Y esa luz se apaga. Creías que había llegado la hora del gran advenimiento y, semana tras semana, buscabas en los cuadernillos literarios de los periódicos ese acopio de reseñas que proclamaran el reconocimiento a tu mérito que tantos años se mantuvo clandestino. Y llegó temprano una crítica lisonjera y pronosticaste —te escuché—: «esto es solo el principio». Y, sí, fue el principio de un fatigoso encadenamiento de decepciones. Tu novela, igual que casi todas, ha pasado de largo por la cima, como esas nubes sobre las que te creíste instalado. La esperanza dura más que el motivo en que se funda. En eso, al menos, podrías haberme tomado por ejemplo, escritor de ida y vuelta. Pronto —si no lo estás haciendo ya— te pondrás al final de otra cola mucho más larga que esta con tu nuevo manuscrito bajo el brazo. Y te distribuirán —lo mismo que hago yo— en nuevas colas de espera. Pero con una diferencia: nadie, al final, acabará por atenderte.

Ya solo son rachas. Los furiosos paseos de mi madre de un extremo a otro de la casa se producen cada vez con menor frecuencia. Domingo a domingo se acorta esa batida que la devuelve a mis ojos para que constaten su fracaso. Es posible que esté buscando a mi tía sin saberlo. Que haya perdido el concepto de su compañía pero no la sensación de necesitarla junto a ella. Tampoco es descartable la idea de que busque simplemente el pasado. Allí, en el interior de las mismas habitaciones hoy carentes de resultado para sus exploraciones, se afirmó durante más de treinta años su plena soberanía sobre la casa. Solo una fe alimentada en el delirio puede interponerse entre el empeño en su trajín y el clamor de rendición que le debe de llegar desde sus piernas. Los gatos han dejado de extrañarse de su ir y venir uniforme, persistente y alucinado, aunque, a veces, se lanzan a sus pies poniendo en aprietos su equilibrio. Por eso, a menudo, debo seguirla malhumorado y hosco con los felinos, que evitan acercarse a mis zapatos. «Tenga cuidado, su madre anda hoy virada, Martita», me cuenta mi hermana que le dice la caribeña cuando la ve, la vemos —cada vez con mayor frecuencia— esforzarse en reiterar, formando una hoz, sus baldíos viajes por la casa.

Hoy ha tenido lugar su último trayecto. Ha sido el más largo. Lo comenzó a las cuatro de la tarde y, sin pausa alguna, hasta las ocho estuvo verificando la inmutable permanencia de las puertas, de las baldosas, de las lámparas, de las mesas que se encontraba en cada nueva peregrinación emprendida. Solo algo varió en cierto momento de la ruta, algo que no estaba al alcance de su vista pero sí de mi olfato. Aun así permití que prosiguiera su exploración con aquella sobrevenida carga en sus alforjas. Me esperé a que, por fin, cayera rendida sobre su sillón junto a la ventana de la salita. Me esperé a que dijera «Me quiero ir a la cama» por primera vez desde su enfermedad para tener la certeza de que le había permitido que apurara, hasta la extinción, el ansia de encontrar algún escape al cerco de su agonía por medio de las piernas.

Toda la existencia de mi madre se ha transformado en un malentendido. Caminaba por la casa con el ímpetu de una joven cuando solo buscaba la última puerta que la condujera a su postración definitiva. Ahora que no anda, que solo uno de sus brazos se resiste a parecer postizo, que su piel se ha empeñado en conquistar el aspecto de sus huesos, que únicamente recibe de la vida la lentitud con que se regodea en ir privándola de sus dones, ahora es cuando mi madre se ha empeñado en demostrarme que le vuelve a gustar un hombre desde la muerte de mi padre. Ese hombre soy yo. Me di cuenta de que empezaba a coquetear conmigo hace tres domingos. Fue por la tarde. No recuerdo de qué le estaba hablando —acaso de algún viaje, me gusta hablarle de mis viajes porque es un método sencillo de evadirme de su lado— cuando comenzó a asentir entornando los ojos. Al principio pensé que le estaba entrando sueño al escuchar mis peripecias por lugares ahogados también en su memoria, pero comenzó a acompañar sus caídas de párpados con una especie de bisbiseo admirativo y de la ranura de sus ojos sobresalían destellos que aumentaban de frecuencia. Percibí también un leve traqueteo en una de sus piernas y una reincidente elasticidad en la comisura de sus labios. Mi madre me sonreía con descaro. Enfundada en su batín de saldo, con los cabellos como si acabaran de ser mordisqueados por una rata, calzada de felpa y colorines de circo, mi madre aguardaba mi reacción a sus insinuaciones. No quise desairarla y adopté un aire de galán de ir por casa que acrecentó la audacia de sus mohines de picardía. Ella se esforzaba por hacer inteligibles las lisonjas que acudían a su mente, mas de entre su caudal de balbuceos solo pude rescatar —y poniendo no poca imaginación por mi parte— algún vocablo delator de la varonil apostura que me realzaba ante sus ojos. Las vicisitudes del cortejo duraron hasta que surgió un tercero en discordia: el pañal. Cuando reaparecí en la salita, enarbolando la prenda de quita y pon como un ramo de flores, la fulminación del embeleso de mi madre fue tan contundente que creí que había entrado en coma. Corrí hacia ella sin soltar la prueba de sus desafueros orgánicos. No logré que abriera los ojos ni obtuve resultado alguno en mis tentativas de hacerla volver en sí. Pero no se había desmayado ni, mucho menos, había entrado en coma. Se limitaba a fingirlo. Y yo comprendí, por una vez, los motivos de su comportamiento. No es admisible ser novia y madre al mismo tiempo, ser joven y decrépita. No resulta llevadero el impacto de comprobar que acabas de seducir a la persona que te está poniendo un pañal antes de llevarte a la cama. Flirteo y mierda, pese a los múltiples desvíos del deseo, no están concebidos para compartir el mismo instante.

Nuevo domingo de guardia. Llegan, desde el cauce del río, manifiestos de gozo de quienes por allí transitan. Los gorriones litigan por su espacio desde las ramas de los árboles con ese lenguaje tan propicio para ser tomado por una arenga de amor. Los coches pasan encadenados a una urgencia que ningún significado tiene fuera de sus ruedas. Trotan, en el piso de arriba, unos niños surgidos de la nada. Esa nada que encubre tanta pereza para hallar el nombre apropiado de lo que a nuestra mente acude. Sucede que un primoroso rayo de sol de media tarde acentúa el deterioro facial de mi madre. Sucede también que está fascinada por el hecho de haberme conocido. Esa misma tarde, hace un rato apenas, un hombre, aún de buen ver para su gusto, ha llegado de repente y se ha sentado junto a ella. Ese hombre, lo reitero sin que sea necesario, vuelvo a ser yo. No, no me canso de decirlo. Soy yo el que espera el trauma del pañal. No está mal el título para una comedia de humor escatológico: «El trauma del pañal». Hasta, si me concentrara un poco, podría escuchar las carcajadas del imaginario público. Mas debo concentrarme solo en mi papel de novio sobrevenido —¿de la nada?—. Aunque mi madre no está representando ninguna función de equívocas travesuras. Cierta es para ella la luz que nos envuelve, cierto el aire que respira, cierto el sillón desde el que rebosan sus sentidos, cierta mi presencia y mi cortés dedicación a ella. Y cierto será el pañal que aniquile el espejismo que por aún más cierto tenía. Es necesario, ahora sí, reiterar la escena aunque sea por medio de la equiparación. Pongámonos en el lugar de una madre joven que está con su bebé en los brazos. Ella lo arrulla, le canta y, mientras lo besa, el niño se convierte en un lagarto, o en una zanahoria, o en una caja de betún, cualquier cosa sirve. Lo trascendente para esa madre es que su hijo ha desaparecido a la vez que sentía la permanencia de su fruición en los brazos. De pronto era y no está. Descubre que está muerto, o que, simplemente, eso que abrazaba como hijo era una zanahoria, o una caja de betún o un lagarto, sin transición en su mente, sin posibilidad de comprender el canje: tenía un hijo entre sus brazos y ahora besa a una zanahoria. Tal cual. Tal cual le ocurre a mi madre cada tarde de domingo que me corresponde estar con ella: es una joven flirteando y, en el mismo instante, ya es una anciana incapacitada para resolver sus apremios fisiológicos más elementales. Y se da cuenta, pues se alela y embrutece. Y ya no me mira, ya no significo nada deseable para ella mientras la acuesto y violento su intimidad y, entre susurros, como si aún siguiera en mi papel de seductor, la voy privando hasta de su propia mierda.

El calabobos. El chirimiri. El orballo. La llovizna del alzhéimer. Primero no te atreves a pronunciar el nombre de la enfermedad, como si el maleficio no se obrara, sobre todo, en el silencio. Al principio uno se aferra a la hipótesis de un error de diagnóstico, de una suma de lunares en el cerebro que no lo acaparen por completo. Pero pronto cedes y comprendes, vas comprendiendo que percibir la realidad es una cuestión de escalafones, de los escalafones que el horror concede. Aunque no terminas de aceptar el uniforme duelo que se ha apoderado de tu vida. Un día llegas a casa de tu madre y te das cuenta de que todo ha cambiado en su habitación, de que se ha doblegado por entero a la enfermedad. Ves las pomadas, las toallitas quita-todo, el botellón de agua de colonia, los frascos de placebo encapsulado, el túmulo de envases de pañales, la silla de ruedas; y la ves a ella, casi imperceptible su cuerpo debajo de las mantas, fundida con todas las significaciones del desmantelamiento de su cuarto, invitándote a consolidar tu papel del eterno sorprendido en aquella pieza que te sabes de cabo a rabo. Has dejado de reír en el trabajo, poco a poco, lo suficientemente despacio para que los compañeros no se vieran forzados a preguntarte qué te pasa. Mas ya no almuerzas con ellos, ya no participas en sus corros de cotilleo, en sus comidas de fin de año, en las celebraciones de sus aniversarios. Y ellos no tardan en acostumbrarse a tu retraimiento, te van dejando suelto, a tu aire, con tu cara de sonámbulo, te van dando a entender que duermas lejos de ellos tu desvelo. Conviertes el hogar en asilo de tu propio exilio. Ya no invitas a los amigos a cenar. Ya no coges el teléfono sin la previa comprobación del número de quien te llama. A veces se te olvida esa medida preventiva antes de que tu oreja se acople al auricular, pero el sobresalto cuando oyes el sonido del aparato siempre es el mismo, siempre acude tu madre a recordarte que te espera y es inevitable el temor —mientras escuchas la insistencia del timbre monocorde— de que sea antes de la hora convenida. Miras a las viejas que caminan solas por la calle con una dolorosa delectación, a cualquiera de ellas la cambiarías por tu madre. Sí, a cualquiera, porque el alzhéimer es también esa persistencia desoladora: no querer que tu madre siga siendo tu madre. No querer pensar en ella como una tragedia consumada que aún está por iniciarse. Y no poder evitar la expansión de ese quiste que tu madre significa en todo cuanto antes significaba. No querer no poder evitar que ninguna alabanza a tu sacrificio por ella se oponga al consuelo de la idea de su muerte. Y el calendario también, sobre todo el calendario va cambiando de sentido: solo son días de fiesta aquellos que no te fuerzan a compartir sus horas con tu madre. Vas echando el ancla en una impermeabilidad que concede un aura de respeto a tu condena. Mas no te envaneces por ello: sabes que esa aura de respeto es solo el señuelo con que invisten los demás el repudio a tu tristeza. Y de nuevo el despertador que azota el domingo a las siete de la mañana. De nuevo el itinerario del flagelo. De nuevo el chubasquero extendido sobre toda la superficie de ese domingo. De ese nuevo domingo en que acudes a comprobar que tu madre sigue viva, sigue viva como un animal capaz de soportarlo todo menos la carga de la conciencia de su lastre. Y tú apareciste el anterior domingo en su cuarto y le dijiste: «Mamá, ya es de día». Y ella te respondió —con la voz de cuando era la de antes—: «¿Y para qué?».

Esas fueron las últimas palabras que escuchaste de ella. Y ahora que ha quedado privada también del habla —aunque aún lo intenta a veces, trata de decirte algo y se embosca en una jerga que la embrutece aún mas—, que solo ya percibes lo externo de tu madre, sin apenas ya resquicio para lograr reconocerla, puedes empezar a llevar a cabo tu plan de darle muerte, sentimentalmente hablando, claro. ¿Te acuerdas? Lo dejaste entrever muy bien en aquella carta electrónica a tu amigo A. H.:

Rumbo a peor siempre: la madre de Paula regresó a casa varada —y no es una sirena precisamente— de cintura para abajo y con la cabeza más llena de pájaros que antes de la apoplejía. Como una prueba más de mi crónica ingenuidad, te dije que, dadas las circunstancias por el otro frente, consideraba una liberación la guardia de este fin de semana con mi madre. No tuve en cuenta al aciago demiurgo que teje con mano maestra los hilos de la fatalidad: mi madre se cayó el viernes por la noche a resultas de lo cual quedó convertida en el peor de los cojos: en aquel que no lo es del todo y se levanta con el riesgo de volver a caer. Y, además, se halla en una nueva fase de su regresión a la infancia: se niega a comer. Hay algo de premeditado, de coherente degradación, de implacable mecanismo de cierre en el alzhéimer como para no atribuirle una suerte de sello del Maligno. Si damos por buena la dualidad antagónica Dios-Diablo, el Sumo Hacedor nos llevaría hasta un punto del camino; luego, el Tenebroso vendría a hacerle el relevo para devolver a la criatura —pero ahora *contra naturam*— al punto de partida. El poseído comenzará a manifestar síntomas propios de la desubicación espacio-temporal del infante. Así empiezan todos: perdiéndose por las calles y por el calendario. Posteriormente, mostraría antojos e incoherencias propios de la párvula edad. Como un niño también, dejaría de tener relación con el pasado. Y, a la postre, se volvería tan indefenso y dependiente como un bebé de pañales. Por último —ya mera larva—, cumplidos los objetivos de destrucción de los puentes familiares, esperaría su reingreso en la Nada. Porque este es el verdadero alcance maléfico del alzhéimer: el suicidio afectivo al que el enfermo somete a sus descendientes. El hijo, si quiere sobrevivir sin ser contagiado por el desvarío mental del enfermo, debe sustraerse a todo tipo de emotividad —hablemos de mi caso— con la madre. Y aun más: debe apartar de sí su memoria sentimental con el enfermo so pena de convertirse en portador de su propio desvalimiento, de su incoherencia emocional. En un alarde de sofisticación martirizadora —el enfermo de alzhéimer es un mártir que martiriza—, esa entidad maligna que ha concebido tamaña obra maestra de la degradación humana devuelve, durante un breve tiempo, la lucidez a su presa: de pronto tu madre te reconoce, te llama «hijo», te mira con los ojos de «antes» desde el cuerpo lacerado de «ahora», te pide que te reúnas con ella, que compartas su tránsito hacia la denigración, que formes parte de su inmunda condena. Decir no a la madre en ese momento, resistir su llamada, sus cantos deletéreos como un Ulises atado al mástil de la razón, representa, en nuestro imaginario genealógico, un crimen, un parricidio fáctico. Y hay que aprender a sobrevivir con el peso de esa muerte simbólica en tu conciencia. Y, también, con el sentimiento de amputación traumática de una parte de ti mismo, de tu pasado, de quien tú eras. De no aplicar esa quimioterapia contra el desarrollo incontrolado de las células afectivas, el hijo cae bajo la cautividad del mal y se convierte en una especie de sepultado en vida del alzhéimer. Un imparable síndrome de Estocolmo lo lleva a culparse de todas las penalidades sufridas por el enfermo, como si las caídas, la desmemoria, los ataques de ira, la sarta de desórdenes funcionales que padece todavía el ser querido se debieran a su negligencia en atenderlos. Es esta una guerra en la que solo hay prisioneros. La muerte es la victoria.

(To be continued...)

Mi madre no puede decirme su última voluntad antes de la ejecución. Y, como el rito precisa del cumplimiento de un deseo, tengo que recurrir a la imaginación para llevarlo a cabo. Mi madre querría, antes de su muerte, visitar la iglesia del barrio del Carmen donde se celebró su boda. O, acaso, su preferencia final fuera solo volver, sin reconocerla, a la casa donde nació. O, tal vez, se conformara con ceñir también su último día al anillo de su clausura...

Me tiemblan las manos al volante del coche. Voy a reunirme con ella para seccionar definitivamente su lazo maternal conmigo. El sol me brinda como escenario un azul sin mácula en el cielo. Pienso en el mar. En una playa. En un verano. En unas vacaciones donde el gozo de vivir mantuvo una alianza plena con nosotros. Mi madre ya ha pronunciado su último deseo en mi mente: «Quiero volver a El Perelló. ¿Te acuerdas de la noche en que vimos cómo paseaban aquellos astronautas por la Luna?». «Me acuerdo, mamá, nos volvimos locos de alegría y nos dejasteis a los tres hermanos beber champán como papá y tú» «¡Y mi madre, que aún vivía!» «Sí, mamá, me acuerdo del verano que nos dio la abuela con su manía de ir a la terraza a hurgarse el culo.» «Y el susto que le dio a Micó cuando la vio con los prismáticos...» «Cómo nos reímos cuando tocó el timbre y subió las escaleras gritando: ¡*ta mare, Trini, que està a la terrassa amb tot el morral a l´aire*!» Entonces nos hacía reír la mierda de mi abuela. Nos hacía reír cualquier cosa, por eso quiero volver allí con mi madre en el último día en que le daré ese nombre. A partir de mañana la llamaré Tula. Porque Tula se llamaba ella a sí misma cuando era niña y se escondía debajo de la cama de sus padres. «¡Sal de ahí ya, que vamos a comer! Pero ¿qué diversión le encuentras a esconderte como una culebra, Trini?» «¡No me llames así, Reme. ¡Ni tú ni quien venga a buscarme después! Ahora soy Tula y ella no quiere ver a nadie, ni comer.» Horas después, cuando abandonaba su escondite, sus hermanos la recibían llamándola Tula y mi madre se enrabietaba porque no entendían que había vuelto a ser Trini, que solo era Tula cuando quería ocultarse de ellos y del mundo.

Ahora soy yo el que quiere que te ocultes de mí. Para siempre. Ya no volverás a salir por debajo de la cama, Tula. Ya no serás nunca más Trini. Ni mi madre. Sube al coche. Este va ser él último viaje que hagamos juntos.

Conduzco con lentitud por la autopista de El Saler. Los campos de arroz se expanden a ambos lados de la carretera. Están los tallos a punto de la siega. Como mi madre. Que escucha con los ojos cerrados —ya parece muerta— el aria «Quando m'en vo» de La Bohème. Agoniza también el verano y las calles de El Perelló surgen a nuestro paso como ramas deshojadas.

Estaciono el coche frente al mar. Muy cerca del apartamento que alquilamos aquel verano en que el planeta entero se atrevió a pisar por primera vez la Luna. Miro al mar y miro a mi madre. Hay el mismo abandono en ellos. La misma sumisión al latido sin control que nos rebasa. Surge un jinete al galope sobre un caballo blanco. Mi madre lo señala y abre sus labios con retraso. Ya han desaparecido el jinete y el caballo mientras ella pretende avisarme de su presencia. Así de fugaz fue aquel verano nuestro, madre. Pero yo he venido aquí para cumplir tu última voluntad y ahora lo veo resurgir frente a nosotros. Tú eres la que pasea con ese bañador amarillo fuego por la orilla de la playa. Mira cómo señalan tu cuerpo mis amigos, ¿oyes los piropos que se atreven a lanzarte delante de tu propio hijo? No es fácil dejarte enterrada en esta playa donde te veo jugar conmigo sobre las olas y rebozarte luego de una arena dorada que aún parece que espere tu cuerpo, aquel cuerpo, aquel retozo que os fundía a ti y a la arena en un solo esplendor. No es fácil prescindir de lo que fuiste para poder seguir soportando lo que eres. Pero ya no hay vuelta atrás: o tú o yo. Y estoy decidido a sobrevivirte. Aunque te aferres a mí hasta la raíz de aquel verano donde nos íbamos cogidos del brazo a tomar un limón granizado mientras papá echaba la siesta y tú dabas siempre el primer sorbido de aquel néctar granulado que ascendía ruidosamente hasta tu boca por el hueco de una paja de colores, y luego me decías con el carmín de tus labios robustecido por el deleite: «Lo que se pierde el dormilón ese que tienes como padre». Y yo me reía con la boca bañada de frío y la garganta tensa, muerta de avidez.

Qué pronto estoy extrayendo del maletero del Ford tu silla de ruedas. Qué poco he esperado a sacarte del coche contra tu voluntad. Qué rápido ha sido todo. Como una puñalada en una esquina. Ya te tengo donde quería. Sentada en tu silla de ruedas. Mirando al mar. ¿Recuerdas? Era tu canción favorita y hasta llegaste a cantarla bien. Os contemplo desde el coche: la tensión de la lona, tu nuca escueta, tu pelo engrandecido por el viento, tu quebranto que aprovecho para inspirarme, para volver a ser poeta, a tus espaldas:

Dime, dime el secreto de ese mar callado que no ves,
De ese cielo que gira ante ti como una rueda herida,
De ese vertiginoso azul que finge detener sus alas.

Dime por qué el viento se ha cansado de esperarte,
Por qué la luz se complace en ser tu sombra muerta,
Por qué estás anclada como ese barco que no vemos.

Dime que no eres tú el olvido que descifro si me miras,
Dime que dentro de tus ojos no hay una solución que ignoro,
Que no los abres tan solo para que yo me confunda cada día.

Dime al menos por dónde seguir buscándote a ciegas,
Por dónde trazar el laberinto cuya salida me escondes,
Por dónde desapareces en la vana espuma que yo abrazo.

Dime qué me ocultas bajo el suplicio de tu carne de cristal,
O, al menos, consiente en que halle un nuevo falso velo

Con que pueda cubrir esa cruel transparencia que me ofre-
[ces.

Dame solo una razón para que no me rinda atado a ti.
Para que no claudique aún con tu cuerpo entre mis brazos.
Para que no me vea reflejado en la máscara sin fondo de tu
[rostro.

O dame, al menos, el valor para que no siga llamando por
[tu nombre
A este yugo que ha robado toda la vida que nos dimos.
Para que no me sienta concebido en tus despojos.
Para que no persista en el engaño de alzarte de la cama
Y seguir cayendo por este afán sin fruto que nos sorbe.

Dime que regrese al punto de partida en tu regazo.
Dime basta, dime que no, que ya no es aire lo que respiras
Sino las trizas de ti misma.
Grita que me vaya desde tu garganta dormida.

Grítalo ahora mismo, por favor.
Dime vete de una vez.
Pídemelo desde tu silencio,
Desde la vigilia frenética de tus ojos.

Deja que me rinda a ese altivo mar
Contra el que se estrella tu mirada.
Deja que me adentre en sus aguas impasibles.
Deja que me atenace otro vértigo que no sea el tuyo.
Quiero hundirme para siempre en la plenitud de mi fuga.
Quiero no saber, no seguir sintiendo,
No reconocerte ya en mi derrota.
No me sigas más, te lo suplico.
Que, en mi naufragio, la última ola que me cubra
No tenga tu rostro. No me rescates otra vez para decirme:
«Tú me has llamado, hijo.
Cúrame».

PRECISIÓN DE UNA SOMBRA

> Cómo se hunde la hoja
> al fondo del estanque.
>
> CÉSAR SIMÓN

necesidad de modificación alguna? Descubrir la vida desde afuera, sin pretender alzarse contra ella, sin otro empeño que el reposo dentro de lo mínimo. Yo me imagino dentro de esa quietud sin reflexión. El corazón late, la sangre se desplaza imperceptible por las venas, el aire entra y sale, dócil, fiel a su rumbo, de los pulmones. Y los ojos miran sin curiosidad las imágenes que permanecen a su alcance. Pero ¿qué ven? ¿Qué ven los ojos de Tula? Si un coche cruza frente a ella, ¿dónde quedará registrada la estampa de su forma, la idea de su dirección, el significado del giro de sus ruedas? ¿Verá Tula cada día los mismos árboles? ¿Asociará el concepto de vuelo con las alas de esos gorriones que vienen a posarse en las macetas? ¿Sabrá Tula lo que es un pájaro, o una nube? ¿Tendrá noción de la luz que le concede la oportunidad de seguir viendo? Yo sé que Tula a mí no me reconoce. Pero sí me ve, sí se altera su mirada cuando me acerco a ella. ¿Qué soy para ti, Tula? ¿Es el mismo a tus ojos quien te obliga a tragar la papilla y aquel que luego te acaricia? Y si somos distintos para ti, ¿odias a uno, pero sientes cariño por el otro? Te he visto cerrar los párpados, complacida, cuando paso mi mano suavemente por tu pelo, por tu espalda, por tus brazos. Me miras con pánico cuando te arranco de la silla para llevarte a la cama, intentas defenderte de mi rapto y no dejas de gemir cuando extiendo tus piernas sobre el lecho. Te aterra que te baje allí los pantalones del pijama, que te despoje de tus bragas de ajuste, que desprenda de tu carne enrojecida la tela absorbente de tus últimas deyecciones. Mas solo unos minutos después, cuando te unto la piel con el bálsamo de la pomada, cuando te cubro con las sábanas me vuelves a sonreír como antes, cuando te acariciaba en el sillón. ¿Cuándo dejo de ser un verdugo para ti? ¿O no dejo de serlo nunca, y me sonríes aún atemorizada? ¿Sonríes al verdugo para que no caiga en la tentación de volver a torturarte? Sé que no puedes responderme. Pero yo tampoco logro hacerlo, Tula. He de acercarme demasiado a ti para resolver el enigma. Hay como una muralla de hedor caliente que corta cualquier camino que me conduce hasta ti. Te huelo, Tula. Te sigo oliendo a cada paso que doy cuando me alejo de tu lado. Te huelo en mis ropas, frente al espejo, cuando me ducho y me enjabono y trato de lijarme la piel con la esponja. Tu olor persiste en la bañera, Tula. Y me azota y el agua brota del aspersor conteniendo tu fetidez a muerte que no llega. Yo tampoco sé, Tula, si eres tú quién emerge de mi piel corrompiendo la sensación de poseer mi propio cuerpo, o soy yo mismo el que se ha trasfigurado en la incesante sombra de ti que me persigue. ¿A qué círculo irremisible hemos llegado, Tula? ¿Quién depende más del otro? Si supiera, al menos, que no sientes lo mismo que yo. Si lograras convencerme con un gesto —ese que busco y me niegas— de que no me correspondes con la misma culpa y agonía que yo siento al pensar en ti. Si solo supiera que en tu paz yo no soy la sombra que viene a arrebatártela. Si solo eso supiera, Tula, aún podría volver a llamar madre a esa sombra tuya que me azota.

No he encendido la luz de la lámpara. Ha caído la noche sobre nosotros y un baño de oscuridad alivia el duelo de soportarnos frente a frente. Siento cómo se nos une el silencio de las calles muertas en domingo. Un silencio impuro, que me he habituado a no diferenciar de las ráfagas de tránsito de los coches. Una pareja discute al otro lado del tabique. «Eso no es forma de demostrar que me quieres», chilla la mujer con su voz desorientada por el alcohol y el cruce entre el odio y la pasión. Es el amor, Tula, los escombros del amor que encuentran acomodo duradero en el reproche. Amamos para perdurar en otro como los colores en un cuadro que solo se puede exponer bajo la lluvia. ¿Por qué nos aferramos a la prolongación de lo que es elementalmente transitorio? ¿Por qué le confiamos al tiempo la custodia de lo que está en su esencia arrebatarnos? ¿Sabes lo que es el tiempo, Tula? Unas hojas secas, un polvo, unas cenizas, esa capa de tópicas metáforas que no disimulan nuestro terror a su transparencia, son el tiempo. El tiempo solo es el refugio de nuestro propio miedo a descubrir que no existe. No, no me contradigo. Verás: solo existe lo que hay y el recuerdo de lo que ya no está. Qué simple, ¿verdad, Tula? Hasta incluso tú, si expresara en voz alta estos devaneos mentales, que no oso llamar reflexiones, podrías entenderlo.

Los gatos han entrado en la salita. Cuatro ascuas que merodean entre las patas de las sillas. El pelirrojo se ha inclinado por Tula y el pardo ha preferido usar mis piernas como almohada. Ronronea mientras le rasco la cabeza. Los gatos magnifican la sensualidad de nuestros gestos de cariño. Se recrean hasta el éxtasis en su entrega a nuestros dedos. Ese abandono, ese fulgor sumiso a nuestro contacto es lo que nos prenda de ellos. Y lo saben. Y lo explotan.

Qué ligereza de pronto, Tula, en el transcurso de no verte. Ese ruido que te asustó antes era la persiana. La he bajado. Del todo. Te escucho respirar. Respiras como si digirieses el aire, como si no te bastara con retenerlo un instante en tus pulmones. ¿Te das cuenta de que estamos plenamente a oscuras? ¿Te da miedo no ver nada? ¿Alcanzas a saber que esta ceguera es solo transitoria? ¿O te has amoldado ya a que la sustracción de tu vista sea también definitiva, a que nunca más surjan formas y colores ante tus ojos abiertos? Me perturba una obsesión, Tula. Quiero confesártelo ahora que no puedo verte. Me horroriza la idea de que tu enfermedad solo sea un envoltorio, de que mi madre se haya convertido en la prisionera de tu máscara. ¿Entiendes lo que pretendo decirte? Cuando te miro, Tula, a veces la sorprendo a ella detrás de ti, pidiendo auxilio, me reclama que la libere, una y otra vez me lo suplica —como su hermana en el hospital—, grita que la rescate de ese repertorio de ignominia con que tú la representas. Ella ve cómo me acerco a ti, extiende sus brazos a través de tu pasividad maltrecha y yo le ofrezco mis manos, pero solo alcanzo a tocar el muro que me alzas, caigo en el señuelo de la trampa que le has tendido, que nos has tendido a todos. Ahora mismo, si consintiera su máximo alcance a mis oídos, no escucharía la persistencia de tu sopor sino los gritos de mi madre. Y me obsesiona otra sospecha aún peor. Y esta te atañe a ti también como víctima. Lo siento, Tula, pero a veces pienso que mi madre se ha escondido en tu sombra por voluntad propia. Que se maquilla con tus despojos para que no sigamos viéndola a ella como antes era. A menudo me he puesto en su lugar y me he preguntado qué haría yo si un día no supiera encontrar mi casa, y comenzase a olvidar el nombre de mis padres, a desconocer la identidad de mi hijo y dejara de saber el día en que me hallo, y el hecho de perdurar se convirtiera en un castigo inconcebible. ¿Cómo reaccionaría yo ante la costumbre de despertar sin saber quién soy en mi propia cama? Fingiría, Tula. Fingiría mi inmovilidad, la extrema penuria de mi mente. Me refugiaría de mí mismo en un perenne trance de estupor que los demás aceptaran como un síntoma evolutivo de mi enfermedad. Yo haría eso, Tula. Y tú, ¿lo estás haciendo, madre?

Reflexiono en mi mesa de trabajo acerca de lo que ayer le dije a Tula. Me han exonerado de la condena de atender al público. Relleno listados de correo. La torre de sobres, el tampón, los sellos, el fechador, las direcciones, los nombres de quienes se llevarán el mazazo de recibir mis cartas certificadoras de sus deudas. Los dedos sobre el teclado, la planta baja a rebosar de voces y de filas, y mi mente ligera, ligero el lunes después de un domingo de guardia en casa de mi madre. Ayer le estuve hablando de mí a Tula sin ser consciente de ello. Le hablé de una máscara de carne desfigurada tras la que se ocultaba la verdadera faz de mi madre. Esa máscara era, sigue siendo la mía también. Ella no puede recordar, pero yo sí.

Cuando aprobé las oposiciones al Cuerpo General de la Administración del Estado, tenía la convicción de que dicha servidumbre solo afectaría a una etapa efímera de mi vida. Por aquel entonces yo era un joven perfectamente dotado para llevar a cabo cualquier insensatez. Había publicado un libro de poemas que recibió alguna que otra loa de la crítica más desocupada. Y con la vitola de liróforo me presenté ante el Delegado de Hacienda para tomar posesión de mi plaza de servidor público. Al día siguiente de asignarme el despacho de mi desempeño burocrático, repartí ejemplares de mi libro entre todos mis compañeros de sala y no rematé el suministro de versos por las mesas con un «así os vais enterando de cómo se las gasta el pollo» porque una especie de sobresalto intuitivo me hizo cerrar el pico.

Seguí ejerciendo de vate por las tardes. Rubriqué varios poemarios tras los cuales solo podía esperarme la consagración definitiva. Colmé los cajones de mi escritorio con desgarros y ternezas en negro sobre blanco y, sin darme cuenta, perdí la ilusión de publicarlos. Era licenciado en Filología Hispánica en dos especialidades: literatura y teoría de los lenguajes. Leía francés, inglés y alemán con soltura. Mis traducciones habían aparecido en revistas y monográficos de prestigio. Cobraba dinero por mis colaboraciones como crítico literario en varios periódicos y alguna cartelera rigurosa. Pero en la oficina, Tula, era una sombra como tú. Era el títere suplefaltas que debía accionarse sobre los libros de registro: aquí la fecha, aquí el motivo. Y nada más. Así hoy y así mañana. Y nada más durante veinte años. Nada más salvo una suave perseverancia de desgaste, un goteo de indolencia, un imperceptible dejarse ir por la corriente. Un día te sorprendes discutiendo sobre un lance balompédico. Y descubres que te gusta. Que es grato el acalorarse por cuestiones que no atañen directamente a tu vida. Otro día te prestas a reivindicar la menudencia de un aguinaldo laboral que ha soslayado tu bolsillo. Y consigues que te retribuyan la limosna. Y te creces en la sombra tributaria. Y predicas nuevas conquistas y los compañeros te escuchan y te nombran representante de la calderilla de sus aspiraciones. Luego viene el hijo y los hijos de los demás. Y tú te consuelas compartiendo la fragilidad de ser padre con la de quienes comparten contigo el bocadillo. Y, ¿por qué negarlo?, te sientes querido allí dentro, a buen recaudo, son solo siete horas de fingir entre papeles y luego está la tarde para ti entera. Y entre la tarde y no hacer nada descubres que no había tanto espacio. Y que da lo mismo. Nadie te va a pedir cuentas por ello. Ya intentaste llevar a cabo tus quimeras de juventud en su momento y te vencieron. Y, al menos, comprendiste que habías sido derrotado y callaste, no como otros que se rindieron, se siguen rindiendo bajo el espantajo de sus gritos de protesta. Tú te quedaste sin fuerzas para compaginar rutina y vocación. ¿Para qué continuar sangrando por la cicatriz?, te dijiste, te ibas diciendo a medida que las tijeras de la sumisión recortaban tu horizonte como hacías con los artículos de prensa que enarbolaban la antorcha que tú habías apagado. Y tu horizonte, como los artículos, se iba guardando en carpetas apiladas en el armario de los trastos. Y de pronto, Tula, una mañana, en mitad del desayuno, me vi gritando —como te conté que veía a mi madre detrás de ti— dentro de una oquedad aislante que había usurpado mi presencia en el despacho. No recuerdo la fecha exacta del primer grito. Pero sé que todavía hoy continúan. Aunque he dejado de oírlos como tú. Porque, como tú, me he vuelto insensible a mis propios gritos de socorro. Yo también soy esa sombra a la que he llamado Tula y que no puedo nombrar sin escalofrío.

Sorprender al cernícalo desmembrando una perdiz, puede turbar la paz de un día de montaña. Esas plumas dispersas y revueltas con la sangre de la cándida voladora. Es ardua, como la ascensión por el matorral, la posibilidad de admitir que consentimos la vida como es porque no hay otro remedio. Pero se nos pasa pronto esta aprensión apenas recuperamos el resuello. Y es que, desde la loma, se ven los valles tan hermosamente prendidos del cielo allá en la lejanía. Y es tan dulce el sonido del manantial cuando brota recién nacido de la fuente. Y el azul del cielo, ya en la cima del montículo, vibra milagroso y tan cercano. Se diría que las blancas nubes —casi al alcance de las manos— son palomas inmortales. Y cómo rutila el mar allá al fondo, sobre todo al atardecer, cuando se emborracha de rojo y el sol se acuna como un niño bueno en el despliegue de su sábana clamorosa. Ay, qué feliz melancolía acompaña a la naturaleza divisada como si nosotros estuviéramos a salvo de su curso. Hay en ella tantos recodos donde consentir nuestras lágrimas de embeleso. También estar en casa de mi madre es una forma de ascender por la montaña. Mas desde allí solo se divisa una perdiz. Y un cernícalo. Una perdiz destripada y un cernícalo nunca harto de sus vísceras. Allí siempre está Tula. Ahora mismo la estoy viendo. Hoy se levantó húmeda también de rostro. Lloraba mientras la vestía. Lloraba con una expresión inmutable de ¿lejanía prendida a las nubes? No, no creo, la lejanía no se llaga como sus mejillas. Tula mantiene el equilibrio en el sillón entre dos hileras de almohadones que balizan sus costados. Parece exasperada, recelosa de una quietud que su cuerpo tiende a alterar casi sin que se note. La imagen de su rostro, vulnerado por la equimosis, daría risa si uno se la encontrase de pronto, a la vuelta de una esquina. Toda ella daría risa si fuera cierto que el saber no ocupa lugar. Podría pasar, en una obra de teatro vanguardista, como un polichinela meditabundo en una esquina del escenario. Un polichinela con la cara emblanquecida como manda el rigor, y los mismos rombos que dicta la tradición en su atuendo y —he aquí la audacia del montaje— una mano enguantada con un calcetín de lana en plena primavera. Un falso muñón negro, un remedio grotesco para evitar que se quite la benéfica tintura de su rostro. Tula se adormece sobre su bufo pedestal y mueve los labios como si memorizase el texto de su papel para el estreno de la obra. A veces traslada al aire algún sonido. Un reguero de farfulladas donde no logra colarse ninguna palabra inteligible. ¿Habrá conseguido Tula elaborar un idioma propio, sin consonantes, donde las vocales forman grumos despreocupados por mantener el equilibrio de su tono? Observo el peliagudo engranaje de su mímica. La boca se aproxima en sus palpitaciones a un pez que quiere vivir a toda costa dentro de la cesta de captura. La nariz, antes recta y proporcionada al óvalo de su faz, se agiganta como una media luna presa entre las mejillas que la capa del ungüento solapa. Los ojos persiguen cobrar alguna pieza, mas no dan otra sensación que la de un par de errabundos cazadores que lanzan sus disparos en la niebla. He comido de pie, una sopa de sucedáneos de verdura sobre el banco de la cocina. Luego, por la tarde, seguiré con Rilke. Ya he traducido doce poemas. Mi propósito es el de no superar la veintena. Busco la mayor depuración en una obra que es, en todo su conjunto, síntesis de lo perfecto. Valió la pena estudiar alemán durante cinco años, soportar la rechifla de aquella profesora nazi y coja cuando me escuchaba pronunciar ese idioma de palabras laberínticas, dominar el taimado mecanismo de su morfología y sintaxis. Valió la pena salir de clase a las diez de la noche, cenar siempre las mismas patatas apelmazadas por el frío y el pétreo huevo frito para poder comprender la magnitud del poeta checo en su propia lengua adoptada. Luego de comer, he pretendido hacer la siesta en el sofá de la salita. Pero cuando no me impedían conciliar el sueño los saltos del gato pelirrojo sobre mi estómago, era el soliloquio vanguardista de mi madre el que entraba en liza. He encendido el transistor y me he vengado de ambos, sin pretenderlo, con el explosivo modo en que he celebrado el gol de la victoria del Levante. Ese club de fútbol cuya historia —según proverbial sentencia de un locutor adepto a los colores azulgranas— se ha forjado sin apenas darse tregua en el yunque de la adversidad. Sí, Tula, no me mires como si me hubiera vuelto loco. He gritado ese gol también en tu nombre: yo te he visto llorar frente a los escombros del viejo campo del Vallejo. Tú estabas conmigo, y con tu hermano Pedro —el papá no quiso venir porque era del Valencia— en aquel campo cuando el Levante logró su primer ascenso a la más alta división del fútbol. Yo te vi saludar a los tranvías que cruzaban el puente de Serranos rebosantes de hinchas cantores y de banderas azulgranas ondeando en sus estribos. Venían de los poblados marítimos, del mismo barrio donde tú naciste. Y, aunque mi madre haya muerto dentro de ti, esa fidelidad al sufrimiento no se pierde nunca y permanece ahora contigo.

Tula con mis hermanas. Con mi hermana C. que aún no se ha sustraído de la posesión de su cariño. Que no duda tampoco de la fidelidad a esa derrota que representan los enfermos sin alivio como ella. Que aún no ha hallado la cura de cerrar el corazón. No logro descifrar a C. junto a Tula. Las dos a solas en la celda. ¿Qué le dirá cuando la alce de la cama? ¿Le preguntará, como hago yo, por el regalito que nos reserva en el pañal? ¿Se olvidará de darle su sorbo de agua cada media hora? Yo sí que me olvido a menudo y procuro remediarlo obligándola a beber como un castigo. ¿Serán sus tardes esa postración que a mí me vence? Ignoro si le atormentarán las mismas preguntas que a mí. Pero sé que sus respuestas no la llevan a la necesidad de desquitarse de su lazo de sangre como las mías. Yo he alumbrado un segundo nacimiento de mi madre, con ella al margen. Pero C. seguirá acostumbrándose a posponer las paladas de tierra sobre la fosa de su cuerpo, el viento de su lealtad a lo perdido en calma, sus ojos sobreponiéndose a lo que ven, sin que deje cerco el peso de mi madre salvo en la propia pena acumulada. En mi hermana, el abandono es un remedio que aún no ha emergido, una tentación que ve perfilarse acaso a punto de dormirse, pero allá en lo remoto, en una estrella peregrina, inabordable junto a su sueño.

C. y yo nunca hemos hablado de nuestra fraterna condena paralela. Apenas si nos vemos ya —como si fuéramos parientes lejanos— en los entierros y en las bodas. Hace poco estuve en la suya. Fui testigo del desdén con que la trataba la jueza. Como si se sentase ante ella una malhechora y no una novia. Se casaba con un inmigrante africano sin papeles. Se casaba enamorada plantando cara a la ley y a sus propios hijos. Atrás quedaba T., su compañero durante más de veinte años, el padre de sus dos hijos, que fue —y aún es— mi amigo. Y ante ella, el reto de afrontar el desenlace de su valor. Disfruté en el banquete nocturno de su boda. Gocé de la alegría suntuosa de otros africanos. Percibí ese dulzor de lo extraño que es mentira: las razas, las culturas, los idiomas. Mentira cuando la verdad solo es cuestión de no caer en la trampa de su precio. Y aquel bailar en un racimo de colores disyuntos sin frontera no tuvo precio. Pero sí fecha de caducidad: la de esa sola noche.

Mi hermana pequeña con Tula. Cada día acudiendo a despertar su sombra. Cada mañana lo mismo, la misma vida, la misma muerte. Vivir esa muerte ayudando a retrasarla. No claudicar tampoco ante esa muerte. Contener el empuje de abrazarla mientras empuja su silla de ruedas. Remediar su propia fragilidad en la fragilidad de Tula. Una y otra como niñas desterradas de su infancia. Yo las he visto redimirse mutuamente sobre el charco de sus lágrimas. Yo tuve a mi hermana entre mis brazos cuando pesaba mucho menos que Tula. Y no supe abrazarla como tampoco he sabido abrazar a mi madre. ¿Qué harán las dos cuando yo no las veo? ¿Qué tormento se ocultarán como si fuera la cara y la cruz de un mismo secreto? ¿Se sumergirán cada una en el corazón de la otra y, desde allí, vivirán el tiempo sin su verdad, sin su destrozo? Yo sé que mi hermana trabaja y sufre. Sale a bailar y sufre. Y nos hace reír y nos consuela con su gracia cuando más sufre. Y a veces se detiene, se queda varada como Tula y, entonces, la casa se vuelve ese cementerio del que solo ella sabe rescatarnos. La adolescencia fue un manantial que nos cubrió desde la boca hasta los pies de su corriente. Nos necesitábamos en sus aguas hasta el punto de que, mucho después de que se hubieran secado, seguimos hurtando al tiempo su saqueo. Y aún lo hacemos, de repente, mientras cambiamos los pañales de mi madre, nos sorprendemos allá, bañándonos de nuevo en nuestras risas, saltando sobre aquel río con el cuerpo entablillado.

Tula sabe que ella sigue siendo su hija. Y como hija la mira. Y como hija mi hermana le responde. Sin alardes y sin cese. Frente a mi deserción oculta, frente a la criba de la razón que a mí me ha descartado de esa partida en la que mis hermanas se mantienen en juego todavía.

Lo acabo de leer en el periódico: Tarzán ha muerto. Un día, cuando tú aún no eras Tula —o acaso lo eras ya, sin que yo te lo anunciase—, mi madre y él se reconocieron delante de mí, una mañana de sol, en el jardín de los Viveros. Tú dijiste —¿o era ella, mi madre, todavía?— que te comprendía y yo me sentí excluido de vosotros. Lo han matado, Tula. El chimpancé sabía que vivía dentro de una jaula. No sé si entonces mi madre ya sabía que tú eras su jaula, Tula, antes de que yo en ti la encerrase. ¿Qué descubrió el simio en mi madre?, ¿qué insondable emergencia fue para él su sonrisa desde el otro lado de las rejas? Tarzán forzó el cerrojo de su cárcel y escapó con su esposa y con su hijo. Sí, allí dentro, en aquel reiterado trozo de nada, vivía una familia. Frente al desfile de niños y cámaras fotográficas, un padre, una madre y un hijo trataban en vano de guarecer el fruto de tenerse. Huyeron los tres saltando setos, kioscos y ese cerco de lanzas que, en la noche, debieron de parecerles árboles calcinados por los que podían trepar sin conseguir cobijo. Sintieron —eso quiero imaginarme— que el espacio los abrazaba entre las calles. Soñaron, quizá, con una selva hacia la que su instinto les guiaba. Y cuando oyeron el sonido del disparo, puede que Tarzán mirase hacia el cielo tomando el aviso de la bala por un trueno. Dicen que murió al instante. Que la saeta de plomo cruzó su cuello antes de que él supiera que ya no podía cruzar ninguna nueva calle. Su esposa y su hijo se dejaron prender, inmóviles, junto al cadáver. Era una noche triste, Tula. Una noche que ya capturó Rilke para sus versos:

> *Ay, una noche triste, una cualquiera,*
> *que aguarda a que vuelva a amanecer.*

Los animales, Tula. Tú y los animales. Nuestras cautivas mascotas caseras. Cuánto me recuerdan a ti. Esas virutas de la naturaleza que acabaron cayendo en nuestras jaulas, en nuestras mazmorras de plástico con agua turbia, en nuestras cárceles que llamamos compañía. El periquito blanco se ha quedado ciego y ahora trueca el vuelo por un taxativo ajuste de sus patas al circuito que le permite comer y regresar al punto de partida. A veces prueba a alcanzar el columpio y lo consigue. Y, cuando se precipita al fondo de la jaula, oímos sus desorientados pasos sobre la capa de papel que recoge cuanto se desprende de su cuerpo y de la cajuela de semillas. Él es la sombra de un pájaro, como tú lo eres de la especie humana. Ambos persistís, con los límites nublados, en mantener ese palmo de ventaja al acoso de la muerte. El periquito parece lograrlo mejor que Tula, pues aún pía, y se atusa el plumaje y reconoce. Sobre todo a mí me reconoce cuando llego del trabajo y la jaula es una fiesta de silbidos que incrementan la certeza de que vivir es solo el hábito de ir perdiendo. Y los gatos también, pese a su representación del hedonismo, van perdiendo. El gato pardo mucho más que el pelirrojo. El gato gordo y viejo, el gato que es una oveja que maúlla ha perdido hasta su condición de macho. No es porque haya sido emasculado —como el pelirrojo— sino porque muestra el comportamiento de una hembra sumisa a la potestad del otro felino. Y, más aun, logra embaucarlo y seducirlo con sus arrumacos de compañera propicia —e imposible— para ser inseminada por el macho. El gato, como el poeta, es un fingidor. Y el pelirrojo finge que es el dueño de la casa coronando con su presencia los tres grandes momentos del domingo. Sobre el promontorio del sillón otea permisivo todas mis maniobras de alzamiento y aseo de Tula en su dormitorio. Cuando procedo a envolver el cuello de Tula con el lazo del paño de cocina, ya está él posado sobre la mesa, con el rabo majestuosamente recogido junto al plato de puré, dispuesto a presidir el supremo deber de alimentarla. Conoce la hora de la cena y encabeza la marcha de desfallecidos que formamos Tula y yo cuando la porteo en brazos a la cama. Desde una esquina de la almohada sanciona regiamente la ley de sangre que me obliga a combatir con Tula para que pañal y culo se acomoden al transcurso de la noche. Hasta que no apago la luz del dormitorio no lo abandona. Cuando abro la puerta de la calle para irme, nunca pierde el gato la oportunidad de avalar con su última mirada el buen cumplimiento de la misión que allí me trajo.

A Tula le distrae mirar la pantalla del televisor. Cuando el día cae, acostumbro a desplazarla, montada en su poltrona, hasta el radio de acción del aparato. A veces, cuando mi mente disimula su fatiga, me siento frente a ella y me entretengo observando sus gestos ante el revolotear de las imágenes en veinte pulgadas. No hay concordancia entre el mensaje que las ondas envían y su aparente recepción en la atenta postura de Tula. Desde la pantalla se afanan en cautivar su espanto mediante una acumulación de restos de coches y de vísceras sobre la carretera, pero Tula sonríe como si percibiera una comicidad cifrada solo para ella en el horror de las imágenes. Cambio de canal, un ramillete de mujeres con las piernas muy bien cruzadas tratan de resolver el enigma de la violencia masculina contra la hembra de su especie. Tula, hembra al fin y al cabo, se muestra partidaria del bostezo como si me quisiera hacer comprender que la violencia masculina es una sed de infinito que no distingue entre géneros ni razas, ni entre pasado ni futuro. Yo no estoy de acuerdo con ella, pero no puedo rebatírselo. Cambio a otro canal. Vuelve a reír ante las muestras de condolencia de un preboste de las artes porque siguen existiendo los tifones y las casas de papel. Pero, Tula, si han muerto más de cien mil personas, ¿cómo te puede hacer gracia eso? Me dan ganas de apagarle la tele en sus narices. Y, de pronto, parece manifestar un desconcierto inteligente cuando advierte que un tenista enriquecido llora al ver cómo su rival, exultante, aúpa una copa plateada más en su carrera. Sí, en eso te doy la razón, pero hay mucha gente, sin apenas nada en sus bolsillos, que ahora estarán sintiendo lástima por el magnate de la raqueta. Tula mueve la cabeza como si estuviera amonestándome. «No entiendes lo que te quiero decir», interpreto que me da a entender. Vuelvo los ojos hacia la pantalla y descubro que no me estaba amonestando a mí, sino a la imagen de un endiosado botarate que sus acólitos vitorean redundando en su condición de presidente. Algo primordial y a salvo de la devastación de tu mente me estás queriendo dar a entender, Tula. No es azaroso que haya empezado a ponerme de acuerdo con el significado de tus gestos. Y no es azaroso porque todo es azaroso, porque da igual cuál sea nuestra reacción ante la pantalla, porque todas son parte de un único acatamiento. Hay un umbral que hemos rebasado a la vez. Estamos al otro lado de la barrera que a ti y a mí nos separaba. Y no hablo de locura, sino de un alumbramiento donde los preceptos convenidos no oponen entre tú y yo sus líneas divisorias. Hablo de un uniforme matadero, de un fragor milenario que brota desde las primeras criaturas extinguidas. Hablo del relincho del caballo que están sacrificando y descubre por primera vez la catadura de su dueño. Hablo de perros ahorcados que poco antes aún servían para levantar la pieza frente a las escopetas de sus amos. Hablo de recibir la luz por la misma ranura desde la que nos ha-

199

brá de llegar la bala que nos ciegue. Hablo de un desajuste primordial entre el árbol que nos ofrece su cobijo y el hacha que lo abate. Hablo de gusanos que nos pudren antes de que nos demos cuenta de que crecer y corrupción son la misma cosa. Hablo de la resolución de las horas como un ajuste de cuentas al que nadie escapa. Hablo con tu inocencia a pesar de haberla perdido, y con solo el conocimiento de haberla perdido hablo en tu nombre. Hablo como tú lo haces, Tula, desde la indefensión de los seres desdentados sin escape. Hablo como lo que soy, como lo que eres tú, como lo que somos todos: víctimas inmóviles frente a una pantalla donde solo se proyecta nuestro exterminio. Tú sigues mirando esa representación subliminal sobre veinte pulgadas de cuarzo y yo te estoy viendo a ti, recreándome en cómo me enseñas a saber lo que todos aprendemos a ignorar.

Me voy habituando a la transparencia de tu sombra. Cada día me voy sintiendo más a gusto junto a ti, Tula. Tú me has devuelto la resistencia que perdí frente a la enfermedad de mi madre. Te miro y no dudo, no espero, no proyecto, no ambiciono, no necesito saber. Te miro y basta. Te miro y me digo: he ahí el pago inexorable a nuestra rigurosa imperfección. He ahí el resultado de la disputa entre el propósito y la experiencia: tú, ese tentáculo de la vida en tu disfraz de muerta; ese leve hilván que ferozmente se resiste al definitivo descuaje. Te veo dormir y no me atrevo a despertarte. Solo sé que sigues viva porque he visto cómo permanece abierta la boca de los muertos de verdad. Y tu boca se abre como un lamento aún no agotado de persistir en vano. Tu boca se extravía en su propio silencio gemebundo. Aproximo mis ojos a las grietas de tus labios y veo estambres de una flor en el negro de sus surcos. Una flor que solo crece en la aridez de una superficie privada de toda función que no sea aclimatarse al daño que la asuela. Yo también me he acostumbrado al detrimento que significas, Tula. El vaso de la piedad rebosa en calma. Allí, en su interior, se ha vuelto hábito también el que yo no acuda a rellenarlo. Está completo, Tula. Y, desde esa liberación, puedo mirarte ignorando la entraña de lo que ignoro. Yo sé que el amor, cuya indiscriminación es el secreto de su primacía sobre el odio, no acepta al desertor bajo su manto. Pero amar no es la única forma de corresponder al vínculo que nos ata. Existe otro lazo para los que, como yo, han agotado la fuente del cariño. Existe una continuidad que no precisa seguir llamando a las cosas por su nombre. Existe el abrigo del engaño, de la consumación de lo real en el falseamiento de su saña. Por eso aún puedo colmar el cuenco de tus ojos con mis dedos. Y no llamar caricia al roce sucesivo de mi mano sobre el recipiente de venas a cuyo través siento cómo aún te late sin remedio el corazón. Qué dócil te entregas, Tula, a la decrepitud que te encadena. Duermes como un niño que despertará con la memoria de su niñez ya olvidada. Duermes sin saber —pero acaso soñando— que el sueño es tu único rescate. Duerme, Tula, sigue durmiendo, yo he de marcharme ahora de tu lado. Hay otra sombra que me llama. Otra sombra a la que no puedo tratar como una sombra. A la que no sé aún cómo mirar, si podré tener siquiera el valor de mirarla. Todo cae, va cayendo a mi alrededor. Ayer devolvieron al padre de P. del hospital. Iba empaquetado de muerto como tú. Pero, al contrario que tú, sí lo sabe y ahora solo canta para ahuyentar lo que sabe. Aunque sus hijos, y yo mismo, nos hemos conjurado para aparentar que no sabemos que lo sabe.

Ha pasado una semana desde la última vez que te visité y tú ya no estás, Tula. He tenido que resucitar el cuerpo de mi madre antes de que fuera enterrado para siempre dentro de tu sombra. Y es una lástima que ya no puedas escucharme, pues te hubieras sentido orgullosa de mí con lo que ahora te cuento. Supe estar a la altura por fin. Junto al féretro del padre de P. Frente a los rostros de quienes le daban el último adiós. Tú me has enseñado a desclavar las cercas del tiempo. A conciliar la verificación del hoy con el extravío del pasado. El padre de P. fue devuelto a casa como un animal de un solo grito: «¡Pepica!». Era cuanto decía. Cuanto quería decir estoqueado por el rejón de los tubos ambulantes. Yo supe por qué, Tula. Tú también lo habrías sabido si lo hubieras escuchado junto a mí. Tu también lo habrías visto conmigo sesenta años atrás —tiempo: no eres nada ahora—. Él bajaba del monte a bordo de un carro rebosante de broza recién segada. El mulo, con el cuello erguido y el paso alegre. Todo era verde y reciente a su entorno. Él iba en pie sobre el pescante del carro. Cantaba. Llenaba el aire con su voz de fauno repleta de verde como el monte. Los pájaros callaban y emprendían vuelo tras el rastro de su voz. El cielo era también asombro, un coro inundado de silencio porque él cantaba y unánime era la escucha. En un lindero del camino había una casa. Y en ella una joven que no distinguía entre el sonido del ruiseñor y el del grillo. Una joven que se asomaba al porche de madera atraída por la música que bajaba del lindero. Y él la vio florecer junto a su canto. Y la quiso para que fuera el jardín de su destino. Sí, les dije demorándome en la pronunciación de cada una de las sílabas: el jardín de su destino. Y él se la llevó consigo, la amó a lo largo de cada nuevo sol, de cada nueva luna y aprendió a renunciar a todo: al mulo, al carro, a la siega de la broza y, más tarde, también a la cantera, a la dinamita, al pueblo y, luego, supo renunciar también a su puesto de conserje, a la fuerza de sus piernas, al —y esto le costó mucho más— arraigo del canto en su garganta. Renunció a la calle, a comer como un hombre —«¿otra vez me ponéis en el plato este ungüento?» «Es que te atragantas con los alimentos sólidos, padre»—. Se prestó a quedar disminuido como una sombra casi igual que la tuya, Tula. Pero él —y elevé la voz tanto que el cura me miró con reproche— nunca renunció al jardín de su destino. Por eso, cuando lo acostamos para morir él seguía gritando «Pepica». Y cuando se la llevamos a su lado en la silla de ruedas, embozada en un sopor que también parecía irremediable, ella abrió los ojos y pronunció su nombre: «Joaquín». Eran ellos otra vez en aquel monte irreductible. Eran ellos hacia lo alto del misterio del amor. Sí, no quiero que la tiranía del comedimiento me acobarde en esta despedida: el misterio del amor que devolvía a aquel hombre que vomitaba sus propias heces y a aquella mujer saqueada por la parálisis hasta los huesos al origen de su encuentro que sus hijos y yo oíamos clamar silenciando nuestros propios sollozos. Hay un dominio superior al que nos desvelan los sentidos. Hay una potestad sin alardes que simplemente comienza y no se acaba. Yo la vi, y me rendí a ella, en aquella habitación cuya luz parecía también haber entrado en coma. Esa potestad —concluí sin perder el dominio de mi voz— podemos llamarla, ahora y aquí, amor, pero no importa el nombre que le demos, pues escapa al reducto de las palabras convenidas. Mirad esta caja. Un hombre se lleva consigo, intacto, el secreto de la vida. Un hombre al que no supimos preguntarle a tiempo cómo la fortaleza del amor persiste más allá de las ruinas de nuestra propia carne.

Después del entierro, P. y yo nos hemos ido a tomar una horchata a nuestra heladería favorita de Alboraya. También era la de nuestro hijo cuando aún le gustaba ir con nosotros a cualquier sitio. Hoy ha declinado acompañarnos. P. y yo apenas somos capaces de pronunciar dos palabras seguidas. Desde la terraza de la heladería se ve el verde de los campos de chufas. Pero es un verde recortado, alicaído, como nosotros.

—Bueno, ya está —le digo tras un sorbo al que no le extraigo sabor alguno.

—Sí. Pero me acuerdo de cómo cantaba para espantar el miedo antes de...

P. vuelve a sollozar. Yo a consolarla, con la vista fundida al raso del paisaje.

—Ya está, Paula, tómate la horchata que se te va a calentar.

La veo beber con las mejillas húmedas. Yo no supe llorar así por mi padre, con esa ávida plenitud, ni tampoco por ti, Tula, por ti aún menos, lo siento.

Llegamos a casa. Miro la balda que antes cubría el terrario de la tortuga, la tortuga de la que mi madre decía: «es tu perro». La tortuga que le compré a mi hijo cuando no era más que un botón retráctil y que se hizo a mi tacto y a mi olor, y me seguía batiendo las baldosas por toda la casa y se dormía sobre mi pecho, sobre mis pantuflas, gozosamente convencida de que yo era la pareja que la continuidad de su especie le había destinado. Vuelvo a percibir los chillidos —lo descubrí mientras moría: las tortugas chillan— que oí de ella, reclamándome, antes de expirar sola —no tuve elección—, antes de abrir la puerta de la calle, antes de saber lo cerca que mi hermana estuvo a punto de morir también, en el quirófano, por culpa de un descuido de esos —me dijo el cirujano— que nos pasa a todo el mundo.

P. ha abierto el grifo de la ducha. Oigo su llanto mientras el agua estalla y lo atenúa. Acepto que haber querido así a un padre, sufrir con esa nitidez la asunción de su pérdida, es un reverso supremo de la trama de la vida que yo no he logrado alcanzar.

Estamos cogidos de la mano, en el sofá, cuando suena el teléfono. Lo descuelgo sin prevención:

—¿Sí, dígame?

—Mario, soy yo, Marta. No te quería llamar, con lo que has tenido hoy, pero es que la mamá, no sé, parece que se ha deshidratado; se la acaban de llevar al hospital.

ESTUPOR FINAL

Muerte es cuando alguien vive sin saberlo.
Muerte es cuando alguien no puede ni morirse.

RAINER MARIA RILKE

Lo primero en que pienso al llegar al hospital es en mis compañeros de trabajo. En su incomodidad, en el aprieto en que los pondré cuando les cuente que, dos horas después de enterrar a mi suegro, mi madre ha entrado en coma. Veo sus caras averiadas por el desconcierto de no saber qué decirme, por evitar el chiste. Porque el asunto es de chiste, para qué engañarnos. Esa saturación de la desgracia solo pasa en las comedias negras.

También se halla saturado el hospital el sábado que voy al reencuentro de mi madre. He gastado la noche palmo a palmo en la impuesta labor de resucitarla. No estoy seguro de haberlo conseguido. Tula también se resiste a morir. Como mi madre. Pero toda esperanza de consumar el propósito de la noche se va viniendo abajo a medida que avanzo por los pasillos del hospital. Hay en ellos un ambiente de selva, feria y campo de concentración. Se diría que la mañana se ha confabulado contra mi denuedo nocturno por recuperar a quien había arrancado de su lazo materno conmigo. La habitación donde la encuentro es como aquel camarote en que sonaba una bocina antes de la inevitable demanda de dos huevos duros. Abrazo a mi hermana C. por la espalda y ella hace el amago de revolverse contra un supuesto agresor.

—¡Ya era hora! —masculla al reconocerme.

—No he podido venir antes.

—Bueno, claro, acababas de enterrar...

—No, no ha sido por eso, Clara. Ha sido por la mamá. Si te lo explicara, no lo entenderías.

—Pues aquí la tienes. Sin querer abrir la boca. La están alimentando con el gotero.

Me atrevo, al fin, a mirar de cerca a mi madre. Duerme con una docilidad doliente que tiene algo de postizo.

—¿Te has fijado en el bigote que le ha salido?

—¿No se te ocurre decir otra cosa al verla? ¡Qué bestia eres, Mario!

—Me has llamado bestia, como ella, cuando le ponía el pijama por las noches.

—¿Y qué te crees que me llamaba a mí?, ¿guapa?

—No. Seguro que no.

—Lo último que me dijo antes de dejar de hablar fue «qué fea estás para tanto que te crees».

—Sí. Sabía insultar. Hasta el último momento en que pudo, lo demostró.

—¿Te acuerdas cuando se encerró con el melón en su cuarto y se lo comió entero?

—«Es que me gusta con delirio», fue la única explicación que nos dio cuando abrió la puerta del cuarto.

—Al menos dejó las pepitas; que la tía acabó tostando para la merienda.

—¿Estaba el papá en casa aquel día?

—No, Mario. Con él delante no se habría atrevido a encerrarse con llave en su cuarto y comerse el melón de todos.

Cuánto nos cuesta a los tres hermanos evocar algo bueno de mi madre. Y eso que la quisimos mucho. La prueba son estos últimos siete años en que no la hemos dejado abandonada en un asilo. Y no ha sido por obligación. O sí: la obligación que solo puede provenir del acopio sin cálculo del cariño.

—Qué delgada se ha quedado —musito—. Solo hace una semana que no la veía y ahora, mírala, es como la punta de un sacacorchos mal estirado.

C. se ríe. Es la habitación, ese barullo de familiares y enfermos hartos de verse que hoy ha tomado el aire de una farsa de guiñol. Sobre todo al fondo de la sala, donde una anciana sentada sobre el lecho con los brazos en jarra riñe a un trío de jóvenes —dos chicos y una chica— por las indumentarias de juglares que se han puesto para ir a verla.

—No te pongas así, yaya: sabes que mis hermanos y yo nos ganamos la vida haciendo teatro en la calle —se defiende la joven, que es el único miembro del grupo que la mira a la cara.

Entra una enfermera para rogarnos silencio con la voz y los ojos encabritados. Mi hermana aprovecha el momentáneo cese de la barahúnda para decirme:

—Estoy esperando al médico desde las nueve pero no sé si va a caber aquí cuando llegue.

Me río mientras observo la entrada al camarote de dos mujeres de carnes y olores generosos que, como si se enzarzaran contra el poco aire disponible, comienzan a abanicarse furiosamente, sin reparar en la vecindad de nuestros cogotes.

—¿Y estas tías?

—Te están echando, Clara. Y tienen razón: ya es hora de que te vayas a descansar. Yo me quedo con la mamá.

Mi hermana me da un corto beso en la mejilla, recoge su bolso y una novela de Onetti —*La vida breve*— en la vieja edición sudamericana.

—Dale recuerdos a tus hijos. ¿Cómo están?

—Me acabas de convertir en el mudo de los hermanos Marx —exclama acentuando la redondez de sus ojos camino de la puerta.

Me asomo al pasillo y me recreo en observar la espalda siempre bien erguida de mi hermana que se aleja y desaparece. Me habría gustado permanecer un rato más con ella. Para reír. Solo para eso, para reírme con ella y seguir ignorando que he vuelto a recobrar a mi madre. Me cuesta verla de nuevo sin su disfraz de Tula. Me sentía tan cómodo junto a aquel monigote ajeno a mi raíz. Pero mi madre se muere y he de despedirme de ella y no de esa máscara bajo la que la enterré antes de hora.

—Ayer aún tenía esperanzas de que pudiera recuperarse, pero hoy sus constantes vitales están bajo mínimos. Y, sobre todo, esa deshidratación con la que me la han traído...

El doctor hace acto de presencia a los cinco minutos de irse mi hermana. Habla sin despegarse de una media sonrisa compasiva que, a veces, como cuando ha hecho mención a la carencia de agua en el organismo de mi madre, adquiere un sesgo acusatorio. Yo me defiendo usando a mi hermana M. como barricada: «... vive con ella y no ha podido atender a mi madre esta última semana porque ha estado ingresada en otro hospital, en el del IVO [...] Sí, tenemos dos chicas que cuidan a mi madre, aunque si no está ella pendiente de que coma [...] Últimamente no hay manera de hacerle abrir la boca. Se niega hasta a beber agua [...] Como le he dicho, hace siete días que le extirparon unos miomas del útero a mi hermana [...] No, no eran cancerígenos, pero el IVO era el único centro sanitario que disponía de camas libres [...] Al salir del quirófano sufrió un derrame y una bajada de tensión que estuvo a punto de llevársela al otro mundo...».

—Al otro mundo dice usted... ¿Qué habrá allí que nos da tanto miedo? Fíjese en esa mujer del fondo. Tiene noventa y cinco años. Ya ha enterrado a sus dos hijos. Esos tres que están con ella, son sus bisnietos. Nadie más viene a verla. Y ahí la tiene usted: sin bazo, privada de uno de sus pulmones, con el corazón con más parches que los pantalones de Cantinflas y sin ningunas ganas de averiguar lo que le espera en el otro mundo.

El doctor no parece que esté hablando conmigo. Da la impresión de hallarse en una tarima, frente a un aula vacía, expresando en voz alta la acumulación de sus reflexiones médicas que aprovechan la menor oportunidad para expansionarse.

—Ponerse esta bata es convertirse en un inventor de alivios. Como si la muerte no tuviera razón de ser y nuestra única misión fuera confirmarlo. «Mientras no se nos muera, doctor, lo que sea...», me dicen los familiares en los pasillos, y yo pienso a menudo en un reportaje que vi por la televisión: hablaba de unos aborígenes australianos que meten los pies en el fuego para aliviar la picadura del pez roca. Y la mayoría de mis pacientes son como esos aborígenes australianos, prefieren meter los pies en el fuego de tratamientos espantosos antes que soportar el dolor de la picadura de la muerte...

—Y a mi madre, ¿cómo la ve?

—¿Usted me quiere decir si...?

—Sí. Le estoy preguntando si se va a recuperar.

—Ya se lo he dicho antes: tiene todas las constantes vitales bajo mínimos. Y si no ingiere alimentos por vía digestiva, más pronto que temprano... Se le puede poner una sonda, claro. Pero eso es alargarle la vida un mes como máximo. Y, además, de los análisis sale que está afectada por una neumonía muy grave. ¿La obligaban ustedes a comer?

—No; bueno, un poco a veces —digo con la imagen de mi mano empuñando la cuchara hasta el fondo de su boca.

—Mal hecho. Si se cierra la glotis, los alimentos caen por el esófago directamente a los pulmones. Y allí, como ni pinchan ni cortan, pues se infectan y se produce la neumonía.

—¡Doctor Santos, otra vez ha vuelto a pasar! ¡La loca se ha metido en la cama de su hermano!

Una enfermera, demudada y con el uniforme reventón, ha caído sobre el médico y se lo lleva hacia la salida, estirando de su bata, forzando sus pasos, desmantelando su compostura.

—¡Y luego dicen que no hacen falta manicomios! ¡Esto es peor que el camarote de los hermanos Marx!

—Es que yo también pensé en esa escena de *Una noche en la ópera* nada más entrar en la habitación, Paula —le voy contando a P., el domingo por la mañana, mientras vamos en el coche al hospital—. Y luego, cuando vino la enfermera a llevarse al doctor como si estirase de la correa de un perro desobediente, me fui detrás de ellos. Ya sé que no estás para reírte, pero si hubieras vista aquella tía flaca, con el cuello como un periscopio y las gafas de tienda de disfraces, metida dentro de la cama y sosteniendo en alto las sábanas como si fuera un escudo, empeñada en que de allí no la movía nadie hasta que su hermano volviera de fumar, seguro que no podrías haber podido contener una carcajada. Y cuando llegó el hermano de fumar, vestido de paisano y con las mismas gafas y la misma cara que su hermana, y lo vi desnudarse tan tranquilo delante de todos y ponerse el pijama verde, mientras la loca le reservaba el puesto en la cama sin dejarse amilanar por las amenazas del doctor y de la enfermera... bueno, es que hasta los demás enfermos daban palmas de la risa: «¡No hay cojones ni ovarios en todo el mundo para que yo deje que a mi hermano le roben su cama! Nadie le va a castigar con dormir en el suelo por muy vestido de esparadrapo que vaya» —berreaba con una voz que daba miedo—. «Pero señora —trataba de hacerle razonar el médico, el cual ya no parecía el mismo hombre que había hablado conmigo—, ¿no ve que me está obligando a llamar a la policía?» «Me da igual» —respondió ella ajustándose la sábana como si fuera una camisa de fuerza—. «A la cárcel van a ir ustedes por querer quitarle la cama a mi hermano. ¡Desahuciadores! Que a mí me dieron ustedes por muerta hace cinco años, y aquí estoy para darles toda la guerra que pueda. ¡Y ahora marchaos los dos a limpiaros el ojete!»

—¿Eso les dijo? ¿Y qué pasó entonces? P. ha reído al fin. Aunque la hilaridad no ha llegado hasta sus ojos.

—Pues nada. Que el hermano se metió en la cama y dijo que si seguían empeñados en no dejarle fumar en la habitación, saldría a la calle siempre que le apeteciera echarse un cigarrito.

—¿Y la hermana?

—La hermana salió de la habitación con aires de grandeza. Como si la despidiera un reguero de aplausos y no de miradas de censura.

—¿Y el médico no hizo nada?

Yo creo que el médico lo único que quería era salir de allí para meter los pies en el fuego.

—¿En el fuego?

—¿No te he contado antes lo del pez roca?

En la habitación de mi madre sigue proliferando un desmán propio de los efectos alucinógenos de la picadura de algún bicho.

—¿Y esto...?

—Ya te avisé, Paula. Aquí hay una confabulación en toda regla para que mi madre no se muera en paz.

Mi hermana Clara salta de la butaca al vernos y proyecta sus brazos hacia el cuello de P. Por un momento he creído que iba a estrangularla. Enlazadas y llorando, salen al pasillo. Mi madre es una silueta algo más larga y abultada que los tubos que la mantienen con vida. Yo acaricio su frente y siento una vibración en su piel que me hace apartar la mano como de un cazo recién retirado del fuego.

—Mamá, ¿puedes oírme?

Mi madre mantiene su quietud cadavérica. Solo los aparatos conectados a su cuerpo dan indicios de que la vida persiste sobre aquella cama.

—Por lo menos esa señora se morirá con uno de sus hijos pendiente de ella, no como tú, que te vas dejándome ya con un pie en el hoyo.

La voz proviene de una especie de forzuda de circo instalada sobre un revoltijo de telas que cuelgan desde la cama de enfrente.

—Pero mamá, he de ir a que me hagan la diálisis.

—Tú, con tal de no estarte quieta aquí a mi lado... Parece que tengas la sangre hecha de chinches.

—Mamá, por favor... ¿es que no te das cuenta de que ya no puedo más?

—Ay, hija, deja de quejarte, que siempre tuviste el don del desánimo.

Hace rato que P. y yo nos despedimos de Clara. Hace rato que oímos decir a una de las enfermeras «operación mostaza» cuando nos desalojaron de la habitación para asear a las yacientes. Hace rato también desde que P. efectuó su última tentativa de comunicarse con mi madre.

—¿Y se va a morir así sin recuperar el conocimiento?

—¿Qué conocimiento?

—Es una forma de hablar.

La abdicación sin combate, el embalaje de los sentimientos, la serenata de parcas frases conclusivas, el martilleo de mi mansedumbre frente a la agonía de mi madre también es una forma de hablar. Es esta habitación, me justifico. No puedo tomarme en serio aquí dentro su muerte.

P. y yo hemos comido solos, por turnos, en la cafetería del propio hospital. Ha sido como secarse con toallas mojadas. Ningún alivio, ningún momento para sacudirse el agobio de uno mismo. Hasta el café desprendía un hedor adhesivo que me he llevado encima de la lengua a la habitación.

—Tu madre no se muere hoy.

—¿Y por qué sigue viva? Es solo ya un esqueleto recalentado.

—No se muere. Me ha dado ese pálpito nada más verla.

—Pero el doctor, Paula, me dijo que no le daba más de un día o dos.

—¿A que no se lo has dicho a tus hermanas?

—No. Aún no...

—¿Lo ves?

Miércoles. El esqueleto de mi madre sigue recalentándose artificialmente. De vez en cuando abre los ojos. Comprueba, con una especie de resentida decepción, que sigue viva y vuelve a cobijarse en su estado de coma. El doctor me ha indicado que pruebe a darle de beber agua. Un agua empastada para que sea más fácil de tragar.

—Pero, ¿entonces, no...?

—Nunca se sabe. Como su madre se empeñe en no morir...

—Pero si ella no hace nada por comer, ni muestra la menor señal de interés por estar viva.

—Para ella vivir es un castigo, desde luego. ¿Quién sabe si no será precisamente eso, la voluntad de torturarse, lo que la impulsa a seguir viva?

—Ay, calle usted, por Dios... —exclama la mujer de la cama de enfrente cuya hija ha sido ingresada en la sala de los enfermos terminales de riñón.

—Señora —le responde el médico quitándose las gafas como si se despojara de un antifaz—, la existencia ya es suficiente enigma como para añadirle el rompecabezas de Dios.

—¡Ahora sí que lo ha terminado de arreglar! ¿Y me he de fiar de usted para curarme el agujero del pecho?

El sábado yo soy el rey. El rey de una corte de enfermeras que me sirven los papeles del alta, las noticias sobre la ambulancia, cualquier pormenor sobre el proceso de desalojo de mi madre en una dulce armonía que yo voy dilatando llevando hasta la parodia la exposición de mi agradecimiento. Mi madre prosigue en el interior de su suave declinar, y hasta es tibio el ámbito que envuelve las camas de la sala, y más tibio aún el ronquido de la anciana cuyos bisnietos no han acudido hoy a soliviantarla con sus vestes. Pero el ensalmo de paz se quiebra a punto de llegarnos la ambulancia. Y las enfermeras rugen, y el pasillo se hace baluarte de la cólera y del escándalo. Y yo veo, en primera línea, la captura de aquel tipo gordo y colorado de faz, y escucho como le llaman «descuidero de culos» y otros apelativos peores y más certeros. Por lo visto hay perturbados que no respetan la desnudez maltrecha de los enfermos y la hacen objeto de sus merodeos libidinosos. Por lo visto se ve de todo en todas partes. Y la vida no tiene bordes que no puedan ser rebasados por cualquiera. Y una mujer desnuda es, siempre y solo, una mujer desnuda para alguien que esté dispuesto a mirarla de esa forma. Y al violador visual de carnes tristes se lo han llevado pudorosamente esposado delante de la camilla de mi madre. Y yo, observando el inapreciable relieve de su cuerpo bajo la sábana, conjeturo, sin hallar consuelo en ello, que mi madre nunca debió de ser presa de las rapaces miradas de aquel enfermo entre enfermos.

La dueña de la casa, de nuevo en su cama. Y los tres hermanos en pie, observando cómo acaricia las sábanas con su mano que revive, reconociéndolas. Es solo un soplo que acentúa el letargo del resto de su cuerpo. Mi hermana M. se desmorona en nuestros brazos ante aquel despojo que ha regresado del hospital para reprobar, agonizando, su abandono. De poco han valido nuestras palabras de descargo. ¿Qué culpa tiene ella de haber estado a punto de morirse antes que mi madre? Yo quiero ir más allá y hablo de liberación para los cuatro. Para nuestra madre, sobre todo. Pero mis hermanas me demuestran que el doctor Santos no exageraba su asombro ante el visceral rechazo humano de la lógica de la muerte. Yo he llegado allí con la pretensión de sentarme con mis hermanas en torno a la expirante y despedirla evocando quién fue antes de su sombra. Yo traigo en mi mente un bello sudario hecho de retazos de memoria donde se entretejen todos los motivos que mi madre nos dio para quererla. Sobre todo, pretendo retornar a aquel verano, a aquella playa del Perelló que escogí para borrarla de mi lado. Necesito volver de nuevo al esplendor de mi madre en compañía de C. y M., decirle adiós, ahora sí definitivo y cierto, junto a ellas. Necesito lavar el remordimiento de su entierro en vida —secreto y alevoso— ofreciéndome a encabezar el abrazo a la consumación de su muerte. Pero ninguna de mis hermanas muestran signos de querer acompañarme. Solo se afanan en dilatar el último suspiro de mi madre. Veo cómo la jeringa, rellena de un denso líquido amarillento, va de la mano de ellas a la boca de la moribunda, sin desmayo, por turnos, a la carga, resoplando. Veo siempre la misma obstinación por fallecer en la pasividad indomable de mi madre. Pero callo y me uno al fracaso de los últimos intentos de alimentarla con la pesadumbre de estar representando una vez más, contra mi voluntad, el papel de hijo.

El lunes hemos decidido que debe ser sondada sin más espera. Que no podemos consentir que muera por inanición. Mi hermana C. se ha ofrecido a ocuparse ella sola de todos los preparativos. «Con uno que pase el trago, basta.» Al mediodía, advierto que parpadea el número de su teléfono en la pantalla del móvil. «Ya está, pobre», me digo. Una vez más he hablado antes de hora:

—¡Se ha puesto a comer como una posesa, Mario! Ha sido ver al médico y no quitar ojo al Fortisip. Yo he probado a darle de beber por última vez, más que nada para no quedarme con el reconcome, y se ha tragado la botella entera. Y luego otra. Y se ha zampado también un frasco de frutas con cereales de Nutribén. Y después otro. El médico no daba crédito. Me ha dicho que es la primera vez que ha visto una reacción así.

Pasan los días y la voluntad de revivir de mi madre se confirma: ha vuelto a comer con una voracidad de la que nunca, ni siquiera antes de su enfermedad, había dado muestras: purés de todo gusto y densidad; sémolas de bote, de lata, de cartón; zumos fríos, naturales, ácidos, dulces, a sorbos, a cucharadas...

—La acabo de pesar: ¡nueve kilos en un mes! —me anuncia M. desde la puerta de entrada.

Ha salido a recibirme junto a los gatos el primer domingo en que yo debo cumplir guardia. Sonia nos dejó, al poco de fallecer su hermana, y regresó a Ecuador para reanudar sus estudios de enfermera. Ahora disponemos de otra chica —boliviana—, risueña, atolondrada y bien dispuesta salvo el día en que le propuse contratarla de nuevo para ocupar mi puesto del domingo.

—No es posible que haya engordado tanto. Hasta que lo compruebe, no te voy a creer.

Lo que, en realidad, me niego a aceptar es la resurrección física de mi madre, pues, en mi mente, continúa muerta. Asomo la cabeza por la puerta de su habitación.

—Está ya en la salita.

—¿Por qué no has esperado a que viniera yo para levantarla de la cama? Aún no se te han cerrado del todo los puntos después de la operación, me dijiste ayer por teléfono.

—A las ocho ya estaba como un rabo de lagartija recién cortado y no paraba de destaparse. Me ha tocado despertar a mi hija para que me echara una mano y aun así hemos sudado la *payola*.

Entramos en la salita. Allí estoy yo de nuevo. Y ella. Con el cuerpo retorcido. De espaldas a nosotros.

—¡Mamá!, ¿otra vez con lo mismo? ¡Al final te caerás del

sillón! Mario, ayúdame a ponerla recta. Pero, mujer, ¿qué obsesión te ha entrado con estar todo el día, con esa carota que se te ha hecho, pegada a la ventana?

ESTA EDICIÓN DE
«EL DÍA MENOS PENSADO»,
DE ALBERTO GIMENO,
SE ACABÓ DE IMPRIMIR EN SEVILLA
EN EL MES DE ENERO DEL AÑO 2012

,
E

¿ Te ha gustado este libro ?

Alrevés escucha:
lector@alreveseditorial.com
www.alreveseditorial.com

lee / piensa / vive

Tula no mira al mar. Ya no volverá a mirar al mar. Tampoco espera ya leer ningún poema. Tula no sabe lo que es un poema. Aunque se sustente, como el poema, del mismo silencio que las palabras se atreven a usurpar. Tula calla como lo hacen las flores y la Luna, incitando a profanar cuanto no dicen. Tula calla desde un ruego de paz que no es posible atender con nuestro silencio. Todos hablamos a Tula. Todos acudimos a ella a cortejar su máscara como si nunca hubiéramos conocido su verdadero rostro. Le pedimos cuentas a la ceniza de lo que el fuego hizo con el árbol. Y la ceniza de su rostro se esparce como única respuesta a nuestras preguntas. Y yo trato de recuperar esas partículas invisibles con una mano en el corazón de su extravío y la otra en mi fatiga.

¿Qué encuentro cada vez que te miro, Tula? Si pudieras entenderme, te diría la verdad. Te diría que nada hay en ti que no sea ya tu sombra. Nada me ofreces sino el trastorno de la visión de lo que fuiste. Pero contigo, dar por cierta la verdad es soportar una exactitud cuya única medida solo puede ser la muerte. Y no estás muerta, Tula. Te veo mirar por la ventana, ¿adónde?, ¿con qué objeto? Me doy cuenta de que sigues respirando con éxito, pues prosigue tu sombra junto a los cristales. Y prosigue alzado el telón del escenario donde la vida te fuerza a representar el papel más opuesto a su sentido.

Yo soy ahora el único espectador de la sala. Y no te estoy mirando. Traduzco a Rilke. Ese extraño que está sentado frente a ti, acodado sobre la mesita supletoria, es alguien que tú conociste, que tú quisiste y que te quiso; eso que traban sus dedos es un bolígrafo, y ese grueso y algo deformado volumen de papel impreso que abre de vez en cuando se llama diccionario. Un diccionario de alemán-español que tú le compraste cuando aún iba por las tardes, después de merendar contigo, a la Escuela Oficial de Idiomas. Ese que hace un rato se obstinó en atravesarte los labios con una cuchara repleta de puré ya frío, ese a quien tú mirabas suplicando que parara, ese que no se detuvo hasta que no te vio desfallecida, ese fue tu hijo, Tula. Sí, tu hijo fue, aunque él ya no te llame madre. A ti te da igual cómo te nombre, y él se ha cansado de fingir ante sí mismo que no codicia la desaparición de tu sombra. También se ha cansado de descifrar, mientras no duerme, la culpa de ese anhelo de perderte. Por eso traduce a Rilke, porque te leía sus versos cuando tu silencio era otro, y otro era tu sometimiento cuando aún podías rendirte, junto a él, a la belleza. Porque Rilke supo que los ángeles están encadenados a los hombres, que no hay espíritu más elevado que la carne, que la piedad es conquista superior a los placeres y que cualquier Dios no tiene otra vocación que la de ser maldecido y negado por sus propias criaturas. He hablado con un editor, Tula. Le ha parecido bien la idea que le propuse: una antología de aquellos poemas de Rilke que desvelen la sustancia tangible del espíritu en todo lo destinado a fenecer y corromperse. Vuelvo a ser escritor, Tula. Porque traducir no es traicionar, sino extraer la fuente de la inspiración de alguien que se nos ha adelantado en otro idioma. Escucha:

> *Y esto es vivir: no conocer nada ni a nadie,*
> *verlo todo, temblar, no entender nada*
> *y arder un rato en el fulgor de la llama,*
> *como arde una vela entre gentes extrañas.*

Sí, Tula, habla de ti. Ese señor, que nació en Praga y vivía lejos siempre de todos los lugares en que habitaba, te conoció, estuvo aquí contigo mucho antes que yo.

Contar el tiempo como Tula. No saber la hora que cala en las sábanas. No temer que la luz del día nos descubra. No permitir otro avance que el olvido. He llegado tarde esta mañana. Tuve que llevar a P. a la Ciudad Sanitaria de la Fe. Un nuevo derrame de sangre por el ano de su padre. Lloviznaba cuando nos despedimos. No recuerdo si nos dimos un beso antes de que ella se alejara de mis labios con un bolsón de plástico en cada mano y yo la siguiera con mis ojos buscando a tientas el relieve del mechero en la chaqueta.

No había nadie en casa de mi madre. Solo Tula y los gatos. Los gatos que han acudido a darme su bienvenida, el rabo en alto como una espada; hambrientos, sonoramente regocijados, embistiendo mis piernas con sus lomos. Me he entretenido también al observarlos mientras juntaban sus cabezas sobre el plato de alimento fosilizado. Y, sobre todo, me he distraído escuchando el crujido de las cápsulas de nutrientes en sus mandíbulas. «¿Por qué les das esas cagarrutas para comer a los pobres?», se quejó una tarde mi madre. «Ahora todo es así, mamá: se ha puesto de moda que nada parezca lo que es», le dije antes de que ella apartara de un puntapié el cuenco de la boca de los gatos. Todo es así, Tula. Ahora nada parece lo que es. Solo tú, sombra, eres lo que pareces. El gato pelirrojo ha terminado por adueñarse de la bandeja y le he visto masticar con una ostentación que robustecía su reinado ante el otro felino que aguardaba su turno cara a la pared. El gato pardo se dio por vencido en mucho menor tiempo del que yo precisé con mi madre. Solo le bastaron un par de meses para comprender que la abdicación es el método más seguro de supervivencia.

He lavado y vestido a Tula. Su cuerpo ha temblado todo el rato en nombre, acaso, de alguna remota conciencia de su desvalimiento. Ha temblado también mientras le daba el desayuno. Cuando he diseminado un poco de agua de colonia sobre el nido de gorrión de sus cabellos, ha cerrado de forma instintiva los ojos. Queda eso. Parece ser que siempre queda eso: un automatismo de repliegue, una ilusión de defensa, la sacudida de un reflejo desde el interior de esa materia que hemos dado por inerte.

Tula no ha parado de tantear con su mano derecha —la izquierda se varó, dijo también basta como sus piernas— los botones más altos de la chaqueta del pijama. He apagado la estufa, pero ella ha seguido en su trajín sobre la parte superior de la prenda. He despasado esos botones que la inquietan y he comprendido la razón de tanta insistencia: su camiseta estaba empapada de papilla de chocolate con leche y galletas. El lento manantial que aflora en su mentón tras cada cucharada, no ha ido a reposar sobre el trapo de cocina con que preservo su pecho. Esta mañana me he descuidado al embozarla y el cauce de grumo se coló por un intersticio que había quedado entre la tela y su cuello. Tula ha sonreído mientras yo le pedía disculpas y fingía darme en mi culo unos azotes. ¿Qué comprende ella todavía? ¿Qué resta aún por ser desmantelado en su mente?

He vuelto a dejar su tórax al descubierto. Y, antes de que le pusiera una camiseta limpia y seca, me he detenido a observar sus pechos. De pronto he querido mirar allí, inducido por el vigor de la luz del mediodía que ha roto al fin el cerco de las nubes. Tula todavía es una mujer. Y lo sabe, pues, en un espontáneo acto de pudor, ha tratado de cubrir sus pechos con la insuficiente mano que aún le obedece. El gato pelirrojo ha saltado sobre su regazo. Sus ojos amarillos han opuesto al esplendor de la luz el auge de otro centelleo. Es la atracción por lo desconocido que captura la voluntad de los felinos. He tolerado que el gato olfatee los pezones retraídos de Tula. He percibido algo así como un clamor de confusión entre lo enterrado y la vida en esa avidez de lactancia del gato adulto ante la fuente seca. Incluso, durante unos momentos, me ha parecido percibir que Tula miraba al gato como si ella creyera ser su verdadera madre.

Tula solo se queja si la mueven. Parece conforme en su postración silente, en su avería motriz desde la cual todo cuanto puede cambiar de sitio se vuelve una amenaza contra ella. Permanecer quieto. Siempre. Que no haya más espacio que el indispensable para el propio cuerpo. Y a partir de ahí, nada. O todo. ¿Qué se experimentará al no sentir